EMILIO SALGARI

LOS TIGRES
DE MOMPRACEM

Título: Los tigres de Mompracem
Título original: Le tigri di Mompracem
Autor: Emilio Salgari

© Edimat Libros, SA
C/ Primavera, 10, nave 35
28500 Arganda del Rey
Madrid-España
www.edimat.es

Traducción: Ediciones Nauta
Diseño e ilustraciones de cubierta: Karakachoff Estudio
Ilustración de cubierta: Andrés Nancul para Karakachoff Estudio

ISBN: 978-84-9794-613-1
Depósito Legal: M-7781-2025

Impreso en España - *Printed in Spain*

INTRODUCCIÓN

Emilio Salgari

El escritor, marino y periodista italiano Emilio Salgari nació como Emilio Carlo Giuseppe Maria Salgari en Verona el 21 de agosto de 1862, hijo de Luigia Gradara y Luigi Salgari, que eran una familia de pequeños comerciantes. Aún hoy se desconocen algunos períodos de su vida. En 1878 comenzó sus estudios específicos en el Real Instituto Técnico Naval de Venecia, pero no llegó a conseguir el título de capitán de gran cabotaje. Al parecer, su experiencia como marino mercante se limitó a unos pocos viajes de aprendizaje y adiestramiento en un navío escuela y a un viaje posterior durante tres meses por el mar Adriático en el barco mercante Italia Una, probablemente como pasajero. No existen evidencias de más viajes en barco, aunque él mismo habla de ello en su autobiografía, en la que declara que muchos personajes suyos están basados en personas reales que conoció personalmente en su vida como marino. Él mismo se autodenominaba «capitán», aunque no llegó a serlo oficialmente nunca, y le gustaba considerarse a sí mismo como «el Verne italiano».

Su primera publicación fue el relato breve *I selvaggi della Papuasia* (Los salvajes de Papuasia), que apareció por entregas —procedimiento muy habitual en la época— en el periódico de Milán *La Valigia* a partir de julio de 1883. Ese mismo año empezó en el periódico de Verona *La Nuova Arena* la publicación de su primera novela, *Tay-See,* que aparecería posteriormente como libro con el nombre *La rosa del Dong-Giang.* Y también ese mismo año, en octubre, empezó a publicarse por entregas *El tigre de Malasia,* que fue la primera versión de la novela que inauguró el ciclo de Sandokán, novela que tras algunos cambios se editó des-

pués con el título de *Los tigres de Mompracem.* La primera novela que publicó de forma independiente fue *La favorita del Mahdi,* en 1887.

Debido al éxito que consiguieron esas publicaciones, consiguió un puesto como redactor fijo en *La Nuova Arena,* puesto que mantuvo hasta 1892. Fue entonces cuando ocurrió un incidente muy llamativo: al parecer, Salgari se sintió ofendido cuando un periodista le llamó «mozo» en un artículo en el que desmontaba que fuese capitán de barco, lo que motivó que retase a duelo al ofensor. Como resultado, el periodista tuvo que ser hospitalizado y Salgari se pasó seis meses en la cárcel, pues los duelos de ese tipo estaban rigurosamente prohibidos.

En enero de 1892 se casó con la actriz Ida Peruzzi (a quien siempre llamó «Aida», como la heroína de Verdi). Tuvo con ella cuatro hijos: Fátima (1892), Nadir (1894), Romero (1898) y Omar (1900). Aunque vivió con Ida unos años de gran felicidad junto a su familia, esa circunstancia y la inestabilidad mental de Ida fueron cargando de deudas a Salgari.

En 1892 se trasladó a Turín, donde trabajó para la editorial Speirani, especializada en novelas de temática juvenil. Aunque Salgari llegó a ser un escritor muy popular y sus libros se seguían y se vendían bien, no consiguió evitar la rapiña de los editores, por lo que tuvo que pedir dinero a amigos durante la mayor parte de su vida. Esto fue una circunstancia decisiva para su final. El editor Donath lo convenció de que se fuese a Génova, donde conoció y se hizo amigo de Giuseppe «Pipein» Gamba, el más destacado de los ilustradores de su obra. En 1897, el rey Humberto I le concedió el título honorífico de Caballero de la Corona de Italia.

En 1900 regresó a Turín. Las circunstancias económicas de la familia se fueron haciendo cada vez más difíciles y apremiantes, a pesar del trabajo incansable de Salgari para mantener un respetable decoro burgués. En 1907 cesó su contrato con Donath y pasó a trabajar para la editorial Bemporad, para la cual escribiría, hasta su muerte en 1911, un total de diecinueve novelas. Sin embargo, la vida privada de Salgari se vio perturbada por varias tragedias familiares. Ida enfermó mentalmente en 1903 y tuvo que ser internada en el psiquiátrico de Collegno, cerca de Turín. La

lucha económica con las deudas, ya que no podía pagarlas debido al miserable y leonino contrato con su editor, que se hacía rico a costa suya, aumentó con las facturas médicas. En 1889 se había suicidado su padre, lo que al parecer abrió una cadena de suicidios en la familia, suicidio seguido por el suyo propio en 1911, y los de sus hijos Romero (1931) y Omar (1963). Al morir en el hospital psiquiátrico su adorada Ida en 1911, Emilio Salgari cayó en una profunda depresión. Después de un intento fallido en 1909 de clavarse un cuchillo en el corazón, el 25 de abril de 1911 se quitó la vida abriéndose el vientre según el rito japonés del *seppuku (harakiri)*. Dejó escritas tres cartas, dirigidas a sus hijos, a sus editores y a los directores de los periódicos de Turín. En la posdata de la dirigida a sus hijos escribió:

> «Voy a morir al Valle de san Martino, cerca del lugar donde íbamos a merendar cuando vivíamos en la calle Guastalla. El cadáver se encontrará en uno de los barrancos que ya conocéis, pues íbamos allí a recoger flores».

La carta a sus editores es suficientemente elocuente:

> «A vosotros, que os habéis enriquecido con mi piel, manteniéndome a mí y a mi familia en una continua semimiseria o aún peor, sólo os pido que, en compensación por las ganancias que os he proporcionado, os ocupéis de los gastos de mis funerales. Os saludo rompiendo la pluma».

EMILIO SALGARI.

Su cuerpo, sin vida y cubierto de sangre, fue descubierto la tarde de ese mismo día con el rostro vuelto hacia el cielo.

Las obras de Salgari abarcan lugares como Malasia, el océano Pacífico, el mar de las Antillas, la selva india, el desierto y la selva de África, el oeste de los Estados Unidos, las selvas de Australia y hasta los mares árticos, con héroes de una gran variedad de culturas. El autor se inspiraba leyendo literatura extranjera, periódicos, revistas y enciclopedias que utilizaba para describir los mundos de sus personajes, que eran mayoritariamente piratas, bandoleros fuera de la ley y bárbaros, y que luchaban contra la

avaricia, el abuso de poder y la corrupción. Se agrupan en varios ciclos, compuestos cada uno por un número variable de novelas y relatos. De entre ellos, cabe destacar el ciclo de *Piratas del Caribe*, que está constituido por cinco novelas. El marco temporal es el siglo XVII, época del máximo esplendor de la piratería. El protagonista principal es Emilio di Roccanera, señor de Ventimiglia, conocido como el Corsario Negro, que ha adoptado la piratería como medio de venganza contra el flamenco Wan Guld, gobernador de Maracaibo, pues éste había asesinado a su hermano mayor. En principio, el Corsario Negro luchó junto a sus hermanos, el Corsario Verde y el Corsario Rojo, ambos ahorcados después por su enemigo Wan Guld. Como ocurre con frecuencia en las novelas de Salgari, el Corsario Negro se enamora de la hija de su enemigo, Honorata de Wan Guld, con quien vive un corto idilio. De ese idilio nace Yolanda, la protagonista de la tercera novela en compañía de Morgan, el antiguo lugarteniente del corsario. En las dos últimas novelas toma protagonismo Enrico di Ventimiglia, el hijo del Corsario Rojo.

Son los títulos de este ciclo:

El Corsario Negro (Il Corsaro Nero, 1898).
La reina de los Caribes (La regina dei Caraibi, 1901).
Yolanda, la hija del Corsario Negro (Jolanda, la figlia del Corsaro Nero, 1905).
El hijo del Corsario Rojo (Il figlio del Corsaro Rosso, 1908).
Los últimos filibusteros (Gli ultimi filibustieri, 1908).

Ciclo *Piratas de las Bermudas.*

El marco temporal de este ciclo se sitúa en la Guerra de Independencia norteamericana. Los protagonistas de este ciclo son los corsarios norteamericanos que tenían como misión romper el bloqueo comercial impuesto a las colonias americanas por Inglaterra. En el bando norteamericano nos encontramos con el barón William Mac-Lelan, su contramaestre Cabeza de Piedra y el gaviero Petifoque; en el bando inglés nos encontramos con el marqués de Halifax, hermanastro del barón Mac-Lelan. Estos dos hombres

luchan en bandos enfrentados, y también por el amor de la misma mujer, Mary Wentworth.

Son los títulos de este ciclo.

Los corsarios de las Bermudas (I corsari delle Bermude, 1909).
Dos abordajes (La crociera della Tuonante, 1910).
Las extraordinarias aventuras de Cabeza de Piedra (Straordinarie avventure di Testa di Pietra, 1911).

Ciclo *Aventuras en el* Far West.

Las tres novelas del ciclo siguen las aventuras y desgracias del coronel Devandell, la *Sakem* Yalla y su hija Minnehaha en su búsqueda incesante de venganza contra los hombres blancos que están exterminando a las tribus siux.

En las fronteras del Far West (Sulle frontiere del Far-West, 1908)
La cazadora de cabelleras (La scotennatrice, 1909).
El exterminio de una tribu (Le selve ardenti, 1910).

Ciclo *Aventuras en África.*

La favorita del Mahdi (La favorita del Mahdi, 1887).
El rey de la montaña (Il re della montagna, 1895).
Los dramas de la esclavitud (I drammi della schiavitù, 1896).
La Costa de Marfil (La Costa d'Avorio, 1898).
Las cavernas de los diamantes (Le caverne dei diamanti, 1899).
Las aventuras de un marinero en África (Le avventure di un marinaio in Africa, 1899).
Los aventureros del mar (Gli scorridori del mare, 1900).
La montaña de oro (La montagna d'oro, 1901).
La jirafa blanca (La giraffa bianca, 1902).
Los bandidos del Sáhara (I predoni del Sahara, 1903).
En las llanuras de Argelia (Sull'Atlante, 1907).
Los bandidos del Rif (I briganti del Riff, 1911).
Los bandidos del gran desierto (I predoni del gran deserto, 1911).

Ciclo *Aventuras históricas.*

Las panteras de Argel (Le pantere di Algeri, 1903).
Las hijas de los faraones (Le figlie dei Faraoni, 1905).
Cartago en llamas (Cartagine in flamme, 1905).

Existen también otros ciclos muy interesantes, como el de *Aventuras en Rusia,* con tres novelas (1900 a 1907); *Aventuras en India y China,* con nueve novelas (1892 a 1905); *Aventuras en Oceanía,* con tres novelas (1896 a 1907); *Aventuras en los Polos,* con cinco novelas (1895 a 1909); *Aventuras en el mar,* con cuatro novelas (1894 a 1904) y *Aventuras en América del Sur y el Caribe,* con seis novelas (1888 a 1906). Además de otros ciclos menores, como *El Capitán Tormenta,* en dos novelas (1905 y 1910); *La flor de las perlas,* en dos novelas (1897 y 1901); *Los hijos del aire,* en dos novelas (1904 y 1907), y *Los dos marineros,* en dos novelas (1894).

Entre los cuentos (ya se ha dicho que algunos fueron publicados bajo seudónimo), cabe destacar *La rosa del Dong-Giang* (1897); *Los cuentos marineros de Mastro Catrame* (1894); *Las grandes pescas en el mar Austral* (1904), y los *Cuentos de la Biblioteca Áurea* (1900-1906); *Storia Rosse* (1910); sin olvidarnos de su autobiografía, titulada *La bohemia italiana* (1909).

En Italia, su extensa producción de más de doscientas obras fue más ampliamente leída que la de Dante Alighieri. En el siglo XXI, Salgari sigue figurando entre los cuarenta autores italianos más traducidos y muchas de sus novelas más populares se han adaptado a películas, series de dibujos animados y cómics. Se lo considera como el padre de la ficción de aventuras y de la cultura pop italiana, y el «abuelo» del *spaghetti western.*

LOS TIGRES DE MOMPRACEM

Según su biógrafo Felice Pozzo, Salgari escribió un total de ochenta y cuatro novelas y una cantidad imposible de determinar de cuentos, pues muchos fueron divididos al publicarse, o se les cambió el título. La mayor parte de su obra consiste en novelas de aventuras ambientadas en lugares exóticos, aunque llegó a cultivar también la ciencia ficción con la que en su producción es

una novela atípica, *Las maravillas del 2000,* de 1907. En España, muchas de sus novelas fueron publicadas por Saturnino Calleja (el de los cuentos) y posteriormente por la editorial Gahe en dos volúmenes, con títulos diferentes de los originales. Por ejemplo, *Le due tigri* (Los dos tigres) se publicó en dos partes, que el editor tituló *Los estranguladores* y *Los dos rivales.*

Casi desde sus comienzos como cronista y novelista, Salgari consiguió un notable éxito de público. En sus últimos años fue el escritor con mejores ventas de Europa. Su éxito entre el público juvenil fue creciendo, y algunas de sus ochenta y cuatro novelas llegaron a alcanzar tiradas sin precedentes de cien mil ejemplares, pero ya se ha dicho que a él no le alcanzó el éxito económico. Sus narraciones se habían hecho tan populares que su editor contrató inmediatamente a otros escritores para que desarrollasen historias bajo su nombre. Añadieron unas cincuenta novelas a ese «canon». Su estilo fue imitado por muchos, pero ningún otro escritor italiano de aventuras consiguió duplicar su éxito. Tras su muerte proliferaron las novelas falsamente atribuidas a él, muchas de las cuales fueron escritas por sus propios hijos Omar y Nadir.

En 1900 se publicó en formato libro, después de su publicación por entregas en 1883, *Los tigres de Mompracem,* bajo la editorial *Donath Editore,* que le concedió un estipendio anual de tres mil liras con el encargo de escribir tres novelas al año. Además de eso, Salgari escribía bajo seudónimo obras para otras editoriales (por eso resulta difícil establecer su obra con precisión). El personaje principal de esta obra y del ciclo que lo continuó es Sandokán, protagonista de títulos muy conocidos, como *El tigre de Malasia* o *Los tigres de Mompracem.* Se sabe que este personaje está basado en el famoso aventurero italo-español Carlos Cuarteroni Fernández, nacido en Cádiz en 1816, que fue capitán de barco mercante, comerciante de la Ruta de las Indias (Filipinas), pescador de perlas y de carey, explorador, cartógrafo, abolicionista y prefecto apostólico trinitario de Labuán y de Borneo.

Sandokán, llamado «el tigre de Malasia» (siendo «Malasia» por entonces la región del sureste asiático que en la actualidad se corresponde con los países de Malasia, Indonesia y Filipinas) es un príncipe de Borneo derrocado por la invasión británica, que

tan pronto es un pirata bandido como un rebelde frente a la ocupación de su país. Tiene un carácter heroico y mantiene una lucha feroz y continuada contra el gobernador James Brooke, conocido como «el rajá blanco» (personaje que existió en la realidad), pues éste fue el instigador de la muerte de toda la familia del héroe, que ocupaba el trono hasta la ocupación británica. Esos asesinatos fueron la causa de la vida bandolera y rebelde del pirata. (Cabe señalar que en la misma época en la que la narrativa inglesa de aventuras glorifica directamente y sin pudor la política colonialista de Inglaterra, Salgari haga protagonista de las novelas de este ciclo precisamente a un miembro de la resistencia anticolonialista). Sandokán y Yáñez dirigen a sus hombres contra las flotas holandesa y británica (defensoras de la dominación colonial) y declaran la guerra a Brooke para intentar derrocarlo de su injusto trono.

El personaje es capaz de la más absoluta de las lealtades con sus compañeros y del odio más acendrado y visceral contra sus enemigos. En esta aventura que abre el ciclo de once suele ir acompañado del único hombre blanco del que puede fiarse, el portugués Yáñez de Gomera. Tanto la novela, y su ciclo posterior, como el personaje alcanzaron rápidamente una popularidad enorme.

El ciclo de once novelas mezcla dos líneas narrativas, la protagonizada por Sandokán y Yáñez, en *Los tigres de Mompracem,* y la otra, que comienza en la India, protagonizada por el indio Tremal-Naik y el maharato Kammamuri *(Los misterios de la jungla negra)* en su lucha contra los brutales e implacables *thugs,* adoradores de la diosa Kali. Ambas tramas narrativas confluyen en la novela *Los tigres de Malasia,* en la que Tremal-Naik y Kammamuri se hacen grandes amigos y seguidores incondicionales de Sandokán y de Yáñez.

El principal personaje femenino del ciclo es la inglesa Mariana Guillonk, llamada «la Perla de Labuán», de quien está enamorado Sandokán y cuyo trágico final marcará la vida del héroe. Por otro lado, Yáñez es más afortunado en el terreno amoroso, pues se convierte en príncipe de Assam por su matrimonio con la maharajaní Surama. Cabe significar que el orden de la publicación de los títulos no coincidió exactamente con el orden del argumento, debido a que la versión definitiva de *Los tigres de Mompracem,*

aparecida en 1900, fue publicada después de *Los piratas de Malasia,* de 1896. Las dos últimas novelas del ciclo se publicaron después de la muerte de Salgari.

Por lo tanto, los títulos de este ciclo del personaje Sandokán son como sigue:

Los tigres de Mompracem (Le tigri di Mompracem, 1896, revisada en 1900).

Los misterios de la jungla negra (I misteri della giuungla nera, 1895).

Los piratas de Malasia (I pirati della Malesia, 1896).

Los dos tigres (Le due tigri, 1904).

El rey del mar (Il re del mare, 1906).

A la conquista de un imperio (Alla conquista di un impero, 1907).

La venganza de Sandokán (Sandokan alla riscossa, 1907).

La reconquista de Mompracem (La riconquista di Mompracem, 1908).

El falso brahmán (Il bramino dell'Assam, 1911).

La caída de un imperio (La caduta di un impero, 1911).

El desquite de Yáñez (La rivincita di Yanez, 1913).

La primera adaptación al cine de la obra Sandokán se realizó en 1976 y la siguieron varias más, así como una popularísima serie de televisión, otra de animación y una última en 2004 con grandes dosis de fantasía y artes marciales completamente ajenas al personaje original.

De las novelas de Salgari se han hecho más de cincuenta adaptaciones cinematográficas, y muchas más se han inspirado en sus obras de corsarios y aventuras en la jungla, como la película *Morgan, el pirata,* protagonizada por Steve Reeves.

LOS TIGRES
DE MOMPRACEM

LOS PIRATAS DE MOMPRACEM

La noche del 20 de diciembre de 1849, un huracán violentísimo se había desatado sobre Mompracem, isla salvaje de siniestra fama, refugio de terribles piratas, situada en el mar de Malasia, a pocos centenares de millas de las costas occidentales de Borneo.

En el cielo, impulsados por un viento violentísimo, corrían entremezclándose confusamente negros nubarrones, que de vez en cuando dejaban caer sobre la impenetrable selva de la isla furiosos aguaceros; en el mar, chocando desordenadamente y estrellándose con furia entre ellas, las olas confundían sus rugidos con las explosiones breves y secas o interminables de los truenos.

Ni en las cabañas alineadas al fondo de la bahía de la isla, ni en las fortificaciones que la defendían, ni en los numerosos barcos anclados al amparo de la escollera se divisaba ninguna luz; quien, viniendo de oriente, levantara la mirada, habría podido ver en lo más alto de una roca cortada a pico en el mar dos puntos luminosos: dos ventanas iluminadas.

¿Quién podía ser el que en aquella hora velaba en la isla de los sanguinarios piratas?

En un laberinto de trincheras destrozadas, de terraplenes caídos, de empalizadas arrancadas, de gaviones rotos, al lado de los cuales se podían divisar unas armas inutilizables, se levantaba una amplia y sólida cabaña adornada en su cúspide con una gran bandera roja, que llevaba en el centro la cabeza de un tigre.

Una habitación estaba iluminada; las paredes estaban cubiertas de pesados tejidos rojos, de terciopelos y brocados de gran calidad, que estaban manoseados, rotos y manchados; el suelo desaparecía bajo alfombras persas relucientes de oro, pero también rotas y sucias. En un rincón había un sofá con los flecos arrancados; en

otro un armónium de ébano con las teclas destrozadas y, alrededor, espléndidos vestidos, cuadros, lámparas derribadas, botellas, vasos enteros y rotos y además carabinas indias grabadas a mano, trabucos, sables, cimitarras, puñales y pistolas.

En aquella habitación tan extrañamente decorada, había un hombre sentado en un estropeado sillón; era de alta y esbelta figura, de fuerte musculatura, y con unos rasgos fieros y seguros, de una extraña belleza.

Largos cabellos le caían hasta los hombros, y una barba negrísima le enmarcaba una cara ligeramente bronceada.

Tenía una frente amplia, sombreada por espesas cejas, una boca pequeña que mostraba afilados dientes, como de fiera; y, relucientes como perlas, dos ojos negrísimos, de un brillo que hechizaba.

Estaba desde hacía algunos minutos con los ojos fijos en la lámpara y las manos cerradas nerviosamente alrededor de la preciosa cimitarra que le colgaba de una faja de seda roja, arrollada a la cintura sobre una casaca de terciopelo azul y oro.

Un estruendo formidable, que hizo temblar la gran cabaña hasta sus cimientos, lo arrancó bruscamente de aquella inmovilidad. Se echó hacia atrás los largos cabellos, se aseguró en la cabeza el turbante adornado con un espléndido diamante, grueso como una nuez, se levantó de repente y dio a su alrededor una ojeada en la que se podía leer tristeza y amenaza.

—Es medianoche —murmuró—. ¡Medianoche, y aún no ha vuelto!

Vació con lentitud un vaso lleno de un licor color ámbar, después abrió la puerta, caminó con paso firme por entre las trincheras que defendían la cabaña, y se paró al borde del acantilado, a cuyos pies rugía furioso el mar.

Se detuvo algunos momentos con los brazos cruzados, inmóvil como la roca que lo sostenía, aspirando con placer los bufidos de la tempestad y mirando el mar revuelto; después volvió a la cabaña y se paró delante del armónium.

Deslizó los dedos sobre las teclas, obteniendo algunas notas muy rápidas, extrañas, salvajes, que se dispersaron mezclándose con el sonido de la lluvia y los silbidos del viento.

De pronto, movió la cabeza, mirando la puerta que había dejado entreabierta. Se quedó unos momentos a la escucha, encorvado, con los oídos atentos. Después salió rápidamente, llegando hasta la orilla del acantilado.

Aprovechando el resplandor de un relámpago divisó un pequeño barco, con las velas casi arriadas, que entraba en la bahía, confundiéndose en el acto con los otros barcos anclados.

El hombre acercó a sus labios un silbato de oro, emitiendo tres notas estridentes; un silbato agudo contestó unos momentos después.

—¡Es él! —murmuró emocionado—. ¡Ya era hora!

Cinco minutos después, un hombre, envuelto en una amplia capa chorreante de agua, se presentaba delante de la cabaña.

—¡Yáñez! —exclamó el hombre del turbante, abrazándolo.

—¡Sandokán! —contestó el recién llegado con un marcadísimo acento extranjero—. ¡Brrr! ¡Qué noche de infierno, hermano mío!

Atravesaron rápidamente las trincheras y entraron en la cabaña.

Sandokán llenó dos vasos y los dos hombres brindaron por el nuevo encuentro.

El recién llegado era un hombre que aparentaba unos treinta y tres o treinta y cuatro años, un poco mayor que su compañero. De mediana estatura, de constitución muy fuerte, tenía la piel blanca y las facciones regulares, los ojos grises, astutos, los labios burlones y delgados, prueba de una voluntad de hierro. Se veía de inmediato que era europeo y que sin duda era oriundo de algún país meridional.

—Y bien, Yáñez —preguntó Sandokán, emocionado—. ¿Has visto a la joven de los cabellos de oro?

—No, pero sé cuanto deseabas saber.

—¿No has ido a Labuán?

—Sí, pero tienes que comprender que en aquellas costas, vigiladas por los cruceros ingleses, resulta muy difícil el desembarco, para personas como nosotros.

—Háblame de esa joven. ¿Quién es?

—Te puedo decir que es una criatura bellísima, tan bella que puede embrujar al más formidable pirata.

—¡Oh! —exclamó Sandokán.

—Me han dicho que tiene los cabellos rubios como el oro, los ojos más azules que el mar, la piel blanca como el alabastro.

—Pero ¿a qué familia pertenece?

—Algunos dicen que es hija de un colono, otros de un lord, otros más que es pariente del gobernador de Labuán.

—Extraña criatura —murmuró Sandokán oprimiéndose la frente con las manos. Se había levantado bruscamente, prendido de una viva emoción y se había puesto delante del armónium, pasando los dedos por las teclas.

Yáñez se limitó a sonreír y, descolgando de un clavo un viejo laúd, se puso a tañer sus cuerdas, diciendo:

—¡Está bien! Toquemos un poco de música.

Hacía un instante que estaba tocando un aire portugués, cuando vio a Sandokán acercarse bruscamente a la mesa, y apoyar las manos en ella con extrema violencia.

Ya no era el hombre de antes: su frente estaba fruncida, los ojos despedían lúgubres destellos, los labios mostraban los dientes convulsamente apretados, tenía los miembros en tensión. En aquel momento era el formidable caudillo de los crueles piratas de Mompracem, era el hombre que desde hacía diez años ensangrentaba las costas de Malasia, el hombre que en cada rincón había sostenido terribles batallas, el hombre a quien su extraordinaria audacia e indomable coraje habían otorgado el feroz y sanguinario apodo de «Tigre de Malasia».

—¡Yáñez! —exclamó con gesto torvo—. ¿Qué hacen los ingleses en Labuán?

—Se fortifican —contestó tranquilamente el europeo.

—¿Puede ser que estén tramando algo contra mí?

—Lo creo.

—¡Ah! ¿Tú lo crees? ¡Que se atrevan a levantar un dedo contra mi Mompracem! ¡Diles que se atrevan a desafiar a los piratas en su escondrijo! El Tigre los destruirá a todos. Dime, ¿qué dicen de mí?

—Que ya es hora de que se acabe con un pirata tan audaz.

—¿Me odian mucho?

—Hasta tal punto que sacrificarían todos sus barcos por ahorcarte.

—¡Ah!

—¿Puedes dudarlo? Hermano mío, son muchos los años que llevas cometiendo fechorías. Todas las costas llevan las señales de tus correrías; todos los pueblos y todas las ciudades han sido salteadas y saqueadas; todos los castillos, holandeses, españoles e ingleses, han sufrido tus asaltos, y el fondo del mar está lleno de barcos hundidos por ti.

—Es verdad, pero, ¿de quién es la culpa? ¿Los hombres de raza blanca no han sido inexorables conmigo? ¿Tal vez no me han destronado con el pretexto de que me volvía demasiado poderoso? ¿No han asesinado a mi madre, a mis hermanos y hermanas, para destruir mi estirpe? ¿Qué mal les había hecho yo a ellos? ¡La raza blanca no había tenido nunca nada contra mí, y a pesar de ello me quisieron aplastar! Ahora les odio, sean españoles, holandeses, ingleses o portugueses, como tus compatriotas; los maldigo y mi venganza será terrible: ¡lo he jurado sobre los cadáveres de mi familia y mantendré mi juramento! Si he sido despiadado con mis enemigos, confío que alguna voz se levantará también para decir que alguna vez he sido generoso.

—No una, sino cientos y miles de voces pueden decir que tú has sido con los débiles hasta demasiado generoso —dijo Yáñez—. Pueden decirlo todas aquellas mujeres caídas en tu poder y que tú has llevado, arriesgando dejarte hundir por los cruceros, a los puertos de los hombres blancos; pueden decirlo las débiles tribus que tú has defendido de los saqueos de los poderosos, los pobres marinos privados de sus barcos en la tempestad y que tú has salvado de las olas y cubierto de regalos, y cientos, miles más que se acordarán siempre de tu benevolencia, Sandokán. Ahora dime, hermano mío, ¿qué quieres decirme?

El Tigre de Malasia no contestó. Estaba paseando por la habitación con los brazos cruzados y con la cabeza inclinada sobre el pecho.

El portugués se levantó entonces, encendió un cigarrillo y se acercó a una puerta oculta por el cortinaje, diciendo:

—Buenas noches, hermano mío.

Sandokán, al oír aquellas palabras, se sobresaltó, y, deteniéndolo con un ademán, dijo:

—Una palabra, Yáñez.

—Habla, entonces.

—¿Sabes que deseo ir a Labuán?

—¡Tú...! ¡A Labuán...!

—¿Por qué tanta sorpresa?

—Porque tú eres demasiado audaz y podrías cometer alguna locura en el escondrijo de tus más encarnizados enemigos. Hermano mío, no tientes demasiado a la suerte. ¡Estate en guardia! La hambrienta Inglaterra ha puesto sus ojos sobre nuestra Mompracem y puede ser que no aguarde a tu muerte para lanzarse sobre tus cachorros y destruirlos. Estate en guardia, ya que he visto un crucero erizado —de cañones y lleno de armas rondar por nuestras aguas, y éste no es más que un león que espera su presa.

—¡Pero encontrará al Tigre! —exclamó Sandokán apretando los puños y temblando de la cabeza a los pies.

—Sí, lo encontrará y puede ser que pierda la batalla, pero tu grito de muerte llegará hasta las costas de Labuán y otros más se moverán contra ti. Morirán muchos leones, puesto que tú eres el más fuerte y despiadado, ¡pero morirá también el Tigre!

—¡Yo...!

Sandokán dio un salto hacia adelante con los brazos contraídos por el furor, los ojos centelleantes, las manos apretadas como si empuñaran un arma. Pero fue un relámpago: se sentó a la mesa, apuró de un solo trago el vaso que había quedado lleno y dijo con voz perfectamente tranquila:

—Tienes razón, Yáñez; a pesar de ello, iré mañana a Labuán. Una fuerza irresistible me empuja hacia aquellas playas, y una voz murmura en mi interior que tengo que ver a aquella joven de los cabellos de oro, que debo...

—¡Sandokán...!

—Silencio, hermano mío: vámonos a dormir.

Sin embargo, el formidable pirata, todavía salió unos minutos al exterior para contemplar soñadoramente el horizonte, mientras daba lentas chupadas a un aromático y delgado cigarro confeccionado con escogidas hojas de Borneo.

FECHORÍAS Y GENEROSIDAD

Al día siguiente, algunas horas después de levantarse el sol, Sandokán salía de la cabaña, listo para emprender la arriesgada expedición.

Iba vestido de guerra: llevaba puestas largas botas de piel roja, su color preferido; y una espléndida casaca de terciopelo rojo, adornada con bordados y flecos, y largos pantalones de seda azul y a la bandolera llevaba una preciosa carabina india con arabescos y de largo alcance; a la cintura una pesada cimitarra con la empuñadura de oro macizo y un *kriss,* el puñal de hoja ondulada y envenenada tan apreciado en aquellas poblaciones de Malasia. Se paró un momento a la orilla del gran acantilado, paseando su mirada de águila sobre la superficie del mar, que se había vuelto lisa como un espejo, y miró a oriente.

—Es allá —murmuró, después de algunos momentos de contemplación—. Extraño destino que me empuja allí, ¡dime si me serás nefasto! ¡Dime si aquella mujer de los ojos azules y de los cabellos de oro, que cada noche atormenta mis sueños, será la causa de mi fin...!

Movió la cabeza como queriendo sacudir de ella un mal pensamiento; después con paso lento bajó una estrecha escalera abierta en la roca y que conducía a la playa.

Un hombre lo estaba esperando abajo; era Yáñez.

—Todo está listo —dijo—. He hecho preparar las dos mejores embarcaciones de nuestra flota, aumentando su armamento con dos gruesas espingardas.

—¿Y los hombres?

—Todos los grupos están formados en la playa, con sus respectivos capitanes. No tendrás que escoger a los mejores.

—Gracias, Yáñez.

—No tienes que darme las gracias, Sandokán: puede ser que haya preparado tu ruina.

—No temas, hermano mío; los proyectiles tienen miedo de mí.

—Sé prudente, muy prudente.

—Lo seré y te prometo que en cuanto haya visto a aquella joven volveré aquí. Vámonos.

Atravesaron una explanada defendida por grandes baluartes y gruesas piezas de artillería, de terraplenes y de profundos fosos, y llegaron a la orilla de la bahía, en la cual se mecían dulcemente doce o quince veleros, llamados *praos*.

Delante de una larga hilera de cabañas y de sólidas casas, que parecían almacenes, trescientos hombres estaban perfectamente alineados, a la espera de una orden para arrojarse sobre los barcos y llevar el terror a todos los mares de Malasia.

Sandokán miró complacido a sus cachorros, como solía llamarlos, y dijo:

—Patán, acércate.

Un malayo de alta estatura, de poderosos miembros, vestido con una simple falda roja adornada de plumas, se adelantó:

—¿Con cuántos hombres cuenta tu partida? —preguntó.

—Cincuenta, Tigre de Malasia.

—Embarcaos en aquellos dos *praos* y dejad la mitad para Giro-Batol.

—¿Y adónde vamos?

Sandokán lo fulminó con una mirada que lo hizo estremecer por su imprudencia, a pesar de que fuera un hombre capaz de reírse de la guerra.

—Obedece sin rechistar, si quieres vivir —le dijo Sandokán.

El malayo se alejó rápidamente, llevándose su grupo, compuesto por hombres de gran coraje, y que al más pequeño ademán de Sandokán no habrían dudado en saquear el sepulcro de Mahoma, a pesar de que fueran todos mahometanos.

—¿Vienes, Yáñez? —dijo Sandokán, cuando vio que todos estaban embarcados.

Estaban por llegar a la orilla, cuando fueron alcanzados por un feo negro de enorme cabeza, de manos y pies desproporciona-

dos, un verdadero campeón de aquellos horribles *negritos* que se podían encontrar en el interior de casi todas las islas de Malasia.

—¿Qué quieres y de dónde vienes, Kili-Dalú? —le preguntó Yáñez.

—Vengo de la costa meridional —contestó el *negrito,* respirando afanosamente.

—¿Y qué nos traes?

—Una buena nueva, caudillo blanco; he visto una gran embarcación que navegaba hacia las islas Romades.

—¿Iba cargada? —preguntó Sandokán.

—Sí, Tigre.

—Está bien; estoy casi seguro de que dentro de tres horas caerá en mi poder.

—¿Y después irás a Labuán?

—Directamente.

Se habían parado delante de una preciosa ballenera, montada por cuatro hombres malayos.

—Adiós, hermano —dijo Sandokán, abrazando a Yáñez.

—Adiós, Sandokán. Ten cuidado y no hagas locuras.

—No temas; seré prudente.

—Adiós, y que tu buena estrella te proteja.

Sandokán saltó a la ballenera, que en pocos golpes de remo lo transportó a los *praos,* que estaban desplegando sus grandes velas.

Desde la playa partió un rugido:

—¡Viva el Tigre de Malasia!

—Partamos —ordenó el pirata dirigiéndose a las dos tripulaciones.

Levaron anclas las dos escuadras de demonios, de un color verde aceituna o amarillo sucio, y las dos embarcaciones se lanzaron al mar abierto, resoplando sobre las azules olas del mar malayo.

—La ruta —preguntó Sabau a Sandokán, que se había puesto al mando del barco de mayor tonelaje.

—¡Directos a las islas Romades! —contestó el jefe.

Después, dirigiéndose a la tripulación, gritó:

—¡Cachorros, abrid bien los ojos; tenemos un barco dispuesto para saquear!

El viento era bueno, soplaba desde el sudoeste, y el mar, ligeramente movido, no oponía resistencia a la carrera de los dos veleros, que en poco tiempo alcanzaron una velocidad superior a los doce nudos, en verdad poco usual en los barcos de vela, pero no extraordinaria para los malayos, que llevaban velas enormes y eran de casco estrecho y ligero.

Los dos veleros con los cuales el Tigre iba a empezar la audaz expedición no eran dos verdaderos *praos,* los cuales comúnmente eran pequeños y sin puente. Sandokán y Yáñez, que en las cosas del mar no tenían rival en toda Malasia, habían modificado todos sus veleros para tener ventaja sobre los barcos que perseguían.

A pesar de que los dos *praos* estaban aún a una gran distancia de las islas Romades, hacia las cuales se suponía se dirigía el barco descubierto por Kali-Dalú, los piratas empezaron a prepararse, para poder estar listos para el combate en cuanto éste se presentara.

Los dos cañones y las dos gruesas espingardas fueron cargados con los máximos cuidados: sobre el puente se dispusieron grandes cantidades de balas y granadas para lanzarlas a mano, después fusiles, hachas, sables de abordaje, y se colocaron en la borda los garfios de abordaje que se lanzaban sobre el barco enemigo para sujetarlo.

Cuando todo estuvo preparado, aquellos demonios, cuyas miradas ya se encendían de deseo, se pusieron en observación, unos sobre las batayolas, otros sobre los flechastes y otros a horcajadas sobre el trinquete.

A pesar de que Sandokán parecía que no participase de aquella ansiedad y excitación de sus hombres, paseaba de proa a popa con paso nervioso, escudriñando la inmensidad del mar, y apretando con energía la empuñadura de oro de su espléndida cimitarra.

A las diez de la mañana Mompracem desaparecía en el horizonte; a pesar de ello, el mar aparecía aún desierto.

La impaciencia empezaba a adueñarse de la tripulación de los dos barcos: los hombres subían y bajaban de los aparejos, maldiciendo, haciendo destellar las relucientes hojas envenenadas de los *kriss* y de las cimitarras. Poco después del mediodía, de pronto, desde lo alto del palo mayor se oyó una voz:

—¡Eh! ¡Alerta a sotavento!

Sandokán interrumpió su paseo. Lanzó una rápida mirada sobre el puente del propio velero y otra sobre el mandado por Giro-Batol, y después ordenó:

—¡Tigres! ¡A vuestros puestos de combate!

En pocos segundos, los piratas que habían subido a los palos bajaron a cubierta para ocupar sus puestos.

—Araña del Mar —dijo Sandokán al hombre que había quedado de vigía en el palo mayor—. ¿Qué ves?

—Una vela, Tigre.

—¿Es un barco?

—Es la vela de un barco, no me equivoco.

—Hubiera preferido un barco europeo —murmuró Sandokán, frunciendo el ceño—. Ningún odio me empuja contra los hombres del Celeste Imperio. Aunque...

Reemprendió el paseo y no volvió a hablar. Pasó una media hora, durante la cual los dos *praos* ganaron cinco nudos; después, la voz del Araña se volvió a escuchar.

—¡Capitán, es un barco! —gritó—. Tened cuidado, porque nos han divisado y están cambiando de rumbo.

—¡Ah! —exclamó Sandokán—. Giro-Batol, maniobra de forma que le impidas la huida.

Los dos veleros se separaron y, describiendo un amplio semicírculo, se dirigieron con todas las velas desplegadas al encuentro de la embarcación mercante.

Era ésta una de aquellas pesadas embarcaciones llamadas *juncos,* de forma cuadrada y de dudosa robustez, utilizadas en los mares de la China.

Tan pronto se percató de la presencia de los dos sospechosos veleros, contra los cuales no podía competir en velocidad, el junco se paró, enarbolando un gran estandarte.

Al ver aquel estandarte, Sandokán dio un salto adelante.

—La bandera del rajá Brooke, el exterminador de los piratas —gritó, con acento de odio—. ¡Tigres! ¡Al abordaje!

Un grito salvaje, feroz, estalló en las dos tripulaciones, por las cuales no era ignorada la fama del inglés James Brooke, nombrado rajá de Sarawak, enemigo despiadado de los piratas.

Patán, de un salto, alcanzó el cañón de proa, mientras los demás apuntaban la espingarda y armaban las carabinas.

De pronto, una detonación retumbó a bordo del junco, y una bala de pequeño calibre pasó con un agudo silbido, atravesando las velas.

Patán se agachó sobre su cañón e hizo fuego; el efecto fue inmediato: el palo mayor del junco, roto por la base, osciló violentamente hacia adelante y hacia atrás y cayó sobre cubierta, con sus velas y todas sus cuerdas. A bordo del desafortunado junco se vieron algunos hombres correr al costado del barco y después desaparecer.

—¡Mira, Patán! —gritó Araña del Mar.

Un pequeño bote, montado por seis hombres, se estaba alejando del junco y huía hacia las costas de Romades.

—¡Ah! —exclamó Sandokán, con ira—. ¡Hay algunos hombres que huyen, en lugar de luchar! Patán, haz inmediatamente fuego sobre aquellos cobardes.

El malayo disparo una carga de metralla que destrozó el bote, matando a todos los que iban en él.

—¡Bravo, Patán! —gritó Sandokán—. Y ahora destruye aquel barco, sobre el cual veo aún una numerosa tripulación. Después lo enviaremos a reparar a los arsenales del rajá.

Los dos veleros corsarios reemprendieron la infernal música, lanzando balas, granadas y ráfagas de metralla hacia el pobre junco, destrozando el palo del trinquete y sus costados, reduciendo su maniobrabilidad y matando a sus tripulantes, que se defendían desesperadamente con los fusiles.

Los dos veleros corsarios, envueltos en una nube de humo, de la cual salían relámpagos, seguían acercándose y en pocos momentos se encontraron a los lados del junco.

—¡Timón a sotavento! —gritó entonces Sandokán, que empuñaba la cimitarra.

Su velero abordó al mercante a babor, y tirando los garfios de abordaje quedó enganchado.

—¡Al asalto, tigres! —tronó el terrible pirata.

Se encogió como un tigre que está dispuesto a lanzarse sobre su presa y se dispuso a saltar; sin embargo, una robusta mano lo detuvo.

Se volvió, con un grito de furor. El hombre que se había atrevido a pararlo, de un salto se puso delante de él, cubriéndolo con su propio cuerpo.

—¡Tú, Araña del Mar! —gritó Sandokán levantando sobre él la cimitarra.

En aquel momento una bala de fusil disparada desde el junco alcanzó al pobre Araña, que caía muerto sobre el puente.

—¡Gracias, mi cachorro! —exclamó Sandokán—. ¡Me has salvado!

Se arrojó hacia adelante como un toro herido, se agarró a la boca de un cañón y se plantó sobre el puente del junco, precipitándose entre los combatientes con aquella loca temeridad que todos admiraban.

La tripulación entera del barco mercante se le echó encima para cortarle el paso.

—¡A mí, tigres! —gritó, derribando dos hombres con el filo de su cimitarra.

Diez o doce piratas, subiendo como monos por los aparejos y saltando al costado del barco, se precipitaron en cubierta, mientras el otro *prao* lanzaba sus arpones de abordaje.

—¡Rendíos! —gritó el Tigre a los marineros del junco.

Los siete u ocho hombres que aún sobrevivían, viendo a los otros piratas invadir la cubierta, tiraron las armas.

—¿Quién es el capitán? —preguntó Sandokán, mirando ferozmente a su alrededor.

—Yo —contestó un chino, adelantándose temblando.

—Tú eres un valiente y tus hombres son dignos de ti —dijo Sandokán—. ¿A dónde vais?

—A Sarawak.

—¡Ah! —exclamó con voz ronca—. Tú vas a Sarawak. ¿Y qué hace el rajá Brooke, el exterminador de piratas?

—No lo sé, porque falto de Sarawak desde hace muchos meses.

—No importa, le dirás que un día iré a anclar a su bahía y que allí esperaré sus barcos. ¡Y veremos si el exterminador de piratas será capaz de vencer a los míos!

Después se arrancó del cuello una hilera de diamantes de gran valor y, ofreciéndosela al capitán del junco, dijo:

—Tómalos, valiente. Siento haberte destrozado el junco; sin embargo, con estos diamantes podrás comprarte otros diez.

—¿Quién sois vos? —preguntó el capitán, asombrado.

Sandokán se le acercó y, apoyando las manos en la espalda, le dijo:

—Mírame bien: yo soy el Tigre de Malasia.

Antes que el capitán y sus marineros pudieran salir de su asombro y terror, Sandokán y sus piratas ya habían vuelto a sus barcos.

—¿Qué ruta? —preguntó Patán.

El Tigre levantó el brazo indicando hacia el oeste; después, con voz vibrante, gritó:

—¡Tigres, a Labuán, a Labuán!

EL CRUCERO

El viento se mantenía en dirección noroeste y bastante fría; el mar se mantenía tranquilo, favoreciendo la carrera de los dos *praos,* los cuales corrían a diez o doce nudos por hora.

Sandokán, después de haber hecho limpiar el puente, arreglar las cuerdas cortadas por las balas enemigas, tirar al mar el cadáver del Araña y de otro pirata muerto de un balazo, cargar los fusiles y las espingardas, encendió un espléndido narguile, procedente de alguna tienda india o persa, y llamó a Patán.

El malayo se apresuró a obedecer.

—Dime, malayo —dijo el Tigre, mirándole a la cara con ojos llameantes—. Cuando yo voy al abordaje, ¿sabes cuál es tu sitio?

—Detrás de vos.

—Tú no estabas, y el Araña ha muerto en tu lugar.

—Es verdad, capitán.

—Tendría que hacerte fusilar por esta falta, pero tú eres un valiente y yo no deseo sacrificar sin necesidad a un valiente. En el primer abordaje, tú te harás matar a la cabeza de mis hombres.

—Gracias, Tigre.

Atravesó a pasos lentos el puente y bajó a su camarote.

Durante el día los dos *praos* continuaron navegando por aquel estrecho comprendido entre Mompracem y las Romades al oeste, la costa de Borneo al este, y al noroeste Labuán y las tres islas del Norte, sin encontrar ningún barco mercante.

La siniestra fama de que gozaba el Tigre se había dispersado por aquellos mares y muy pocos barcos se atrevían a pasar por ellos.

Al caer la noche, los dos veleros amainaron las grandes velas para protegerse contra posibles ráfagas de viento, y se acercaron

el uno al otro para no perderse de vista y estar listos para prestarse asistencia mutua.

Alrededor de la medianoche, en el mismo instante en que pasaban por delante de las Tres Islas, que eran los vigías de Labuán, Sandokán se personó en el puente.

Estaba siempre preso de una gran agitación. Se puso a pasear desde proa a popa, con los brazos cruzados, cerrado en un gran mutismo. Pero de vez en cuando se paraba para escudriñar la negra superficie del mar, y después se agazapaba y se ponía a la escucha. ¿Qué esperaba oír? Podría ser el barboteo de alguna máquina que le percatase de la presencia de algún crucero, o también el ruido de las olas que se iban rompiendo sobre las costas de Labuán.

A las tres de la mañana, cuando el cielo empezaba a esclarecer, Sandokán gritó:

—¡Labuán!

En efecto, al oeste, allí donde el mar se confundía con el horizonte, se podía divisar confusamente una estrecha linea oscura.

—¡Labuán! —volvió a repetir el pirata, respirando como si se hubiera quitado un gran peso del corazón.

—¿Tenemos que seguir? —le preguntó Patán.

—Sí. Entraremos por el río que ya conoces.

La orden fue transmitida a Giro-Batol, y los dos veleros silenciosamente pusieron rumbo a la isla.

Labuán, cuya superficie no rebasaba los ciento dieciséis kilómetros cuadrados, no era en aquellos tiempos el importante puerto que es hoy. Ocupada en 1847 por sir Rodney Mandy, comandante del Iris, por orden del gobierno inglés, en la confianza de poder aniquilar la piratería, con una población de pocos millares de habitantes, casi todos de raza malaya, y unos pocos cientos de blancos.

Hacía poco tiempo que habían fundado una pequeña ciudad a la cual habían dado el nombre de Victoria, fortificándola con algunos baluartes para impedir que fuera destruida por los piratas de Mompracem, que ya varias veces habían saqueado sus costas. El resto de la isla estaba cubierto por espesos bosques poblados de tigres, y muy pocas granjas se habían construido en sus alturas o en sus praderas. Los dos *praos,* después de haber costeado en una milla la isla, entraron silenciosamente en el río, cuyas orillas

estaban recubiertas de espesa vegetación, lo recorrieron unos seiscientos o setecientos metros, anclando bajo la oscura sombra de grandes plantas.

Un crucero que pasara por allí vigilando las costas no habría podido descubrirlos, ni habría podido sospechar la presencia de aquellos tigres, escondidos como los tigres de las *sunderbunds* indias.

A mediodía Sandokán, después de haber enviado a dos hombres a la desembocadura del río y otros dos a la selva, se armó de su carabina, y desembarcó seguido de Patán.

Habría recorrido alrededor de un kilómetro, adentrándose en la espesura de la selva, cuando se paró repentinamente.

—¿Habéis visto algún hombre? —preguntó Patán.

—No, ponte a la escucha —contestó Sandokán.

El malayo aguzó el oído y escuchó a lo lejos unos ladridos de perro.

—Hay alguien de cacería —dijo levantándose.

—Vamos a ver.

Reemprendió el camino pasando bajo los árboles de la pimienta, cuyas ramas estaban cargadas de racimos rojos, bajo los *artocarpus* o árboles del pan o bajo las palmeras de Filipinas, entre cuyas hojas volaban innumerables lagartijas voladoras.

Los ladridos del perro se acercaban cada vez más, y en pocos momentos los dos piratas se encontraron en presencia de un feo negro, vestido con unos pantalones rojos y que llevaba a la traílla un mastín.

—¿Adónde vas? —le preguntó Sandokán atravesándole el paso.

—Busco la pista de un tigre —contestó el negro.

—¿Y quién te ha dado permiso de ir de cacería por mis bosques?

—Estoy al servicio de lord Guldek.

—¡Está bien! Ahora dime, ¿has oído hablar de una joven que se llama la Perla de Labuán?

—¿Quién no conoce en esta isla a aquella bella criatura? Es el buen genio de Labuán que todos quieren y adoran.

—¿Es bella? —preguntó Sandokán emocionado.

—Creo que ninguna mujer se le puede comparar.

Un fuerte sobresalto se apoderó del Tigre de Malasia.

—Dime —volvió a preguntar después de un instante de silencio—. ¿Dónde vive?

—A dos kilómetros desde este punto, en medio de la pradera.

—Con esto es suficiente; vete, y si tienes aprecio a tu vida no mires atrás.

Le dio un puñado de oro y cuando el negro desapareció se sentó a los pies de un gran *artocarpus,* murmurando:

—Esperaremos la noche y después iremos a dar un vistazo a los alrededores.

Patán se tumbó a la sombra de una palmera de Filipinas, aunque con la carabina a su lado.

Serían las tres de la tarde, cuando un acontecimiento inesperado vino a interrumpir la espera.

Se oyó un disparo de cañón del lado de la costa, haciendo callar repentinamente a todos los pájaros que vivían en las selvas.

Sandokán se levantó apresuradamente, con la carabina a punto: su cara se había transformado por completo.

—¿Has oído? ¡Un disparo de cañón! —exclamó—. ¡Vámonos, Patán; veo sangre!

Se levantó, y a saltos atravesó la selva, seguido por el malayo, que, a pesar de ser ágil como un ciervo, a duras penas podía mantener aquel ritmo loco de carrera.

TIGRES Y LEOPARDOS

En menos de diez minutos, los dos piratas llegaron a la orilla del río. Todos los hombres ya se habían embarcado en los *praos* y estaban desplegando todas las velas, aunque hacía muy poco viento.

—Capitán, nos están atacando —dijo Giro-Batol—. Un crucero nos impide la salida, en la desembocadura del río.

—¡Ah! —dijo el Tigre—. ¿Vienen a perseguirnos también aquí, estos ingleses? ¡Entonces, tigres, empuñad las armas y nos haremos a la mar! ¡Enseñaremos a estos hombres cómo luchan los tigres de Mompracem!

—¡Viva el Tigre! —gritaron las dos tripulaciones, excitadas—. ¡Al abordaje! ¡Al abordaje!

Rápidamente los dos veleros bajaron por el río y tres minutos más tarde se encontraban en alta mar. A seiscientos metros de la orilla, un gran barco que rebasaba las mil quinientas toneladas, fuertemente armado, navegaba no muy rápido, cerrándoles la salida a oeste.

Sobre su puente se oían redoblar los tambores que llamaban a los hombres a sus puestos de combate y se oían las órdenes de los oficiales.

Sandokán miró fríamente aquel formidable contrincante, y en lugar de asustarse de sus dimensiones, de su numerosa artillería y de su tripulación tres o cuatro veces más numerosa que la suya, ordenó:

—¡Tigres, a los remos!

Los piratas se precipitaron bajo cubierta, poniéndose a los remos, mientras que los artilleros apuntaban sus cañones y espingardas.

—Ahora es nuestro turno, barco maldito —dijo Sandokán cuando vio los *praos* moverse como flechas bajo el empuje de los remos.

Enseguida un chorro de fuego brilló sobre el puente del crucero y una bala de grueso calibre pasó silbando entre la arboladura del *prao*.

—¡Patán! —gritó Sandokán—. ¡Que hable tu cañón!

El proyectil fue a estrellarse en el puente del comandante, destruyendo al mismo tiempo el palo de la bandera.

El barco de guerra, en lugar de contestar, maniobró de forma que pudiera presentar su costado, del cual salían las extremidades de media docena de cañones.

—Patán, no pierdas ni un solo golpe —dijo Sandokán, mientras que un cañonazo retumbaba sobre el *prao* de Giro-Batol—. Destroza los palos de aquel maldito, hazlo añicos, desmóntalo y, cuando ya no tengas puntería, déjate matar.

En aquel instante el crucero pareció incendiarse. Un huracán de hierro atravesó los aires y alcanzó de lleno los dos *praos,* alisándolos como si fueran dos viejas barcazas.

Gritos espantosos de furor y dolor se oyeron entre los piratas, ahogados por una segunda ráfaga que mandó por los aires artillería y artilleros.

Después, el barco de guerra, envuelto en humo negro y blanco, maniobró a menos de cuatrocientos metros de los *praos* y se alejó un kilómetro, preparándose para reemprender el fuego.

Sandokán, que se hallaba sin ningún rasguño, había caído por culpa de un palo que lo alcanzó. Se levantó enseguida.

—¡Miserable! —aulló, mostrando los puños al enemigo—. Cobarde; huyes pero te alcanzaré.

Con un silbido llamó a sus hombres al puente.

—¡Rápido, instalad una barricada delante de los cañones! Después, ¡adelante!

En pocos momentos, a la proa de los dos veleros fueron apilados palos de repuesto, barriles llenos de balas, viejos cañones desmontados, y escombros de todo género, logrando una sólida barricada.

Veinte hombres, de entre los más fuertes, volvieron a bajar para maniobrar los remos, mientras que los demás se colocaron al amparo de las barricadas, empuñando las carabinas y llevando entre los dientes puñales que destellaban entre los labios febriles.

—¡Adelante! —mandó el Tigre.

El crucero ahora adelantaba a poca velocidad, despidiendo ríos de humo negro.

—¡Fuego a discreción! —aulló el Tigre.

Desde ambos lados se reemprendió la infernal música, golpe contra golpe, proyectil contra proyectil.

Los dos veleros, decididos a no retroceder aunque les costara la muerte, no podían casi verse, tal era la cantidad de humo que los envolvía; aunque seguían contestando al fuego enemigo.

El barco tenía la ventaja de su mayor tonelaje y de su artillería, aunque los dos *praos,* que el temible Tigre conducía al abordaje, no cedían.

La locura se había adueñado de aquellos hombres y no deseaban más que poder pisar el puente de aquel formidable barco; si no para vencer, por lo menos para morir en territorio enemigo.

Patán, fiel a su palabra, se había dejado matar al lado de su cañón, y enseguida otro hábil artillero había ocupado su lugar.

La terrible batalla duró veinte minutos; después el crucero se desplazó unos seiscientos metros, para no ser alcanzado y abordado.

Un grito de furor resonó entre las tripulaciones de los *praos,* al ver aquella nueva retirada.

Ya no existía posibilidad de lucha contra aquel enemigo, que aprovechándose de sus máquinas evitaba todo posible abordaje.

Pero Sandokán aún no quería retroceder.

Derribando de un formidable empujón a los hombres que le rodeaban, se agachó sobre el cañón que aún estaba cargado, ajustó la puntería y encendió la mecha.

Pocos segundos después, el palo mayor del crucero era alcanzado por su base y se precipitaba al mar, llevándose consigo a todos los hombres que se encontraban en las cofas.

Mientras el barco se paraba para salvar a los náufragos, cesaba el fuego. Sandokán se aprovechó para, embarcar a los hombres del *prao* de Giro-Batol que se estaba hundiendo.

—¡Y ahora rumbo a la costa! —gritó.

El *prao* de Giro-Batol, que aún se mantenía a flote por milagro, fue desalojado por completo y abandonado a las olas con su cargamento de cadáveres.

Enseguida los piratas se pusieron a los remos, y aprovechándose de la momentánea inactividad del barco de guerra, se alejaron rápidamente, escondiéndose en el río.

¡Ya era hora! El pobre velero hacía aguas por todos lados, a pesar de que los piratas miraban de taponar apresuradamente los agujeros abiertos por las balas del crucero.

Gemía como un moribundo bajo el peso del agua que lo invadía, y se iba inclinando a babor.

Sandokán, que se había puesto al timón, viró hacia la orilla y lo embarrancó en la arena.

Después dijo, mirando el reloj que llevaba en la cintura:

—Son las seis: dentro de dos horas el sol habrá desaparecido y las tinieblas se apoderarán del mar. Que cada uno se ponga al trabajo de manera que el *prao* a la medianoche esté listo para volver al mar.

—¡Viva el Tigre! —gritaron los piratas.

—Silencio —dijo Sandokán—. Que vayan dos hombres a la desembocadura del río a aniquilar el crucero y otros dos a la selva para evitar toda posible sorpresa; curad a los heridos, y después todos al trabajo.

Mientras los piratas se apresuraban a vendar las heridas que habían sufrido algunos de sus compañeros, Sandokán se acercó a popa y se quedó algunos minutos observando la bahía, de la cual podía ver una parte a través de la espesura de la selva.

Buscaba sin duda descubrir al crucero, que al parecer no se atrevía a acercarse demasiado a la costa, quizá por miedo de embarrancar en alguno de los numerosos bancos de arena que se extendían por aquel lugar.

«Sabe con quién se enfrenta —pensó el formidable pirata—. Espera que nos hagamos nuevamente a la mar para exterminarnos;

se engaña si cree que yo mandaré a mis hombres al abordaje. El Tigre también puede ser prudente». Se sentó sobre el cañón y después llamo a Sabau.

El pirata, uno de los más valientes, que se había ganado el grado de lugarteniente después de haber arriesgado veinte veces su vida, acudió.

—Patán y Giro-Batol han muerto —le dijo Sandokán con un suspiro—. Se han dejado matar a la cabeza de los valerosos que dirigían el ataque al maldito barco. El mando es ahora tuyo, yo te lo otorgo.

—Gracias, Tigre de Malasia.

—Ahora ayúdame.

Uniendo sus fuerzas, empujaron a popa el cañón y las espingardas, y las apuntaron hacia la pequeña bahía para poderla controlar a golpes de metralla, en el caso que los botes del crucero intentaran forzar la desembocadura del río.

—Ahora podemos estar seguros —dijo Sandokán—. ¿Has enviado a dos hombres a la desembocadura?

—Sí, Tigre de Malasia. Tienen que estar escondidos entre los bambúes.

—Muy bien.

—¿Esperaremos a la noche para hacernos a la mar?

—Sí, Sabau.

—¿Podremos engañar al crucero?

—La luna se levantará tarde y quizá no se divise. Veo acercarse algunas nubes desde el sur.

—¿Tomaremos el rumbo de Mompracem, jefe?

—Directamente.

—¿Sin vengarnos?

—Somos muy pocos, Sabau, para medirnos con la tripulación del crucero. Además, ¿cómo podemos contestar a su artillería? Nuestro velero no está en condiciones de sostener un segundo combate: nos matarían a todos sin ninguna duda.

—Es verdad, jefe.

—Calma, por ahora; el día de la venganza llegará muy pronto.

Mientras los dos jefes charlaban, sus hombres trabajaban aceleradamente. Eran valientes marinos, y entre ellos no faltaban

carpinteros ni maestros en el hacha. En sólo cuatro horas construyeron dos nuevos palos, arreglaron el costado del barco, taparon todos los agujeros, arreglaron las cuerdas, ya que tenían almacenados en el *prao* abundancia de cables, fibras, cadenas y gúmenas.

A las diez, el velero podía no sólo reemprender el rumbo, sino incluso emprender un nuevo combate, habiéndose también levantado barricadas formadas por troncos de plantas, con los cuales proteger el cañón y las espingardas.

Durante aquellas cuatro horas, ningún bote del crucero se había atrevido a mostrarse en aquellas aguas de la bahía.

El comandante inglés sabia con quién tenía que luchar y no había considerado oportuno enfrentársele en tierra. De todas formas, sin lugar a dudas estaba seguro de obligar a los piratas a rendirse o volver a echarlos nuevamente hacia la costa, si hubieran intentado asaltarlo o lanzarse al mar abierto.

Alrededor de las once, Sandokán, que había tomado la resolución de intentar la salida al mar, hizo llamar a los hombres que se había mandado a vigilar la desembocadura del río.

—¿Está libre la bahía? —les preguntó.

—Sí —contestó uno de los dos.

—¿Y el crucero?

—Se encuentra delante de la bahía.

—¿Muy lejos?

—A media milla.

—Tendremos suficiente espacio para pasar —murmuró Sandokán—. Las tinieblas protegerán nuestra retirada.

Después, mirando a Sabau, dijo:

—En marcha.

Enseguida quince hombres bajaron a los remos y con un poderoso impulso pusieron el *prao* en el río.

—Que nadie hable, bajo ningún pretexto —dijo Sandokán con voz imperiosa—. Tened bien abiertos los ojos y las armas listas. Estamos jugando una tremenda partida.

—Se sentó junto al timón, con Sabau a su lado, y guio sin vacilaciones el barco hacia la desembocadura del río.

La oscuridad favorecía la huida.

Un silencio profundo, sólo roto por el rumor de las aguas, imperaba sobre el río. No se oía ni el susurro de las hojas, dado que no había viento en absoluto, y tampoco sobre el puente del velero se oía el menor ruido.

Parecía que todos aquellos hombres agazapados entre la proa y la popa habían dejado de respirar, por temor a turbar aquel silencio.

—Desplegad una vela —mandó Sandokán a los hombres de maniobra.

—¿Será suficiente, jefe? —preguntó Sabau.

—Por ahora, sí.

Un momento después una vela latina se desplegó sobre el trinquete. La habían pintado de negro, dado que tenía que confundirse completamente con las tinieblas de la noche.

El *prao* aumentó su velocidad, siguiendo las sinuosidades del río, superó felizmente la barrera de bancos de arena y de escollos, atravesó la pequeña bahía y salió silenciosamente al mar.

—¿El barco? —preguntó Sandokán, puesto en pie.

—Allí está, a media milla de nosotros —contestó Sabau.

En la dirección indicada se divisaba confusamente una masa oscura, sobre la cual se levantaban de vez en cuando unos pequeños puntos luminosos, sin lugar a dudas chispas que salían desde la chimenea. Escuchando con atención, se podían oír también las vibraciones de las calderas.

—Tiene los hornos aún encendidos —murmuró Sandokán—. Nos esperan.

—¿Pasaremos inadvertidos? —preguntó Sabau.

—Eso espero. ¿Ves alguna embarcación?

—Ninguna, jefe.

—Pasaremos rozando la playa, para confundirnos mejor con los árboles, y después enfilaremos el mar abierto.

El viento era débil y el mar estaba tranquilo como si fuera una balsa de aceite.

Sandokán mandó que se desplegara una vela más, en el palo mayor; después puso rumbo al sur, siguiendo las sinuosidades de la costa. Las playas estaban flanqueadas por grandes árboles, los cuales proyectaban sobre las aguas sus oscuras sombras; existían

pocas probabilidades de que el pequeño velero pirata pudiera ser descubierto, pero en el fondo aquel hombre soberbio se dolía de tener que dejar aquellos parajes sin tomarse la revancha. Habría deseado encontrarse ya en Mompracem, pero también habría deseado otra tremenda batalla. Él, el formidable Tigre de Malasia, el invencible jefe de los piratas de Mompracem, casi se avergonzaba de alejarse de aquella forma, como un ladrón nocturno.

El *prao* se había ya alejado unos quinientos o seiscientos pasos de la bahía y se preparaba para salir a mar abierto, cuando a popa, sobre su rastro, apareció un extraño resplandor. Parecía que miles y miles de pequeñas llamas salieran desde las profundidades tenebrosas del mar.

—Nos estamos descubriendo —dijo Sabau.

—Mucho mejor —contestó Sandokán con una sonrisa feroz—. No, esta retirada no era digna de mí.

—Es verdad, capitán —contestó el malayo—. Mejor morir con las armas en las manos que huir como cobardes.

El mar se ponía cada vez más fosforescente. Delante de la proa y detrás de la popa del velero, los puntos luminosos se multiplicaban y el rastro se hacía cada vez más luminoso. Parecía que el *prao* dejara atrás un surco de alquitrán ardiendo, o de azufre líquido.

Aquel rastro que brillaba en la oscuridad que los rodeaba no debía pasar inadvertido a los hombres que vigilaban desde el crucero. De un momento a otro el barco podía despertarse de improviso y el cañón tronar.

También los piratas, tendidos sobre cubierta, se habían percatado de aquella fosforescencia, pero ninguno había hecho ningún gesto ni había pronunciado una sola palabra que hubiese podido traicionar a su capitán. Tampoco ellos podían resignarse a huir sin haber disparado un solo golpe de fusil.

Habían transcurrido sólo dos o tres minutos, cuando Sandokán, que tenía siempre los ojos fijos en el crucero, vio encenderse las luces de posición.

—¿Se han percatado de nuestra presencia? —preguntó.

—Eso creo, jefe —contestó Sabau.

—¡Mira!

—Sí, veo que salen más chispas de la chimenea. Están alimentando la caldera.

En un instante Sandokán se puso en pie, empuñando la cimitarra.

—¡A las armas! —habían gritado en el barco de guerra.

Los piratas se habían levantado apresuradamente, mientras que los artilleros se habían precipitado al cañón y a las dos espingardas.

Todos estaban listos a emprender la lucha definitiva.

Poco después se oyó el redoblar de un tambor sobre el puente del crucero. Se llamaba a los hombres a los puestos de combate.

Los piratas, apoyados en los costados o amontonados detrás de las barricadas formadas por troncos de árboles, no respiraban, aunque sus facciones se habían vuelto feroces, traicionando su estado de ánimo. Los dedos oprimían las armas, impacientes por apretar los gatillos de sus formidables carabinas.

El tambor seguía redoblando sobre el puente del barco enemigo. Se oían las cadenas de las anclas rechinar al pasar por sus guías, y los golpes secos del cabrestante.

El barco se preparaba para dejar el atraco y poder asaltar al pequeño navío pirata.

—¡A tu cañón, Sabau! —mandó el Tigre de Malasia—. ¡Ocho hombres a las espingardas!

Acababa de dar aquella orden, cuando una llama brilló en la popa del crucero, sobre el castillo, iluminando bruscamente el trinquete y el bauprés. Una detonación atronó los aires, seguidamente acompañada del ruido metálico del proyectil silbando a través del aire.

El proyectil cortó la extremidad del palo mayor y se perdió en el mar, levantando una gran masa de agua burbujeante.

Una ola de furor se oyó a bordo del velero pirata. Ahora tenía que aceptar la batalla y era lo que deseaban aquellos valientes marinos del mar malayo.

Un humo rojizo salía de la chimenea del barco de guerra. Se oía cómo las hélices hendían las aguas, el borbotear de las calderas, las órdenes de los oficiales, los pasos precipitados de los hombres. Todos se apresuraban a situarse en sus puestos de combate.

Las luces de posición se movieron. Ahora el barco corría al encuentro del velero pirata, para cortarle la huida.

—¡Portaos como héroes! —gritó Sandokán, el cual no se hacía ilusiones sobre el éxito de aquella tremenda batalla.

A una le contestaron:

—¡Viva el Tigre de Malasia!

Sandokán, con un vigoroso golpe de timón, viró de costado y, mientras sus hombres orientaban rápidamente las velas, guio el velero contra el barco, para intentar abordarlo y echar a sus hombres sobre el puente enemigo.

—¡Ánimo, tigres, al abordaje! —gritó Sandokán—. ¡La partida no está igualada, pero nosotros somos los tigres de Mompracem!

El crucero se movía rápidamente, mostrando su afilado tajamar y rompiendo las tinieblas y el silencio con un furioso cañoneo.

El *prao,* verdadero juguete comparado con aquel gigante, al cual le era suficiente un solo impacto para cortarlo en dos y hundirlo, con una audacia increíble avanzaba con su artillería echando fuego lo mejor que podía. Dos minutos más tarde, la artillería enemiga había reducido al velero a un escombro humeante.

Los palos habían caído, los costados estaban destrozados, y ni las barricadas de troncos de árbol ofrecían ninguna protección a aquella tempestad de proyectiles.

El agua entraba por los numerosos agujeros, inundando la bodega.

A pesar de ello nadie hablaba de rendirse. Todos querían morir, no allí, sino sobre el puente enemigo.

Las descargas, entretanto, se hacían cada vez más tremendas. El cañón de Sabau estaba desmontado, y media tripulación tumbada sobre cubierta, destrozada o acribillada por la metralla.

Sandokán comprendió que había llegado la última hora de los tigres de Mompracem.

La derrota era completa. No había ninguna posibilidad de hacer frente a aquel gigante que disparaba proyectiles sin interrupción. No quedaba más alternativa que el abordaje, una locura, dado que ni sobre el puente del crucero la victoria podía ser de aquellos valerosos.

No quedaban en pie más que doce hombres, doce tigres, guiados por un jefe cuyo valor era increíble.

—A mí, mis héroes —les gritó.

Los doce piratas, con los ojos echando chispas, con los labios espumeantes de rabia, con los puños cerrados como alicates sobre las armas, escudándose con los cadáveres de sus compañeros, rodearon a su jefe. El barco navegaba a toda marcha hacía el *prao,* para hundirlo con el tajamar. Sandokán, en cuanto lo vio a pocos metros, con un golpe de timón evitó el impacto, y lanzó su barco hacia el costado de babor del enemigo. El golpe fue violentísimo. El barco pirata se hundió hacia estribor, haciendo agua y arrojando muertos y heridos al mar.

—¡Lanzad los garfios! —gritó Sandokán.

Dos garfios de abordaje se engancharon en los flechastes del crucero.

Entonces los trece piratas, locos de furor, sedientos de venganza, se lanzaron al abordaje.

Ayudándose con las manos y los pies, sujetándose a los cañones y a las cuerdas que colgaban a los costados, llegaron hasta el puente del crucero y se precipitaron sobre él, antes de que los ingleses, asombrados de tanta audacia, tuvieran tiempo de arrojarlos al mar. Con el Tigre de Malasia a la cabeza, se arrojaron contra los artilleros, matándolos al pie de sus propios cañones. Destrozaron a los marinos que habían llegado en ayuda de sus compañeros para cortarles el paso; después, blandiendo la cimitarra a derecha e izquierda, se dirigieron a popa.

Golpeando desesperadamente y gritando, para causar mayor terror, cayendo y volviéndose a levantar, ahora retrocediendo y ahora avanzando, por algunos minutos pudieron resistir a aquella masa de enemigos; al fin, rodeados por todas partes y acosados por las bayonetas, aquellos hombres cayeron.

Sandokán y cuatro más, cubiertos de heridas, con las armas ensangrentadas, en un esfuerzo prodigioso se abrieron paso e intentaron ganar la proa, para detener a cañonazos aquella avalancha de hombres.

Ya en mitad del puente, Sandokán cayó alcanzado en pleno pecho por un balazo de carabina; enseguida se levantó gritando:

—¡Adelante, adelante!

Los ingleses avanzaban a paso de carga con las bayonetas en posición. El impacto fue mortal.

Los cuatro piratas se habían puesto delante de su capitán para cubrirlo, y fueron muertos por una descarga de fusil; sin embargo, salvaron al Tigre de Malasia.

El formidable hombre, a pesar de las heridas de las cuales le manaba la sangre a ríos, de un salto llegó al costado de babor, mató de un golpe de cimitarra a un marino que trataba de retenerlo y se lanzó al mar, desapareciendo bajo las negras aguas.

LA PERLA DE LABUÁN

Un hombre tal, dotado de una fuerza prodigiosa, de una energía extraordinaria y de un coraje sin comparación, no podía morir. Mientras el crucero proseguía su carrera transportado por el empuje de los últimos golpes de hélice, el pirata volvía a la superficie y se desplazaba hacia abajo para no ser cortado en dos por el tajamar enemigo ni ser blanco de algún fusil.

Ahogando los gemidos que las heridas le hacían exclamar y temblando por la ira que lo devoraba, se encogió, manteniéndose casi completamente sumergido en espera del momento oportuno para ganar la orilla de la isla. El barco de guerra maniobraba a menos de trescientos metros. Avanzó luego por donde se había hundido el pirata, con la esperanza de aplastarlo bajo las ruedas; después volvió a maniobrar.

Se paró un momento, como si quisiera rastrear aquel pedazo de mar; después reemprendió la marcha cortando en todos los sentidos aquella charca de agua, mientras que los marineros, colgados en las redes de desembarco, o apoyados a los costados, proyectaban en todos sentidos la luz de algunas linternas.

Convencido de la inutilidad de la búsqueda, al fin se dirigió en dirección a Labuán.

El Tigre, entonces, emitió un grito de furor.

—¡Vete —exclamó—, llegará el día en que te mostraré cuán temible es mi venganza!

Después, reuniendo las pocas fuerzas que le quedaban, empezó a nadar, buscando las playas de la isla.

Nadó así por mucho tiempo, parándose de vez en cuando para recuperar fuerzas y desembarazarse de los vestidos que le impedían los movimientos. Después notó que las fuerzas le flaqueaban.

Se le entumecieron los miembros, la respiración se le hizo cada vez más difícil, y, para colmo de su desgracia, la herida seguía sangrando, produciéndole dolores agudos por el contacto del agua salada.

Se encogió en sí mismo y se dejó transportar por la marea, agitando débilmente los brazos. De esta forma intentaba descansar para recuperar las fuerzas perdidas.

Más tarde notó un golpe. Algo le había tocado. ¿Podía ser un tiburón? Pensando en esto, a pesar de tener el coraje de un león, se estremeció.

Tendió instintivamente la mano y agarró algo, que parecía flotar en la superficie del agua.

Lo tiró hacia sí y vio que se trataba de una madera. Era un trozo de cubierta del *prao,* el cual tenía aún enganchadas unas cuerdas.

—A tiempo —murmuró Sandokán—. Mis fuerzas se acababan.

Subió fatigosamente sobre aquel pecio, poniendo al descubierto la herida, que tenía los bordes hinchados y rojos por la acción del agua salada, y de la cual aún manaba un hilo de sangre.

Durante una hora más, aquel hombre que no quería morir, que no quería considerarse derrotado, luchó contra las olas, que a cada momento sumergían aquel resto de madera; seguía perdiendo fuerzas hasta que quedó casi desmayado, pero sus manos seguían cerradas alrededor de esta esperanza.

Empezaba a clarear cuando una colisión violentísima le hizo despertar, sobresaltado, de aquel aturdimiento.

Se levantó fatigosamente y miró delante de él. Las olas se rompían con estruendo alrededor de aquel resto, pequeñas y espumeantes. Parecía que se moviera sobre unos bajos.

Como a través de una niebla rojiza, el herido pudo ver la costa a corta distancia.

—Labuán —murmuró—. ¿Atracaré al fin sobre la tierra de mis enemigos?

Sintió una breve excitación; enseguida recuperó las fuerzas y abandonó aquellas maderas que lo habían salvado de una muerte cierta; pudo notar bajo sus pies un banco de arena, y avanzó hacia la costa.

Avanzó tambaleándose, atravesando los bancos de arena, y, después de haber luchado contra las últimas olas de la resaca, llegó a la playa coronada por grandes árboles, dejándose caer pesadamente sobre el suelo.

A pesar de sentirse agotado por la larga lucha sostenida y por la gran pérdida de sangre, descubrió la herida y estuvo observándola por unos momentos.

Había recibido una bala, que podía ser de pistola, bajo la quinta costilla del lado derecho, y aquel trozo de plomo, después de habérsele deslizado entre los huesos, se había perdido en el interior, sin tocar, por cuanto parecía, ningún organismo vital. Podía ser que aquella herida no fuese grave, pero podía serlo si no se curaba pronto, y Sandokán lo sabía.

Oyendo a breve distancia el murmullo de un arroyo, se arrastró hacia allí, lavó con cuidado la herida con agua, después la vendó con un trozo de su camisa, única indumentaria que aún llevaba puesta, aparte la cinta que sostenía el *kriss*.

—Me curaré —murmuró cuando terminó la operación, y pronunció aquellas palabras con tal energía, que parecía casi que él era el árbitro absoluto de su existencia.

Bebió algunos tragos de agua para calmar el ardor provocado por la fiebre, después se arrastró bajo una palmera de Filipinas, cuyas hojas gigantescas —al menos quince pies de largo y cinco o seis de ancho— proyectaban una fresca sombra.

Acababa de llegar y nuevamente le faltaban las fuerzas. Cerró los ojos y, después de haber procurado mantenerse erguido, cayó entre las hierbas, quedando inmóvil. No volvió en sí hasta pasadas muchas horas, cuando ya el sol, después de haber tocado el punto más alto del cielo, bajaba por occidente. Una ardiente sed lo devoraba y la herida inflamada le producía dolores insoportables.

Intentó incorporarse para arrastrarse hasta el riachuelo, pero enseguida volvió a caer. Entonces aquel hombre, que quería ser más fuerte que la fiera de quien llevaba el nombre, con un esfuerzo sobrehumano se puso de rodillas, gritando casi en tono de desafío:

—¡Yo soy el Tigre! ¡A mí, mis fuerzas...!

Agarrándose al tronco del árbol, se puso de pie, *y* manteniéndose recto por un prodigio de equilibrio y energía, se encaminó hasta el pequeño arroyo, en cuya orilla volvió a caer.

Apagó la sed, volvió a lavar nuevamente la herida, después sostuvo su cabeza con las manos y miró fijamente el mar que venía a romperse a pocos pasos murmurando sordamente.

—¡Ah! —exclamó rechinando los dientes—. ¿Quién hubiese dicho que un día los leopardos de Labuán ganarían a los tigres de Mompracem? ¿Quién hubiese dicho que yo, el invencible Tigre de Malasia, acabaría aquí, batido y herido? ¿Y cuándo vendrá la venganza? ¡La venganza...! ¡Todos mis *praos,* mis islas, mis hombres y mis tesoros para destruir a los odiados hombres blancos que me disputan este mar! ¿Qué puede importar que hoy me hayan batido, cuando dentro de un mes o dos volveré aquí con mis barcos y lanzaré sobre estas playas mis formidables bandas sedientas de sangre? ¿Qué importa que hoy el leopardo inglés esté orgulloso de su victoria? ¡Será él entonces el que caerá moribundo bajo mis pies! ¡Tiemblen entonces todos los ingleses de Labuán, porque mostraré a la luz de los incendios mi sangrienta bandera! Me curaré, tendré que vivir un mes, dos, tres en esta selva, y comer ostras y frutas. Cuando haya recuperado mis fuerzas volveré a Mompracem, aunque tenga que construirme una barca o asaltar una canoa disputándola a golpes de *kriss.*

Se quedó varias horas tendido bajo las largas hojas de aquella palmera de Filipinas, mirando sombríamente las olas, que venían a morir casi a sus pies entre miles de murmullos. Parecía que estuviera buscando, bajo aquellas aguas, los cascos destrozados de sus dos veleros hundidos en aquellos parajes, o los cadáveres de sus desgraciados compañeros.

Entretanto, una fiebre fortísima lo asaltaba, mientras sentía como oleadas de sangre que le subían hasta el cerebro. La herida le producía espasmos continuos; sin embargo, ningún lamento salía de los labios de aquel formidable hombre. A las ocho, el sol se precipitó en el horizonte, y después de un breve crepúsculo las tinieblas se posaron sobre el mar y ocuparon la selva.

Aquella oscuridad produjo una inexplicable impresión en el alma de Sandokán. Tuvo miedo de la noche, él, el altivo pirata

que nunca había tenido miedo a la muerte y que había afrontado con coraje desesperado los peligros de la guerra y los furores de las olas.

—¡Las tinieblas! —exclamó levantando tierra entre los dedos—. ¡Yo no quiero que caiga la noche! ¡Yo no quiero morir!

Tenía los labios cubiertos de una espuma sanguinolenta, y los ojos revueltos. Movió locamente los brazos y después cayó como un árbol cortado por un rayo.

Deliraba; le parecía que la cabeza estaba a punto de explotar y que diez martillos le golpearan las sienes. El corazón le saltaba del pecho como si quisiera salírsele, y de la herida le parecía que salían ríos de fuego. Creía ver enemigos en todas partes. Junto a los árboles, bajo las matas, en medio de las raíces que sobresalían del suelo, sus ojos divisaban hombres escondidos, mientras que en el aire le parecía ver volar miles de fantasmas y esqueletos bailando alrededor de las grandes hojas de los árboles. Seres humanos nacían del suelo, gimiendo y gritando. Todos reían desacompasadamente, como si se burlaran de la impotencia del terrible Tigre de Malasia.

Sandokán, presa de un espantoso delirio, se revolvía por el suelo, se levantaba, caía, tendía los puños hacia aquellas extrañas figuras y amenazaba a todos.

Corrió durante mucho tiempo, siempre gritando y amenazando.

Salió de la selva y se precipitó en una pradera, en la extremidad de la cual se podía ver confusamente una empalizada; después se volvió a parar y cayó de rodillas. Estaba deshecho, jadeante. Se quedó algunos momentos encogido en sí mismo y después volvió a intentar levantarse; a pesar de ello, todas sus fuerzas desaparecieron, una cortina de sangre le cubrió los ojos y cayó al suelo, exhalando un último grito que se perdió entre las tinieblas.

LORD JAMES GUILLONK

Cuando volvió en sí, con gran sorpresa vio que ya no se encontraba en la pequeña pradera que había atravesado durante la noche: estaba en una espaciosa habitación tapizada de papel floreado de Fung, y acostado en un suave lecho. Su primer pensamiento fue que estaba aún soñando y se pasó las manos por los ojos para despertarse, pero rápidamente se dio cuenta de que todo aquello era realidad.

Se levantó y se sentó en el borde de la cama, preguntándose muchas veces:

—¿Dónde estoy? ¿Estoy aún vivo, o muerto?

Pero no vio a nadie que pudiese responderle.

Entonces se puso a observar la habitación: era amplia, elegante, iluminada por dos grandes ventanas a través de cuyos vidrios se veían unos árboles altísimos.

En un ángulo vio un piano, sobre el cual había esparcidas unas páginas de música: en otro había un caballete con un cuadro que figuraba una marina; en el centro de la habitación, una mesa de caoba recubierta con un trapo bordado, y al lado de la cama un rico asiento de ébano y marfil esculpido a mano, sobre el cual Sandokán vio, con verdadero placer, su fiel *kriss,* y al lado un libro entreabierto, con una flor marchita entre sus páginas.

A lo lejos se oían unas notas delicadas que parecían los acordes de un laúd o de una guitarra.

—¿Dónde estoy? —se preguntó nuevamente—. ¿En casa de amigos o de enemigos? ¿Y quién me ha vendado y curado mis heridas?

Unos segundos después, sus ojos se pararon de nuevo sobre el libro que se encontraba encima del asiento, y, empujado por una

irresistible curiosidad, alargó la mano y lo tomó. En la cubierta había un nombre estampado en letras de oro.

—¡Mariana! —leyó—. ¿Qué quiere decir? ¿Es un nombre o una palabra que yo no entiendo?

Volvió a leer y, cosa extraña, se sintió agitado por una sensación rara. Algo dulce golpeó el corazón de aquel hombre, aquel corazón de acero, que estaba cerrado a las más tremendas emociones.

Abrió el libro: estaba impreso con un tipo de letra elegante y claro, y a pesar de ello no consiguió comprender aquellas palabras, aunque algunas se parecían a las de la lengua del portugués Yáñez. Sin querer, empujado por una fuerza misteriosa, tomó delicadamente aquella flor que poco antes había visto y se detuvo a mirarla fijamente. La olió varias veces, cuidando de no romperla con aquellos dedos que sólo habían estrechado la empuñadura de la cimitarra, sintiendo por segunda vez una extraña sensación, un misterioso temblor; después aquel hombre sanguinario, aquel hombre de guerra se sintió tentado por un vivo deseo de llevársela a los labios...

La volvió a poner con delicadeza entre las páginas, cerró el libro y lo volvió a poner en el asiento. En aquel instante la empuñadura de la puerta giró y un hombre entró con paso lento y con la rigidez típica de los anglosajones.

Era un europeo, a juzgar por el color de la piel, alto de estatura, fuerte. Aparentaba alrededor de los cincuenta años, tenía la cara enmarcada por una barba rojiza que empezaba a blanquear, ojos azules, profundos; se adivinaba que era un hombre acostumbrado a mandar.

—Estoy contento de verle tranquilo: desde hace tres días el delirio no le ha dejado un solo momento de paz.

—¡Tres días! —exclamó Sandokán con estupor—. ¿Tres días que yo estoy aquí...? ¡Entonces, no estoy soñando!

—No, no soñáis. Estáis entre buenas personas que os curarán con afecto y harán lo posible para que os restablezcáis.

—¿Quién sois vos?

—Lord James Guillonk, capitán de fragata de Su Majestad la Reina Victoria.

Sandokán se sobresaltó y se le oscureció la mirada; aunque haciendo un esfuerzo supremo para no traicionar el odio que llevaba contra todo lo que era inglés, dijo:

—Os doy las gracias, milord, por todo aquello que habéis hecho por mí, por un desconocido, que podría ser vuestro mortal enemigo.

—Era mi deber traer a casa a un pobre hombre herido, quizá de muerte —contestó el lord—. ¿Cómo estáis ahora?

—Me encuentro bastante fuerte y no siento dolores.

—Me complace oírlo; ahora, decidme, si no os importa, ¿quién os ha dejado de esta forma? Además de la bala que os extraje del pecho, vuestro cuerpo estaba lleno de heridas producidas por arma blanca.

Sandokán, a pesar de esperar aquella pregunta, no pudo evitar sobresaltarse bruscamente. Aunque no se descubrió ni perdió la tranquilidad.

—Si tuviera que explicarlo, no sabría hacerlo —contesté—. He visto cómo algunos hombres asaltaban de noche mi barco, y exterminaban a mis marinos. No sé quiénes eran, puesto que desde el primer momento caí al mar cubierto de heridas.

—Vos, sin duda, habréis sufrido el asalto de los hombres del Tigre de Malasia —dijo lord James.

—¡De los piratas...! —exclamó Sandokán.

—Sí, de los de Mompracem, que hace tres días se encontraban muy cerca de la isla, pero que fueron después destruidos por uno de nuestros cruceros. Decidme, ¿dónde habéis sido asaltado?

—Cerca de las Romades.

—¿Y habéis llegado a nuestras costas a nado?

—Sí, agarrado a unas maderas. Pero vos, ¿dónde me habéis encontrado?

—Tumbado entre las hierbas y sufriendo un tremendo delirio. ¿Adónde os dirigíais, cuando fuisteis asaltado?

—Le llevaba unos regalos al sultán de Varauni, por encargo de mi hermano.

—¿Quién es vuestro hermano?

—El sultán de Shaja.

—¡Entonces vos sois un príncipe malayo! —exclamó el lord tendiéndole la mano que Sandokán, tras una breve duda, apretó casi con asco.

—Sí, milord.

—Me siento honrado de haberos ofrecido mi hospitalidad, y haré todo lo posible para que no os aburráis, cuando os halléis restablecido. Y, si no os molesta, iremos juntos a visitar al sultán de Varauni.

—Si he...

Se detuvo, adelantando la cabeza, como si procurara escuchar algún ruido lejano. Desde el patio de la casa llegaban los acordes del laúd, quizá los mismos sonidos que había oído con anterioridad.

—¡Milord! —exclamó, prendido de una gran excitación, a la cual buscaba la explicación sin conseguirlo—. ¿Quién toca?

—¿Por qué, mi querido príncipe? —preguntó el inglés, sonriendo.

—No lo sé, pero tengo un verdadero deseo de ver a la persona que toca así... Se diría que esta música me llega hasta el corazón... y que me hace experimentar unas sensaciones que para mí son inexplicables.

—Esperad un instante —dijo, indicándole que volviera a la cama, y salió.

Sandokán permaneció unos instantes tendido, aunque enseguida volvió a levantarse, como empujado por un muelle.

La inexplicable emoción que había experimentado antes volvía a prender en él con mayor violencia. El corazón le latía de forma tal que parecía querer salirle del pecho; la sangre le corría furiosamente por las venas y sus miembros experimentaban extraños temblores.

—¿Qué me pasa? —se preguntó—. Puede que sea de nuevo el delirio.

Acababa de pronunciar estas palabras, cuando regresó el lord, pero aún solo. Detrás de él se acercaba una espléndida criatura; en cuanto la vio, Sandokán no pudo reprimir una exclamación de sorpresa y de admiración.

Era una joven de dieciséis o diecisiete años, de talla pequeña, esbelta y elegante, de formas estupendamente modeladas, con la cintura tan estrecha que una sola mano hubiera sido suficiente para rodearla, de piel sonrosada y fresca como una flor recién abierta.

Tenía una cabecita admirable, con los ojos azules como el agua del mar, una frente de incomparable belleza de líneas; un pelo rubio que le caía con un encantador desorden, como una lluvia de oro.

El pirata, al ver aquella mujer que parecía una verdadera niña a pesar de sus años, se sintió estremecer hasta lo más hondo de su alma. Aquel hombre fiero y sanguinario, que llevaba el terrible nombre de Tigre de Malasia, se sentía por primera vez en vida atraído por aquella gentil criatura, por aquella hermosa flor nacida en los bosques de Labuán.

—Permitidme presentaros a mi sobrina *lady* Mariana Guillonk —dijo el lord.

—¡Mariana Guillonk!... ¡Mariana Guillonk!... —volvió a repetir Sandokán.

—¿Qué encontráis de extraño en mi nombre? —preguntó la joven, sonriendo—. Se diría que ha producido en vos mucha sorpresa.

Sandokán, al oír aquella voz, se sobresaltó. Nunca había oído un sonido tan dulce, acostumbrado como estaba a escuchar la infernal música del cañón y los gritos de muerte de los contrincantes.

—Nada encuentro de extraño —dijo con voz alterada—. Es que vuestro nombre no es nuevo para mí.

—¡Oh! —exclamó el lord—, ¿y de quién lo habéis oído?

—Lo había leído antes en el libro que podéis ver ahí y me había hecho la ilusión de que quien lo llevara tenía que ser una espléndida criatura.

—Estáis bromeando —dijo la joven *lady,* sonrojándose. Después, cambiando de tono, preguntó—: ¿Es verdad que los piratas os han herido de gravedad?

—Sí, es verdad —contestó Sandokán—. Me han vencido y herido, pero algún día habré curado completamente; entonces, ¡que tiemblen aquellos que me han humillado!

—¿Y sufrís mucho?

—No, *milady,* y ahora menos que antes.

—Espero que vuestra curación sea rápida.

—Nuestro príncipe es fuerte —dijo el lord—, y no me asombraría de verlo ya de pie dentro de unos diez días.

—Así lo espero —contestó Sandokán.

En un momento, apartando los ojos de la cara de la joven, que de vez en cuando se sonrojaba, se levantó impetuosamente, exclamando:

—¡*Milady...!*

—Dios mío, ¿qué tenéis? —preguntó la muchacha, acercándose.

—Decidme, vos tenéis otro nombre, mucho más bello que el de Mariana Guillonk, ¿no es verdad?

—¿Cuál? —preguntaron a un tiempo el lord y la joven.

—¡Sí, sí! —exclamó con más fuerza Sandokán—. ¡No podéis ser más que vos la criatura que todos los aborígenes llaman la Perla de Labuán...!

El lord hizo un ademán de sorpresa, y frunció el ceño.

—Amigo mío —dijo con voz grave—, ¿cómo puede ser que vos sepáis esto, por cuanto me habéis dicho que provenís de la lejana península malaya?

—No es posible que este sobrenombre haya llegado hasta vuestro país —añadió *lady* Mariana.

—No lo oí en Shaja —contestó Sandokán—, sino en las islas Romades, en cuyas playas desembarqué hace unos días. Es allí donde me hablaron de una joven de incomparable belleza, de sus ojos azules, de sus cabellos perfumados como jazmines de Borneo; de una criatura que cabalgaba como una amazona y que cazaba con valor las fieras; de una joven a la que muchas tardes, al caer el sol, se la veía aparecer por las orillas de Labuán, embrujando, con un canto más dulce que el murmullo de los riachuelos, a los pescadores de las costas. También yo un día quiero oír aquella voz.

—¿Todas estas virtudes me atribuyen? —contestó riendo.

—¡Sí, y veo que aquellos hombres que me hablaron de vos han dicho la verdad! —exclamó el pirata, apasionado.

La conversación duró aún algún tiempo, ahora sobre la patria de Sandokán, sobre los piratas de Mompracem, sobre Labuán; después, llegada la noche, el lord y la joven se retiraron.

El pirata se quedó algunos minutos inmóvil, con los ojos ardiendo, la cara alterada, la frente perlada de sudor, las manos colocadas entre los cabellos largos y abundantes; después, aquellos labios se movieron y se oyó un nombre:

—¡Mariana! —exclamó, casi con furor, retorciéndose las manos—. Siento que estoy enloqueciendo..., que yo... ¡la quiero...!

CURACIÓN Y AMOR

Lady Mariana Guillonk había nacido bajo el cielo de Italia, en las orillas del espléndido golfo de Nápoles, de madre italiana, y de padre inglés.

Quedó huérfana a los doce años y, heredera de una importante fortuna, fue recogida por su tío James, su único pariente entonces en Europa.

En aquellos tiempos, James Guillonk era uno de los más atrevidos e intrépidos lobos de mar, propietario de un barco armado, y cooperaba con James Brooke, que se transformó más tarde en rajá de Sarawak y se dedicó al exterminio de los piratas malayos, terribles enemigos del comercio inglés en aquellos lejanos mares.

A pesar de que lord James, hosco como todos los marinos, incapaz de sentir un afecto cualquiera, no sintiera demasiada ternura por su joven sobrina, antes que dejarla en manos extrañas la embarcó en su propio barco, conduciéndola a Borneo y exponiéndola a los graves peligros de aquellos duros cruceros.

Por tres años la niña fue testimonio de aquellas sangrientas batallas, en las cuales morían miles de piratas, y que procuró al futuro rajá Brooke aquella triste fama que conmovió profundamente e indignó a sus mismos compatriotas.

Pero un día lord James, cansado de matanzas y de peligros, a lo mejor acordándose de que tenía una sobrina, abandonó el mar y se estableció en Labuán, ocultando entre aquellas grandes selvas a *lady* Mariana, que tenía entonces catorce años, y que durante aquella vida peligrosa había adquirido una fiereza y energía únicas, a pesar de parecer una frágil niña. Había procurado oponerse a los deseos de su tío, pero el lobo de mar permanecía inflexible.

Obligada a soportar aquel extraño cautiverio, se había dedicado enteramente a completar su propia educación.

Dotada de una tenaz voluntad, muy lentamente había dominado sus instintos feroces, a los cuales se había acostumbrado en el transcurso de aquellas sangrientas matanzas, y a aquella dureza adquirida en el continuo contacto con la gente de mar. Se había convertido en una apasionada de la música, de las flores, de las bellas artes, gracias a las instrucciones de una antigua amiga de su madre, muerta más tarde a consecuencia del excesivo calor tropical.

Con el progreso de la educación, aunque conservando en el fondo de su alma algo de aquella antigua fiereza, se había transformado en una gentil y bondadosa joven.

Pero no había abandonado la pasión por las armas y los ejercicios violentos, y muy a menudo, como una excepcional amazona, recorría las grandes selvas, persiguiendo hasta a los tigres, y, excepcional nadadora, se lanzaba en las azules olas del mar malayo: a menudo se encontraba allí donde había miseria y desventura, llevando socorro a los indígenas de aquellos parajes, aquellos mismos indígenas que lord James odiaba a muerte, como descendientes de antiguos piratas.

Y así aquella joven, por su coraje, bondad y belleza, se había merecido el sobrenombre de Perla de Labuán, sobrenombre llegado de un país tan lejano y que había hecho latir el corazón de aquel formidable Tigre de Malasia. Entre aquellas selvas, alejada de toda criatura civilizada, Mariana no se había dado cuenta de que se volvía mujer; pero cuando vio a aquel fiero pirata, sin saber los motivos, notó una extraña turbación. ¿Quién era? Lo ignoraba, pero lo veía siempre delante de sus ojos, y de noche se le aparecía en sueños aquel hombre de estampa casi fiera, que tenía el porte de un sultán y que poseía la galantería de un caballero europeo; aquel hombre de ojos brillantes, de largos cabellos negros, con aquella cara en la cual se podía leer claramente un coraje indomable y una excepcional energía.

Después de haberle embrujado con sus ojos, su voz, su belleza, había quedado a su vez embrujada.

En un primer momento había intentado reaccionar contra el latido de su corazón, que para ella era nuevo, como lo era para Sandokán, sin conseguirlo. Experimentaba una fuerza irresistible que la empujaba a volver a ver a aquel hombre, y no encontraba la paz más que a su lado; se sentía feliz solamente cuando se encontraba junto a la cama de él, para aliviarle de los dolores de la fiebre con su charla, con sus sonrisas, con su dulce voz y con su laúd.

En aquellos momentos Sandokán ya no era el Tigre de Malasia, no era el sanguinario pirata. Mudo, anhelante, empapado de sudor, aguantando la respiración, escuchaba como un hombre que sueña, como si hubiera querido grabar en su mente aquella lengua desconocida que lo extasiaba.

Los días de esta forma pasaban volando, y su curación, ayudada por la pasión que lo devoraba, proseguía rápidamente.

En la tarde del decimoquinto día, el lord entró de improviso y encontró al pirata de pie, listo para salir.

—¡Oh, mi buen amigo! —exclamó alegremente—, ¡estoy muy contento de veros de pie!

—No me era posible quedarme más tiempo en cama, milord —contestó Sandokán—. De todas formas, me siento tan fuerte como para poder luchar contra un tigre.

—¡Muy bien, entonces os examinaré muy pronto!

—¿De qué forma?

—He invitado a algunos amigos a la cacería de un tigre que viene por aquí a menudo y se pasea bajo los muros de mi parque. Y, puesto que os veo curado, esta noche iré a advertirles que mañana por la mañana iremos a cazar a la fiera.

—Participaré en la batida, milord.

—Lo creo, y confío que os quedéis algún tiempo más, como huésped mío.

—Milord, graves asuntos me reclaman y no tengo más alternativa que apresurarme a dejaros.

—¡Dejarme! Ni lo penséis; para los negocios hay siempre tiempo, y os advierto que yo no os dejaré partir antes de que transcurra por lo menos un mes; tenéis que prometerme que os quedaréis.

Sandokán le miró con los ojos llameantes. Para él, quedarse en aquella villa, al lado de aquella joven que lo había fascinado, era la vida, era el todo. No pedía más.

¿Qué podía importarle a él que los piratas de Mompracem lo estuvieran llorando como muerto, cuando podía volver a ver muchos días más a aquella divina joven? ¿Qué le importaba a él su fiel Yáñez, que a lo mejor lo estaba buscando ansiosamente en las orillas de la isla, jugándose su propia existencia, cuando Mariana empezaba a quererlo? ¿Y qué importaba, en fin, que corriera el peligro de ser descubierto, o apresado, o incluso muerto, cuando podía aún respirar el mismo aire que respiraba Mariana, vivir en medio de las grandes selvas donde ella vivía?

Lo habría olvidado todo por seguir así: Mompracem, sus tigres, sus barcos y hasta su sangrienta venganza.

—Sí, milord, me quedaré hasta que queráis —dijo con ímpetu—. Acepto la hospitalidad que tan cordialmente me ofrecéis y si llegara el día, no olvidéis estas palabras, milord, si nos volviéramos a encontrar como enemigos y no como ahora, con las armas en la mano, sabré entonces acordarme de lo que os debo.

El inglés lo miró estupefacto.

—¿Por qué me habláis así? —preguntó.

—Puede ser que un día lo averigüéis —contestó Sandokán con voz grave.

—No quiero averiguar por ahora vuestros secretos —dijo el lord sonriendo—. Esperaré aquel día.

Sacó el reloj y lo miró.

—Tengo que partir enseguida, si quiero avisar a mis amigos de la cacería que emprenderemos. Adiós, mi querido príncipe —dijo.

Estaba a punto de salir, cuando se detuvo, diciendo:

—Si queréis bajar al parque, allí encontraréis a mi sobrina, que confío sabrá entreteneros.

—Gracias, milord.

Era aquello lo que Sandokán deseaba; poder encontrarse, aunque fuera por unos instantes, a solas con la joven.

Se acercó rápidamente a una ventana que dominaba el inmenso parque: allá, a la sombra de unas magnolias de China cargadas de flores de agudo perfume, sentada sobre el tronco caído de una

palmera de Filipinas, se encontraba la joven *lady*. Estaba sola, pensativa, con el laúd entre las rodillas.

A Sandokán le pareció una visión celestial. La sangre se le subía a la cabeza, y el corazón empezó a latirle con una fuerza indescriptible.

Se quedó allí, con los ojos fijos en la joven, aguantando hasta la respiración, como si temiera molestarla. Instantes después se retenía, emitiendo un grito sofocado; su cara se alteró espantosamente, tomando una expresión feroz.

El Tigre de Malasia, hasta entonces embrujado, de improviso despertaba. Volvía a ser el hombre feroz, despiadado, sanguinario, de corazón inasequible a toda pasión.

—¡Qué estoy haciendo! —exclamó con voz ronca, pasándose las manos por la frente ardiendo—. ¿Será verdad que yo quiero a esta joven? ¿Ha sido un sueño, o una inexplicable locura? ¿Que yo ya no sea el pirata de Mompracem, por sentirme atraído con una fuerza irresistible hacia aquella hija de una raza a la cual yo he jurado odio eterno? ¿Yo amar...? ¿Yo, que no he experimentado otro sentimiento que el odio, yo, que llevo el nombre de una fiera sanguinaria...? ¿Puedo yo olvidarme de mi salvaje Mompracem, de mis fieles tigres, de mi Yáñez, que me están esperando ansiosamente? ¿Puede ser que yo olvide que los compatriotas de aquella joven no esperan más que el momento propicio para destruir mi potencia? ¡Fuera esta visión que me ha perseguido por tantas noches, fuera estos temblores que son indignos del Tigre de Malasia! ¡Apaguemos este volcán que me quema el corazón y excavemos en su lugar un abismo entre mí y aquella encantadora joven...! ¡Vamos, Tigre, deja oír tu rugido, sepulta la gratitud que debes a estas personas que te han curado, vete, huye lejos de estos parajes, vuelve a aquel mar que sin quererlo te empujó hacia estas playas, vuelve a ser el temido pirata de la formidable Mompracem!

A pesar de ello, se quedó allá, como clavado delante de la ventana, sujeto por una fuerza superior a su furor, con los ojos siempre fijos en la joven *lady*.

—¡Mariana! —exclamó—. ¡Mariana!

Al oír aquel nombre adorado, toda la ira y el odio se desvanecieron como la nieve al sol. ¡El Tigre volvía a ser un hombre enamorado...!

Sus manos se movieron involuntariamente hacia el pestillo, y con un rápido gesto abrió la ventana. Un soplo de aire templado, cargado del perfume de mil flores, entró en la habitación.

Al respirar aquellos perfumes balsámicos, el pirata se sintió embriagado y volvió a sentir en el corazón, más fuerte que nunca, aquella pasión que momentos antes había querido ahogar.

Se apoyó sobre el antepecho y se quedó mirando en silencio, temblando, a la muchacha.

¿Cuánto tiempo se quedó allí? Mucho sin duda, dado que, cuando despertó de su éxtasis, la joven *lady* no se encontraba ya en el parque; el sol había desaparecido, las tinieblas se habían adueñado de la noche y en el cielo brillaban millares de estrellas.

Miró hacia abajo: sólo tres metros le separaban del suelo. Escuchó atentamente y no oyó ningún ruido.

Sobrepasó el antepecho y saltó con ligereza; se dirigió al árbol bajo el cual pocas horas antes estaba sentada Mariana.

Se agachó y recogió una flor, una rosa de los bosques, que la joven *lady* había dejado caer. La admiró detenidamente, aspiró varias veces su aroma y la escondió en el pecho; entonces caminó rápidamente hacia la cerca del parque, murmurando:

—¡Vamos, Sandokán, todo ha terminado...!

Había llegado bajo la empalizada y estaba a punto de emprender el salto, cuando volvió atrás, con las manos en los cabellos, la mirada turbia, emitiendo una especie de lloriqueo.

—¡No!... ¡No!... —exclamó, con acento desesperado—. ¡No puedo, no puedo...! ¡Que se hunda Mompracem, que maten a todos mis tigres, que se hunda mi potencia, yo me quedo...!

Se puso a correr por el parque como si tuviera miedo de volverse a encontrar bajo la empalizada de la cerca, y no volvió a parar hasta que se encontró bajo las ventanas de su habitación.

Vaciló una vez más; después, de un salto se agarró a la rama de un árbol y pudo así llegar al antepecho.

Cuando se volvió a encontrar en aquella casa que acababa de dejar con la firme determinación de no volver más, un segundo gemido le hizo temblar.

—¡Ah!... —exclamó—. ¡El Tigre de Malasia está a punto de desaparecer...!

LA CACERÍA DEL TIGRE

Cuando, de madrugada, el lord vino a llamar a su puerta, Sandokán aún no había cerrado los ojos.

Acordándose de la cacería, en pocos segundos se levantó de la cama, escondió entre los pliegues de su faja su fiel *kriss* y abrió la puerta, diciendo:

—Aquí estoy, milord.

—Muy bien —dijo el inglés—. No creía encontraros ya listo querido príncipe. ¿Cómo os encontráis?

—Me encuentro tan fuerte, que puedo derribar un árbol.

—Entonces apresurémonos. En el parque nos están esperando seis cazadores, impacientes por encontrar el tigre que mis hombres ya han acosado en el bosque.

—Estoy listo para seguiros; y *lady* Mariana, ¿vendrá con nosotros?

—Sin duda; creo que ya nos está esperando.

A Sandokán le costó reprimir un grito de júbilo.

Salieron y pasaron a otra habitación, cuyas paredes estaban tapizadas con variados tipos de armas. Allí Sandokán encontró a la joven *lady* más bella que nunca, espléndida con su traje azul, que le hacía resaltar sus rubios cabellos.

Viéndola, Sandokán se paró como fulminado por un rayo; después, dirigiéndose rápidamente a su encuentro, le dijo, apretándole la mano:

—¿También vos participáis?

—Sí, príncipe; sé que vuestros compatriotas son muy valientes en cacerías parecidas, y quiero veros en acción.

—Yo mataré al tigre con mi *kriss,* y os regalaré su piel.

—¡No!... ¡No!... —exclamó ella espantada—. Os podría ocurrir algún percance.

—Por vos, *milady,* me dejaría despedazar; pero no temáis, el tigre de Labuán no me matará.

En aquel momento el lord se acercó, ofreciendo a Sandokán una rica carabina.

—Tomad, príncipe —dijo—, una bala muchas veces es mejor que el *kriss* mejor afilado. Y ahora vámonos, que los amigos nos están esperando.

Bajaron al parque, donde los esperaban los cinco cazadores; cuatro eran colonos de los alrededores y el quinto un elegante oficial de marina.

Sandokán, al verlo, sin saber por qué, experimentó enseguida hacia aquel joven una violenta antipatía.

El oficial lo miró detenidamente y de manera extraña; después, aprovechando un momento en el cual nadie se fijaba en él, se acercó al lord, que estaba examinando la silla de su caballo, diciéndole:

—Capitán, creo haber visto antes a aquel príncipe malayo.

—¿Dónde? —preguntó el lord.

—No me acuerdo muy bien, pero estoy seguro de ello.

—¡Bah! Os estáis engañando, amigo mío.

—Lo veremos más adelante, milord.

—Está bien. ¡Todos a caballo, amigos, que todo está listo!... Tened cuidado porque el tigre es muy grande y tiene potentes garras.

—Lo mataré de un solo balazo y ofreceré su piel a *lady* Mariana —dijo el oficial.

—Espero matarlo antes que vos, señor —dijo Sandokán.

—Lo veremos, amigos —dijo el lord—. ¡Vámonos!

Los cazadores montaron a los caballos que con antelación les habían traído unos criados, mientras *lady* Mariana salía montando un bellísimo animal con el pelo completamente blanco.

A una señal del lord todos salieron del parque, precedidos de algunos hombres y de media docena de grandes perros.

En cuanto estuvieron fuera, el pequeño grupo se dividió, teniendo que rastrear por la selva que se extendía hasta el mar.

Sandokán, que montaba un impetuoso animal, se adentro por un estrecho sendero, adelantándose audazmente para ser el primero en toparse con la fiera; los demás tomaron diferentes direcciones.

—¡Vuela, vuela! —exclamó el pirata, espoleando furiosamente al noble animal, que seguía a algunos perros—. Necesito enseñar a aquel impertinente oficial de cuánto soy capaz. No, no será él quien ofrezca la piel del tigre a *milady,* aunque tenga que perder los brazos o dejarme destrozar.

En aquel instante, unas notas de trompeta se oyeron en medio de la selva.

—El tigre ha sido descubierto —murmuró Sandokán—. ¡Vuela, caballo mío, vuela...!

Atravesó como un relámpago una parte de la selva recubierta de *durion,* de palmeras de Filipinas y de enormes árboles de alcanfor y vio seis o siete hombres que huían.

—¿Adónde vais? —preguntó.

—¡El tigre! —exclamaron los hombres.

—¿Dónde?

—¡Cerca del estanque!

El pirata bajó del caballo, atóle al tronco de un árbol, se puso el *kriss* entre los dientes y empuñando la carabina se dirigió al estanque indicado.

Se podía percibir en el aire un fuerte olor, el peculiar de los felinos y que perdura algún tiempo después de que hayan pasado.

Miró sobre las ramas de los árboles, desde las cuales el tigre podía echársele encima y prosiguió con precaución por la orilla del estanque, cuya superficie estaba ligeramente movida.

—El animal ha pasado por aquí —dijo—, es listo, ha pasado a nado el estanque para hacer perder el rastro a los perros, pero Sandokán es un tigre más astuto.

Volvió sobre sus pasos y montó a caballo. Estaba a punto de reemprender la búsqueda, cuando oyó cerca un disparo, seguido de una exclamación cuyo acento le hizo sobresaltar.

Se dirigió rápidamente al lugar donde había oído el disparo y en medio de una pequeña explanada vio a la joven *lady,* sobre su blanco caballo, y la carabina aún humeante en las manos.

En pocos momentos se puso a su lado, emitiendo un grito de alegría.

—¡Vos... aquí... sola!... —exclamó.

—Y vos, príncipe, ¿cómo os encontráis aquí? —preguntó ella, sonrojándose.

—Perseguía el rastro del tigre.

—También yo.

—¿Sobre quién habéis disparado?

—Sobre la fiera, pero ha huido sin ser alcanzada.

—Dios mío, ¿por qué exponer vuestra vida?

—Para evitar que cometieseis la imprudencia de apuñalar a la fiera con vuestro *kriss*.

—Os habéis equivocado, *milady*. La fiera está aún viva y mi *kriss* está listo para abrirle el corazón.

—No lo haréis, ¿verdad? Tenéis coraje, lo sé, lo leo en vuestra cara, sois fuerte, ágil como un tigre, pero la lucha cuerpo a cuerpo con la fiera podría seros fatal.

—¿Qué puede importar? Yo querría que me causara crueles heridas, que necesitaran un año entero para curar.

—¿Y por qué? —preguntó la joven, sorprendida.

—*Milady* —dijo el pirata, acercándose a ella—, ¿no sabéis que mi corazón estalla cuando pienso en el día en que tendré que dejaros para siempre y no volver a veros? Si el tigre me desgarrara, podría quedarme aún bajo vuestro techo, y podría gozar una vez más de las dulces emociones experimentadas cuando, agotado y herido, estaba tendido en aquel lecho de dolor. ¡Sería feliz, muy feliz, si otras crueles heridas me obligaran a quedarme a vuestro lado, y seguir respirando vuestro mismo aire, y volver a oír vuestra deliciosa voz! *Milady,* me habéis embrujado, yo siento que lejos de vos no podría vivir, no tendría paz, y sería un infeliz. ¿Qué habéis hecho de mí? ¿Qué habéis hecho de mi corazón, que hasta hoy era inaccesible a toda pasión?

Mariana, oyendo aquella apasionada e improvisada confesión se quedó muda, estupefacta, pero no retiró la mano que el pirata le había tomado y que apretaba con pasión.

—No os enfadéis, *milady* —dijo el Tigre, con voz que bajaba como una música deliciosa en el corazón de la joven—. No os

enfadéis si yo os he confesado mi amor, si os digo que yo, a pesar de ser de una raza de color, os adoro, y que un día también vos me amaréis. Desde el primer momento en que comparecisteis ante mí, yo no volví a experimentar la tranquilidad; os tengo siempre en mi pensamiento, día y noche. ¡Escuchadme, *milady,* es tan fuerte el amor que me quema en el pecho, que por vos podría luchar contra todos los hombres, contra el destino! ¿Queréis ser mi mujer? ¡Yo haré de vos la reina de estos mares, la reina de Malasia! Y con una sola palabra, trescientos hombres más crueles que los tigres, que no tienen miedo ni al plomo, ni al acero, surgirán y se apoderarán de los Estados de Borneo para ofreceros un trono. Podéis pedir todo lo que queráis, y lo tendréis. Poseo tanto oro que puedo comprar diez ciudades, tengo barcos, tengo soldados, tengo cañones y soy poderoso, más de lo que podáis imaginar.

—¡Dios mío!, ¿quién sois vos? —dijo la joven, aturdida por aquel revuelo de promesas y fascinada por aquellos ojos que despedían llamas.

Él se acercó aún más a la joven *lady* y, mirándola fijamente, le dijo en voz baja:

—Hay unas tinieblas alrededor de mí que es mejor no disipar, por ahora. Tenéis que saber que detrás de estas tinieblas hay algo terrible, tremendo, y tenéis que saber también que yo llevo un nombre que hace estremecer a todas las poblaciones de estos mares, y también al sultán de Borneo, y hasta a los ingleses de estas islas.

—Y vos, tan poderoso, decís que me queréis —murmuró la joven.

—Tanto, que por vos podría hacer cualquier cosa. Ponedme a prueba; hablad y os obedeceré. Si queréis ser reina, os donaré un trono. ¿Queréis que yo, que os amo con locura, vuelva a aquellas tierras de las cuales he partido? Yo volveré, a pesar de martirizarme el corazón para siempre. ¿Queréis que me mate delante de vos? Yo me mataré. Habladme, mi cabeza se pierde, la sangre me hierve, ¡habladme, *milady,* habladme...!

—Entonces, amadme —murmuró, sintiéndose ganada por tanto amor.

El pirata lanzó un grito que parecía inhumano. Casi al mismo tiempo se oyeron otros dos disparos de fusil.

—¡El tigre! —exclamó Mariana.

—¡Es mío! —gritó Sandokán.

Clavó las espuelas en los ijares del caballo y partió como un rayo, con los ojos brillantes de coraje, con el *kriss* en la mano, seguido de la joven, que se sentía atraída por aquel hombre que se jugaba tan audazmente su vida para mantener una promesa.

Trescientos pasos más adelante, se encontraban los cazadores. Delante de ellos, de pie, avanzaba el oficial de marina con el fusil apuntando hacia la espesura de los árboles.

Sandokán se tiró al suelo, gritando:

—¡El tigre es mío!

Parecía un segundo tigre; dando grandes saltos y rugiendo como una fiera.

El oficial de marina, que le precedía a diez pasos, oyendo que se acercaba, apuntó rápidamente con el fusil e hizo fuego sobre el tigre, que se encontraba a los pies de un grueso árbol, con las pupilas contraídas, las potentes garras al exterior, listo para saltar.

El humo no se había disipado todavía, cuando se vio al tigre atravesar el espacio con un ímpetu irresistible y derribar al imprudente y desmañado oficial.

Estaba a punto de lanzarse sobre los cazadores, pero Sandokán estaba allí. Empuñando fuertemente el *kriss* se precipitó contra la bestia y antes que ésta, sorprendida por tanta audacia, intentara defenderse, la derribó al suelo, agarrándole la garganta con tanta fuerza que no le permitía rugir.

—¡Mírame! —dijo—. Yo soy el Tigre.

Entonces hundió la hoja de su *kriss* en el corazón de la fiera.

Un grito comparable a un estruendo acompañó a aquella proeza. El pirata salió ileso de aquella lucha, miró con una ojeada de desprecio al oficial que se estaba levantando del suelo, ante la joven *lady* que se había quedado muda por el terror y la angustia, y con un ademán del cual se habría sentido orgulloso un rey, le dijo:

—*Milady,* la piel del tigre es vuestra.

LA TRAICIÓN

La cena ofrecida por lord James a sus invitados fue una de las más espléndidas y alegres que se habían dado hasta la fecha en la villa.

La cocina inglesa, representada por enormes *beefsteaks* y colosales *puddings,* y la cocina malaya, representada por gruesos tucanes, ostras gigantescas llamadas de Singapur, tiernos bambúes y montañas de frutas exquisitas, fueron por todos paladeadas y apreciadas.

No hace falta decir que todo fue abundantemente rociado con una gran cantidad de botellas de vino, ginebra, coñac y wiski, las cuales se utilizaron para varios brindis en honor de Sandokán y de aquella gentil e intrépida Perla de Labuán.

Durante el té, la conversación se hizo muy animada: sólo el oficial de marina estaba silencioso y parecía que le importaba únicamente estudiar las facciones de Sandokán, dado que no lo perdía de vista ni un solo instante, ni se perdía una palabra o uno de sus gestos.

En determinado momento, mirando a Sandokán, que estaba hablando de la piratería, le preguntó bruscamente:

—Perdonadme, príncipe, ¿hace mucho tiempo que habéis llegado a Labuán?

—Me encuentro aquí desde hace veinte días, señor —contestó el Tigre.

—Entonces, ¿por qué razón no he visto vuestro barco en Victoria?

—Porque los piratas capturaron los dos *praos* que me conducían aquí.

—¡Los piratas!... ¿Vos habéis sufrido el asalto de los piratas? ¿Dónde?

—Cerca de las islas Romades.

—¿Cuándo?

—Pocas horas antes de mi llegada a estas costas.

—Debéis estar equivocado, príncipe, puesto que nuestro crucero navegaba por aquellos parajes y ningún ruido de cañón nos llegó.

—Puede ser que el viento soplara desde Levante —contestó Sandokán, que empezaba a ponerse a la defensiva, no sabiendo a dónde quería ir a parar el oficial.

—¿Cómo habéis llegado hasta aquí?

—A nado.

—¿Y no habéis asistido al combate entre dos veleros corsarios que se dice fueron mandados por el Tigre de Malasia y un crucero?

—No.

—Es extraño.

—Señor, ¿ponéis en duda mis palabras? —dijo Sandokán.

—Dios me guarde, príncipe —contestó el oficial, con ironía.

—¡Oh! ¡Oh! —exclamó el lord interviniendo—, baronet William, os ruego que no empecéis ninguna discusión en mi casa.

—Tenéis que perdonarme, milord, no era mi intención —contestó el oficial.

—Entonces no se hable más; tenéis que probar otro vaso de este delicioso wiski; después nos levantaremos de la mesa, pues ya es de noche y la selva de esta isla no es nada segura cuando oscurece.

Los convidados hicieron otra ronda en honor de las botellas del generoso lord; después todos se levantaron y bajaron al parque, acompañados de Sandokán y de la joven *lady.*

—Señores —dijo lord James—, espero que volváis muy pronto.

—Tened la seguridad de que no faltaremos —contestaron a coro los cazadores.

—Y confiamos que no falte la ocasión de que tengáis mayor fortuna, baronet William —dijo, mirando al oficial.

—Dispararé mejor —contestó, dejando caer sobre Sandokán una turbia mirada—. Permitidme una palabra, milord.

—Dos, amigo mío.

El oficial murmuró algunas palabras a su oído.

—Está bien —contestó el lord—. Y ahora, buenas noches, amigos, y que Dios os acompañe.

Los cazadores montaron en sus caballos y salieron del parque al galope.

Sandokán, después de haber saludado al lord, que parecía estar de muy mal humor, y besado apasionadamente la mano de la joven *milady,* se retiró a su habitación.

En lugar de acostarse se puso a pasear, presa de una gran agitación. Algo inquietante se reflejaba en su cara, y sus manos presionaban la empuñadura del *kriss.*

Pensaba en aquella especie de interrogatorio que aquel oficial le había hecho, y en que podía esconder alguna trampa. ¿Quién era aquel oficial? ¿Qué motivo tenía para preguntarle de aquella forma? ¿Lo había visto en el puente del crucero en aquella terrible noche? ¿Lo habían descubierto, o el oficial tenía una simple sospecha?

—¡Bah! —dijo al fin, encogiéndose de hombros—, si se trata de alguna traición, sabré hacerle frente. Y ahora, a descansar; mañana veremos lo que se puede hacer.

Se instaló en la cama sin desnudarse, puso a su lado el *kriss* y se durmió tranquilamente, con el dulce nombre de Mariana en los labios.

Se despertó alrededor del mediodía, cuando ya el sol entraba por las ventanas que habían quedado entreabiertas. Llamó a un sirviente y le preguntó dónde estaba el lord, y le fue contestado que se había ido a caballo antes que se levantara el sol, dirigiéndose a Victoria.

Aquella noticia, que no esperaba, le asombró.

—¡Se ha ido! —murmuró—. ¿Se ha ido, sin haberme dicho nada ayer por la noche? ¿Por qué razón? ¿Y si esta noche volviera, en lugar de amigo, como un despiadado enemigo? ¿Qué le haré yo a este hombre que me ha cuidado como un padre y que es tío de la mujer que yo adoro? Necesito ver a Mariana, por si sabe algo.

Bajó al parque con la esperanza de encontrarla, pero no vio a nadie. Sin querer se dirigió al árbol abatido en que ella acostumbraba a sentarse, y se paró, emitiendo un profundo suspiro.

—¡Ah, qué bella estabas aquella noche, Mariana! —murmuró, pasándose las manos sobre la frente ardiente.

Dobló la cabeza sobre el pecho, sumergiéndose en profundos pensamientos, pero al instante la volvió a levantar, con los dientes apretados y los ojos despidiendo llamas.

—¡Y si ella no quisiera al pirata! —exclamó con voz silbante—. ¡Oh, no es posible, no es posible! ¡Tendría que ganar al sultán de Borneo para ofrecerle un trono, o incendiar toda Labuán, pero ella será mía, mía...!

El pirata emprendió un paseo por el parque, con la cara transfigurada, poseído por una agitación violentísima que lo hacia temblar de la cabeza a los pies. Una voz bien conocida, que sabía encontrar el camino del corazón, también a través de las tinieblas, lo hizo salir de esta obsesión.

Lady Mariana había aparecido en una curva del sendero, escoltada por dos indígenas armados hasta los dientes, y le había llamado.

—¡Milady! —exclamó Sandokán, corriendo a su encuentro.

—Mi valiente amigo, os buscaba —dijo ella sonrojándose. Después acercó un dedo a sus labios, como para indicarle que mantuviera silencio, y cogiéndole por una mano lo llevó hasta un pequeño pabellón chino, casi sepultado en un bosquecillo de naranjos.

Los dos indígenas se pararon a muy breve distancia, con las carabinas listas.

—Escuchadme —dijo la joven, que parecía asustada—, ayer por la noche os oí..., dejasteis escapar de vuestros labios unas palabras que han puesto en guardia a mi tío... Tengo una sospecha, que vos tenéis que quitarme del corazón. Decidme, mi valiente amigo, si la mujer a quien vos habéis jurado amor os pidiese una confesión, ¿la haríais?

El pirata, que mientras la *lady* hablaba se le había acercado, al oír aquellas palabras se volvió bruscamente atrás. Sus facciones

se descompusieron y pareció que vacilara bajo el efecto de un brusco golpe.

—*Milady* —dijo, después de unos momentos de silencio, y asiendo las manos de la joven—, *milady,* para vos todo me sería posible, todo lo haría. ¡Hablad! Si yo tengo que hacer una revelación, por muy penosa que pueda ser para los dos, os juro que la haré.

Mariana levantó los ojos, y se cruzaron sus miradas, la de ella suplicante, la del pirata refulgente; y se miraron largo rato.

Aquellos dos seres estaban prendidos por una ansiedad dolorosa para ambos.

—No me engañéis, príncipe —dijo Mariana, con voz temblorosa—. Seáis quien fuerais, el amor que habéis despertado en mi corazón no se apagará nunca. Rey o bandido, yo os amaré de la misma forma.

Un profundo suspiro salió de los labios del pirata.

—¿Es mi nombre, entonces, mi verdadero nombre el que quieres saber? —exclamó.

—¡Sí, tu nombre, tu nombre!

Sandokán se pasó varias veces la mano por la frente, empapada de sudor, mientras las venas del cuello se le hinchaban, como si estuviera haciendo un gran esfuerzo.

—Escúchame, Mariana —dijo, con acento salvaje—. Hay un hombre que manda sobre este mar que baña las costas de las islas malayas, un hombre que es el terror de los navegantes, que hace temblar a las poblaciones, y cuyo nombre suena como las campanas que doblan a muerto. ¿Has oído hablar de Sandokán, llamado el Tigre de Malasia? Mírame a la cara. ¡El Tigre soy yo...!

La joven emitió, sin quererlo, un grito de horror y se cubrió la cara con las manos.

—¡Mariana! —exclamó el pirata, cayendo a sus pies, con los brazos hacia ella—. ¡No me rechaces, no te asustes así! Fue la fatalidad la que me hizo volver pirata, como fue la fatalidad la que me impuso este sanguinario nombre. Los hombres de tu raza fueron inexorables conmigo, a pesar de que yo no les había hecho ningún mal; fueron ellos quienes, desde los peldaños de un trono, me lanzaron al fango, me quitaron un reino, asesinaron a mi ma-

dre, hermanos y hermanas, y me empujaron hacia estos mares. No soy pirata por avidez, soy un justiciero, el vengador de mi familia, de mi pueblo; y nada más. Ahora, si los crees, puedes rechazarme, y yo me alejaré para siempre de estos parajes de forma que tú no puedas sentir miedo.

—No, Sandokán, no te rechazo, porque te quiero demasiado, porque tú eres valiente, poderoso, tremendo, como los huracanes que azotan estos océanos.

—¿Me quieres entonces todavía? Dilo con tus labios, repítelo.

—Sí, te quiero, Sandokán, y ahora más que nunca.

El pirata la atrajo hacia sí y la estrechó apasionadamente contra su pecho.

Una alegría sin límites iluminaba su cara.

—¡Mía! ¡Tú eres mía! —exclamó fuera de sí—. Habla ahora, mi adorada, dime qué quieres que yo haga por ti, porque todo me es posible. Si quieres iré a derrotar a un sultán para ofrecerte su reino. Si quieres ser inmensamente rica, iré a saquear los templos de la India y de Birmania para cubrirte de diamantes y oro; si quieres me haré inglés; si quieres que me olvide para siempre de mi venganza y que desaparezca el pirata para siempre, iré a incendiar mis *praos,* para que no puedan saquear más, iré a dispersar a mis tigres, y destrozaré mis cañones. Habla, dime lo que quieres.

La joven se inclinó hacia él, sonriendo:

—No, mi valiente —dijo—, no quiero nada más que la felicidad a tu lado. Llévame lejos, a una isla cualquiera, donde nos podamos casar sin peligros y sin angustias.

—Sí, si lo quieres, te llevaré a una isla lejana, cubierta de flores y de selvas donde tú no oirás hablar más de tu Labuán, ni de mi Mompracem, en una isla encantada en el gran océano, donde podamos vivir felices; el terrible pirata ha dejado atrás ríos de sangre y la gentil Perla su Labuán. ¿Tú vendrás, Mariana?

—Sí, Sandokán, yo iré. Escúchame ahora, un peligro te acecha. Puede ser que una traición contra ti se esté urdiendo en estos momentos.

—¡Lo sé! —exclamó Sandokán—. Presiento esta traición, pero no la temo.

—Es necesario que me obedezcas, Sandokán.

—¿Qué tengo que hacer?

—Partir al momento.

—¡Partir! ¡Partir! Yo no tengo miedo.

—Sandokán, huye, mientras haya tiempo. Tengo un triste presentimiento, tengo miedo por tí; mi tío no ha marchado por capricho; tiene que haber sido llamado por el baronet William Rosenthal, el cual a lo mejor te ha descubierto. ¡Sandokán, vuelve a tu isla, y ponte a salvo, antes que la tempestad descargue sobre tu cabeza!

En lugar de obedecer, Sandokán agarró a la joven y la estrechó entre sus brazos. Su cara, que pocos momentos antes estaba conmovida, había cambiado ahora de expresión: sus ojos llameaban, las sienes le temblaban furiosamente, y sus labios se entreabrían mostrando los dientes. Un instante después se lanzó como una fiera a través del parque.

No se paró hasta que llegó a la playa, donde paseó largamente, sin saber a dónde ir ni qué hacer. Cuando se decidió a volver, la noche ya había caído y la luna se divisaba en el cielo.

En cuanto volvió a la villa preguntó si el lord había llegado y le contestaron que todavía no.

Subió al salón y encontró a Mariana arrodillada delante de una imagen, con la cara inundada de lágrimas.

—Mi adorada Mariana —exclamó levantándola—, ¿lloras por mí? ¿A lo mejor porque soy el Tigre de Malasia, el hombre maldecido por tus compatriotas?

—No, Sandokán. Pero tengo miedo; una desgracia está por pasar; huye, huye de aquí.

—No tengo miedo. El Tigre de Malasia nunca ha temblado y...

Se calló de repente, estremeciéndose a pesar suyo. Un caballo había entrado en el parque, parándose delante de la villa.

—¡Mi tío! ¡Huye, Sandokán! —exclamó la joven.

En aquel mismo momento entraba en el salón lord James. No era el mismo hombre de los días anteriores. Tenía un aspecto grave, la cara oscurecida y llevaba los galones de capitán de marina.

Con un ademán imperioso rechazó la mano que el pirata le tendía, diciendo con frío acento:

—Si yo hubiese sido un hombre de vuestra especie, en lugar de pedir hospitalidad a un enemigo, me habría dejado matar por los tigres de la selva. ¡Retirad esta mano, que pertenece a un pirata y a un asesino!

—¡Señor! —exclamó Sandokán, que había comprendido que había sido descubierto y se preparaba a vender cara su vida—. ¡No soy un asesino, soy justiciero!

—¡No, ni una palabra más en mi casa, salid!

—Está bien —contestó Sandokán. Miró largo rato a la joven, que había caído sobre la alfombra casi desmayada; hizo ademán de acercarse, pero se contuvo; y con pasos lentos, con la mano derecha sobre la empuñadura de su *kriss,* la cabeza alta, la mirada altiva, salió de la habitación y bajó la escalera, ahogando, con un esfuerzo prodigioso, los latidos de su corazón y la profunda emoción que le invadía. Pero cuando llegó al parque se paró, desnudó su *kriss,* cuya hoja brilló a los rayos de la luna.

A trescientos pasos se divisaba una línea de soldados con las carabinas en las manos, listos para hacer fuego sobre él.

LA CACERÍA DEL PIRATA

En otros tiempos, Sandokán, a pesar de encontrarse casi sin armas y enfrentándose a un enemigo cincuenta veces más numeroso, no habría dudado ni un solo instante en lanzarse contra las puntas de las bayonetas para abrirse paso a cualquier precio; pero ahora que amaba, ahora que sabía que alguien le amaba, ahora que aquella criatura a lo mejor le estaba mirando, no quería cometer una locura que le pudiera costar la vida, y a ella muchas lágrimas.

Pero se encontraba en la necesidad de hallar una salida para llegar a la selva y desde allí al mar, su única salvación.

Volvió a subir las escaleras, sin ser visto por los soldados, y volvió a entrar en el salón, con su *kriss* en la mano. El lord se encontraba aún allí con el ceño fruncido, con los brazos cruzados sobre el pecho; la joven *milady* había desaparecido.

Cuando vio al pirata, el lord descolgó de un clavo un cuerno y lanzó una nota aguda.

—¡Ah, traidor! —gritó Sandokán, que sentía hervir la sangre en las venas.

—Es hora, desgraciado, de que caigas en nuestras manos —dijo el lord—. Dentro de unos momentos los soldados se encontrarán aquí, y veinticuatro horas después serás ahorcado.

Sandokán emitió un sordo rugido. Con un salto de fiera, agarro una pesada silla y la lanzó sobre la mesa que se encontraba en el centro de la habitación. Emanaba furor; sus facciones eran feroces, sus ojos parecían llameantes y una sonrisa felina se dibujaba en sus labios.

En aquel mismo momento, se oyó, fuera de la habitación, resonar una trompeta; después, en el pasillo, una voz, la de Mariana, gritando desesperadamente:

—¡Huye, Sandokán!

—¡Sangre! ¡Veo sangre! —gritó el pirata.

Levantó la silla y la tiró con gran fuerza contra el lord, el cual, golpeado de lleno en el pecho, cayó pesadamente al suelo.

Más rápido que el rayo, Sandokán, con una destreza extraordinaria, le dio la vuelta y le ató sólidamente los brazos y las piernas, utilizando su cinturón.

Se apoderó del sable y salió disparado por el pasillo.

La joven *lady* se precipitó en sus brazos; después, acompañándolo a su habitación, le dijo llorando:

—Sandokán, he visto a unos soldados. ¡Ah, estás perdido!

—Aún no —contestó el pirata—. Escaparé de los soldados, ya lo verás.

La tomó entre sus brazos y la llevó hasta la ventana, contemplándola durante unos instantes a la luz de la luna.

—Mariana —dijo—, júrame que serás mi mujer.

—Te lo juro por la memoria de mi madre.

—¿Y me esperarás?

—Sí, te lo prometo.

—Está bien; huiré, pero dentro de una semana volveré a buscarte, con mis valientes tigres. ¡Y ahora, contra los ingleses! —exclamó—. Yo lucho por la Perla de Labuán.

Se deslizó rápidamente por la ventana y saltó al parque, ocultándose completamente, gracias a un macizo de flores.

Los soldados, unos sesenta o setenta, habían rodeado ya completamente el parque, y estaban avanzando hacia la orilla, con los fusiles listos para disparar.

Sandokán, que se mantenía escondido como un tigre, con el sable en la mano derecha y el *kriss* en la izquierda, no respiraba ni se movía; se había replegado sobre sí mismo, listo para lanzarse sobre el cerco de los soldados y romperlo con ímpetu irresistible.

El único movimiento que hacía era para levantar la cabeza hacia la ventana, donde sabía se encontraba Mariana, la cual sin duda alguna esperaba con anhelo el final de esta lucha.

Los soldados, que se encontraban a muy pocos pasos del lugar donde se ocultaba, se pararon repentinamente.

—Despacio, amigos —dijo un cabo—, esperemos la señal antes de seguir.

En aquel mismo momento se oyó el cuerno del lord tocar en la villa.

—Adelante —mandó el cabo—. El pirata se encuentra en los alrededores de la villa.

Los soldados se adelantaron muy despacio, registrando detenidamente todos los rincones.

Sandokán midió de un vistazo la distancia, se puso de rodillas y después, de un salto, se abalanzó sobre sus enemigos.

Mató al cabo y desapareció en medio de los cercanos arbustos. Todo se desarrolló en unos pocos momentos.

Los soldados, sorprendidos por tanta audacia, asustados por la muerte del cabo, no se decidieron enseguida a hacer fuego. Aquella breve vacilación bastó a Sandokán para llegar hasta la cerca, pasarla de un salto, y desaparecer por el otro lado.

Gritos de furor se pudieron oír enseguida, acompañados por descargas de fusiles. Todos, oficiales y soldados, se lanzaron fuera del parque, dispersándose por todas direcciones y descargando sus fusiles, con la esperanza de alcanzarlo; pero era demasiado tarde.

Sandokán, que había huido milagrosamente de aquel cerco de muerte, corría veloz, adentrándose entre los arbustos que rodeaban la finca del lord.

Al fin libre en aquella espesura, donde podía utilizar mil astucias y esconderse en mil lugares, e incluso hacerles frente, ya no temía a los ingleses.

Según se alejaba, los gritos y los disparos de fusil se iban debilitando, hasta que se perdieron por completo.

Se paró un momento a los pies de un gigantesco árbol para descansar unos momentos y escoger el camino que tenía que seguir entre aquellos miles y miles de plantas.

La noche era clara, y la luna brillaba en un cielo sin nubes.

«Veamos —pensó el pirata, orientándose con las estrellas—. A mis espaldas tengo a los ingleses; delante, hacia el oeste, está el mar. Si tomo enseguida esta dirección podré encontrarme con una

patrulla, porque ellos pensarán que yo intento llegar a la costa más cercana. Es mejor seguir en línea recta, doblar después hacia el sur y llegar al mar a una notable distancia de este punto. Pongámonos en canino y alerta».

Hizo acopio de todas sus energías y fuerzas, volvió la espalda hacia la costa, que no tenía que estar muy lejos, y volvió a la espesura de la selva.

Siguió de esta forma durante tres horas, parándose cuando un pájaro espantado por su presencia se levantaba emitiendo un grito, o cuando un animal salvaje huía chillando, y se detuvo delante de un arroyo.

Entró en él, y caminó durante unos cincuenta metros contra la corriente, llegando ante una gruesa rama, que agarró, subiéndose a un gran árbol.

—Bien, creo que esto bastará para que hasta los perros pierdan mi rastro —dijo—. Y ahora puedo descansar sin temor a ser descubierto.

Se encontraba allí hacía media hora, cuando un ruido, que habría sido inaudible para un oído menos agudo que el suyo, le llamó la atención.

Movió lentamente las ramas, conteniendo la respiración, y escudriñó a su alrededor.

Dos hombres, encogidos, avanzaban observando atentamente.

Sandokán reconoció enseguida a dos soldados.

«¡El enemigo! —pensó—. ¿Me he perdido o me han seguido de cerca?».

Los dos soldados, que parecían buscar las huellas del pirata, después de haber recorrido unos metros se pararon casi debajo del árbol que servía de escondrijo a Sandokán.

—¿Sabes, John —dijo uno de ellos con voz temblorosa—, que tengo miedo en esta oscura selva?

—También yo, James —contestó el otro—. El hombre que estamos buscando es peor que un tigre, capaz de llovernos del cielo y matarnos a los dos. ¿Has visto cómo ha matado en el parque a nuestro compañero?

—No lo olvidaré en mi vida. No parecía un hombre, parecía un gigante dispuesto a destrozarnos. ¿Crees que podremos apresarlo?

—Tengo mis dudas, a pesar de que el baronet William Rosenthal haya prometido cincuenta libras esterlinas por su cabeza. Mientras todos nosotros lo estamos buscando hacia el oeste, para impedir que se embarque sobre algún *prao,* puede ser que esté corriendo hacia el norte o el sur.

—Pero mañana zarpará algún crucero para impedirle la huida.

—Tienes razón, amigo. ¿Qué hacemos?

—Vámonos primero a la costa; después, veremos.

—¿Esperamos antes al sargento Willis, que nos sigue?

—Lo esperaremos en la costa.

Los dos soldados miraron por última vez a su alrededor y se encaminaron hacia el oeste, desapareciendo entre las sombras de la noche.

Sandokán, que no había perdido una palabra, esperó media hora; después se deslizó suavemente a tierra.

—Está bien —dijo—. Me están persiguiendo todos hacia occidente; yo me dirigiré siempre hacia el sur, donde sé que no encontraré a ningún enemigo. Pero he de tener cuidado. El sargento Willis me pisa los talones.

Reemprendió su silenciosa marcha, dirigiéndose hacia el sur, volvió a pasar el arroyo y se abrió paso a través de la espesura de la selva.

Estaba a punto de rodear un grueso árbol de alcanfor, que le impedía el paso, cuando una voz amenazadora gritó:

—¡Si dais un paso más, o hacéis un solo gesto, os mataré como a un perro!

GIRO-BATOL

El pirata, sin asustarse por aquella brusca intimación que podía costarle la vida, se volvió lentamente apretando el sable, listo para utilizarlo.

A seis pasos, un hombre, un soldado, sin ninguna duda el sargento Willis, mencionado poco antes por aquellos dos soldados, se había levantado de detrás de un matorral, y lo tenía en su línea de disparo, sin titubear, y amenazando de verdad.

Lo miró tranquilamente y se puso a reír.

—¿Por qué reís? —preguntó el sargento, desconcertado y asombrado—. Me parece que no es el momento.

—Río porque me parece extraño que tu osadía llegue a amenazarme de muerte —contestó Sandokán—. ¿Sabes quién soy yo?

—El jefe de los piratas de Mompracem.

—Vamos, Willis, ven a buscarme —contestó Sandokán.

—¡Willis! —exclamó el soldado, preso por un supersticioso terror—. ¿Cómo sabéis mi nombre?

—Nada puede ignorar un hombre huido del infierno —dijo el Tigre sonriendo malignamente.

—Me dais miedo.

—¡Miedo! —exclamó Sandokán—. Willis, ¿sabes que veo sangre?...

El soldado, que había bajado el fusil, sorprendido, espantado, no sabiendo si tenía delante un hombre o un diablo, dio unos pasos atrás tratando de ponerlo en su línea de fuego, pero Sandokán, que no le perdía de vista, se abalanzó sobre él, derribándolo en tierra.

—¡Gracia! ¡Gracia! —tartamudeó el pobre sargento, cuando vio delante de él la punta del sable.

—Te regalo la vida —dijo Sandokán.

El sargento se levantó, mirando a Sandokán con terror en los ojos.

—Hablad —dijo.

—Te he dicho que te regalo la vida, pero tienes que contestar todas las preguntas que yo te haré. ¿Dónde creen que he huido?

—Hacia las costas occidentales.

—¿Cuántos hombres vienen detrás?

—No puedo decirlo, sería una traición —contestó el sargento.

—Tienes razón; no te lo reprocho.

El sargento lo miró con asombro.

—Quítate el uniforme —mandó Sandokán.

—¿Qué queréis hacerme?

—Me servirá para huir; nada más. ¿Hay soldados indios entre los que me persiguen?

—Sí, unos *sepoys*.

—Está bien: desnúdate y no opongas resistencia, si quieres que quedemos como amigos.

El soldado obedeció. Sandokán, bien o mal, se puso el uniforme, se ató la daga y la cartuchera, se puso en la cabeza el sombrero y se colgó la carabina en bandolera.

—Déjate atar ahora —dijo después.

Agarró los robustos brazos del soldado, que no se atrevía a oponer resistencia, lo ató a un árbol con una cuerda, y después se alejó con rápidos pasos, sin mirar atrás.

«Necesito esta noche llegar a la costa y embarcar, mañana puede ser demasiado tarde —se dijo—. A lo mejor con esta vestimenta me será más fácil huir de mis perseguidores y embarcarme en algún navío que lleve rumbo a las Romades. Y desde allí llegaré hasta Mompracem. Y entonces... ¡Ah!, Mariana, me volverás a ver muy pronto, ¡pero como un terrible vencedor!».

Al pronunciar aquel nombre, casi involuntariamente evocado, la frente del pirata se oscureció y sus facciones se contrajeron. Se llevó las manos al corazón y suspiró.

Reemprendió el camino, con paso rápido, oprimiéndose fuertemente el pecho, como queriendo ahogar los latidos apresurados de su corazón. Caminó toda la noche, atravesando grupos de

árboles gigantescos, pequeñas selvas, praderas ricas en arroyos, mirando de orientarse con las estrellas.

Al levantarse el sol se paró cerca de unos *durion* colosales para recuperar fuerzas y también para asegurarse de que el camino estuviera libre.

Iba a esconderse en medio de unos arbustos, cuando oyó una voz que le gritaba:

—¡Eh, camarada! ¿Qué estáis buscando allí? Tened cuidado, no sé esconda un pirata más terrible que los tigres de vuestro país.

Sandokán, nada sorprendido, seguro de no tener nada que temer con el traje que llevaba, se dio la vuelta tranquilamente y vio, tumbado a pocos metros, bajo la sombra de una palmera de Filipinas, a dos soldados. Mirándolos atentamente, creyó reconocer a aquellos dos que habían precedido al sargento Willis.

—¿Qué estáis haciendo aquí? —dijo Sandokán, con un acento gutural que estropeaba el inglés.

—Estamos descansando —contestó uno de los dos—. Hemos ido de cacería toda la noche y no podemos más.

—¿Estáis buscando también vosotros al pirata...?

—Sí, y os puedo también decir, sargento, que hemos descubierto su rastro.

—¡Oh! —dijo Sandokán, aparentando asombro—. ¿Y dónde lo habéis encontrado?

—En el bosque que acabamos de atravesar.

—¿Y lo habéis perdido después?

—Nos ha sido imposible volverlo a encontrar.

—¿Adónde se dirigía?

—Hacia el mar.

—Estamos perfectamente de acuerdo.

—¿Qué queréis decir, sargento? —preguntaron los dos soldados, poniéndose de pie.

—Que yo y Willis...

—¡Willis!... ¿Lo habéis encontrado?

—Sí, y lo he dejado hace dos horas.

—Continuad, sargento.

—Quería deciros que yo y Willis lo hemos encontrado en las cercanías de la Colina Roja. El pirata trata de llegar a la costa septentrional de la isla, no nos podemos engañar.

—¡Entonces nosotros hemos seguido un falso rastro!

—No, amigos —dijo Sandokán—, es que el pirata nos ha engañado hábilmente.

—¿Y de qué forma? —dijo el mayor de los dos soldados.

—Subiendo hacia el norte siguiendo el lecho del arroyo. Es listo, ha dejado sus huellas en la selva, como si hubiera ido hacia el este, y después ha vuelto sobre sus pasos.

—¿Qué tenemos que hacer ahora?

—¿Dónde se encuentran vuestros compañeros?

—Están buscando en la selva, a dos millas de aquí, avanzando hacia el este.

—Volved inmediatamente atrás y dad la orden de dirigirse, sin pérdida de tiempo, hacia las playas septentrionales de la isla. Moveos; el lord ha prometido cien libras esterlinas a quien descubra al pirata.

No hacía falta más para aquellos dos hombres. Recogieron apresuradamente los fusiles, se pusieron en los bolsillos las pipas que estaban fumando, y después de haber saludado a Sandokán, se alejaron rápidamente, desapareciendo entre los árboles.

El Tigre los siguió con la vista hasta donde pudo; después volvió a adentrarse en la selva murmurando:

—Mientras me dejan el camino libre, yo puedo dormir unas cuantas horas. Más tarde estudiaré la situación.

Bebió unos tragos de wiski de la cantimplora de Willis, comió unos cuantos plátanos que había recogido en la selva, apoyó la cabeza sobre un cojín de hierbas y se durmió profundamente, sin preocuparse más de sus enemigos.

¿Cuánto tiempo durmió? Con seguridad no más de tres o cuatro horas, dado que cuando abrió los ojos el sol estaba aún alto en el cielo. Iba a levantarse, para reemprender la marcha, cuando oyó un disparo de fusil a poca distancia, seguido por el galope precipitado de un caballo.

—¿Me habrán descubierto? —murmuró Sandokán, dejándose caer entre unos matorrales.

Armó rápidamente la carabina, movió con precaución las hojas, y miró.

Un instante después, un indígena o un malayo, a juzgar por el color de su piel, atravesó a la carrera la pradera, tratando de alcanzar unos árboles de plátanos,

Era un hombre bajo, de fuerte musculatura, con la falda destrozada y un sombrero de paja, pero en la mano derecha empuñaba un grueso bastón y en la izquierda un *kriss* con su hoja resplandeciente.

Su carrera fue tan rápida que a Sandokán le faltó tiempo para poderlo observar mejor. Pero le vio esconderse entre los árboles y desaparecer entre sus gigantescas hojas.

«¿Quién puede ser? —se preguntó Sandokán, estupefacto—. Un malayo sin duda».

De pronto una sospecha le asaltó.

«¿Podría ser uno de mis hombres? —se preguntó—. ¿Que Yáñez haya desembarcado para venir a buscarme? Él no desconoce que me encuentro en Labuán».

Estaba saliendo de entre los arbustos para observar al hombre que había huido, cuando en la orilla del bosque apareció un jinete.

Era un soldado del regimiento de Bengala.

Parecía enfadado, dado que blasfemaba y maldecía a su caballo, atormentándolo violentamente con la espuela.

Había llegado a cincuenta pasos de los árboles de plátanos, bajó ágilmente a tierra, ató su caballo en la raíz de un árbol, armó su fusil y se puso a la escucha, mirando atentamente entre los cercanos árboles.

—¡Por todos los truenos del universo! —exclamó—, no habrá desaparecido bajo la tierra... En algún lugar tendrá que haberse escondido y no podrá huir por segunda vez de mi fusil. Sé que estoy luchando contra el Tigre de Malasia, pero John Gibbs no tiene miedo. Si aquel maldito caballo no se hubiera empinado, a esta hora aquel pirata ya no viviría.

El jinete, mientras hablaba consigo mismo, había desenfundado su sable y se había adentrado entre unos matorrales, moviendo con prudencia sus ramas.

Aquellos dos pequeños árboles confinaban con los bananos, pero se podía dudar de que aquel soldado consiguiese encontrar al fugitivo. Éste se había alejado, arrastrándose a través de los arbustos y de las raíces y había encontrado un escondrijo donde podía considerarse seguro de toda búsqueda.

Sandokán, que no había dejado los matorrales donde se encontraba, había intentado sin conseguirlo ver dónde se escondía el malayo.

«Miraré de salvarlo —pensó—. Puede ser uno de mis hombres o algún explorador enviado por Yáñez. Necesito enviar a aquel jinete a otro lugar o acabará por encontrarlo». Iba a moverse, cuando a pocos pasos vio temblar las lianas.

Movió rápidamente la cabeza hacia aquel lado y vio aparecer al malayo. El pobre hombre, temiendo ser descubierto, estaba trepando sobre aquellas cuerdas vegetales para ganar la cima de un mango, entre cuyas hojas podría encontrar un óptimo escondrijo. Esperó a que ganara las primeras ramas y se diera la vuelta. En cuanto pudo divisar su cara, con mucha dificultad pudo aguantar un grito de alegría y satisfacción.

«¡Giro-Batol! —exclamó para sí—. ¡Ah, mi buen malayo! ¿Cómo se encuentra aún aquí, y vivo...? Estaba seguro de haberlo dejado sobre el *prao* que estaba hundiéndose, muerto o moribundo. ¡Qué suerte! ¡Vamos a salvarlo!».

Armó su carabina, dio la vuelta al matorral y apareció bruscamente en el margen del bosque, gritando:

—¡Eh, amigo! ¿Qué estáis buscando tan encarnizadamente? ¿Habéis herido a algún animal?

El jinete, al oír aquella voz, salió ágilmente de entre los arbustos, manteniendo el fusil delante de sí, y emitiendo un grito de estupor:

—¡Oh! Un sargento —exclamó.

—¿Os sorprende, amigo?

—¿De dónde habéis salido?

—De la selva. He oído un disparo de fusil y me he apresurado a venir aquí para ver qué había pasado. ¿Habéis disparado contra algún babirusa?

—Sí, contra un babirusa más peligroso que un tigre —dijo el jinete, disimulando muy mal su enfado.

—¿Qué animal era, entonces?

—¿No estabais buscando vos también a alguien? —preguntó el soldado.

—Precisamente.

—¿Habéis visto al terrible pirata?

—No, pero he descubierto su rastro.

—Y yo, sargento, he encontrado al pirata en persona.

—¡Es imposible...!

—He disparado contra él.

—¿Y habéis fallado?

—Como un cazador novato.

—¿Y dónde se ha escondido?

—Me temo que aquel hombre ya esté lejos. Es más ágil que un mono y más feroz que un tigre.

—¿Y ahora qué pensáis hacer?

—No lo sé. Creo que buscando entre estos matorrales, perderé el tiempo.

—¿Queréis un consejo?

—Decidme, sargento.

—Montad a caballo y rodead la selva.

—¿Queréis venir conmigo? Juntos tendremos mayor valor.

—No, compañero. ¿Queréis hacerle huir?

—Explicaos.

—Si los dos lo buscamos por el mismo lugar, el Tigre huirá hacia otro. Vos rodead la selva y yo miraré estos matorrales.

—De acuerdo, pero con una condición: que dividiremos el premio prometido por lord Guillonk si tenéis la suerte de matar al Tigre. No quiero perder las cien libras esterlinas.

—De acuerdo —contestó Sandokán sonriendo.

El jinete reenfundó el sable, montó en su caballo poniéndose el fusil delante, y saludó al sargento, diciéndole:

—Nos volveremos a encontrar al otro lado de la selva.

«Te cansarás de esperar», pensó Sandokán.

Esperó a que el jinete desapareciera en la selva, y después se acercó al árbol en el cual estaba escondido el malayo, diciendo:

—Baja, Giro-Batol.

Aún no había terminado de hablar, cuando el malayo cayó a sus pies, gritando con voz ronca:

—¡Ah! ¡Mi capitán!

—¿Estás sorprendido de volverme a ver vivo?

—Podéis creerlo, Tigre de Malasia —dijo el pirata, con lágrimas en los ojos—. Creía haberos perdido para siempre.

—Los ingleses no tienen hierro suficiente para llegar al corazón del Tigre de Malasia —contestó Sandokán—. Me habían herido gravemente, pero he curado y estoy listo para reemprender la lucha.

—¿Y los demás?

—Duermen en el fondo del mar —contestó Sandokán con un suspiro.

—Pero nosotros los vengaremos, ¿verdad, capitán...?

—Sí, y muy pronto. Pero, dime, ¿debido a qué afortunada circunstancia te vuelvo a encontrar aún vivo? Recuerdo haberte visto caer moribundo sobre el puente del *prao,* durante la primera lucha.

—Es verdad, capitán. Un trozo de metralla me había alcanzado la cabeza, pero no me había matado. Cuando volví en mí, el pobre *prao,* que vos habíais abandonado a las olas, acribillado por los balazos del crucero, ya estaba por hundirse. Me agarré a unas tablas y nadé hacia la costa. Pasé varias horas sobre el mar, y después me desmayé. Me desperté en la cabaña de un indígena. Aquel buen hombre me había recogido a quince millas de la playa, me había embarcado sobre su canoa y transportado a tierra. Me cuidó admirablemente, hasta que estuve completamente curado.

—¿Y ahora hacia dónde huías?

—Procuraba ganar la costa para lanzar al agua una canoa que había encontrado, cuando me asaltó aquel soldado.

—¡Oh! ¿Tienes una canoa?

—Sí, mi capitán.

—¿Querías volver a Mompracem?

—Esta noche.

—Iremos juntos, Giro-Batol. Esta noche embarcaremos.

—¿Queréis venir a mi cabaña a descansar un rato?

—¡Oh!... ¿Hasta una cabaña tienes...?

—Una pobre cabaña que me han regalado los indígenas.

—Vámonos enseguida. ¿Está lejos tu cabaña?

—Dentro de un cuarto de hora habremos llegado.

Los dos piratas salieron de entre los arbustos y, después de haberse asegurado de que no había nadie por los alrededores, atravesaron rápidamente la pradera, llegando al segundo trozo de selva.

Iban a adentrarse por los árboles, cuando Sandokán oyó un galope desenfrenado.

—De nuevo aquel importuno —exclamó—. ¡Rápido, Giro-Batol, escóndete en medio de aquellos arbustos...!

—¡Eh! ¡Sargento...! —gritó el jinete, que parecía muy enfadado—. ¿Así me estáis ayudando a apresar a aquel maldito pirata...? Mientras que yo casi reventaba mi caballo, vos no os habéis movido.

Sandokán miró hacia él y le contestó tranquilamente:

—Había encontrado el rastro del pirata, y he considerado inútil perseguirlo a través de la selva. De todas formas, os he esperado.

—¿Habéis descubierto su rastro...? ¡Por mil demonios! ¿Cuántos rastros ha dejado el bandido? Yo creo que se ha divertido engañándonos.

—¡Pues yo empiezo a respetarle, camarada! Abandono, me vuelvo a la villa de lord Guillonk.

—Yo no tengo miedo, sargento. Y continuaré buscando.

—Como os plazca.

—¡Feliz regreso! —gritó el jinete con ironía.

—¡Que el diablo te lleve! —contestó Sandokán.

El jinete se encontraba ya lejos y seguía espoleando su caballo, dirigiéndose una vez más hacia la selva que había atravesado unos momentos antes.

—Vámonos —dijo Sandokán, cuando ya no se le veía . Si vuelve otra vez le saludo con un disparo de carabina.

Se acercó al escondrijo de Giro-Batol y los dos reemprendieron la marcha, adentrándose en la selva.

Atravesada otra llanura, volvieron a penetrar entre las plantas, abriéndose paso con dificultad, ya que las plantas se enlazaban formando una red casi imposible de atravesar.

Caminaron durante más de un cuarto de hora, atravesando unos riachuelos en cuyas orillas se notaban las pisadas de varios hom-

bres; después llegaron a un grupo de plantas tan espesas que los rayos del sol no lograban entrar.

Giro-Batol se paró unos momentos a escuchar; después dijo a Sandokán:

—La cabaña está allí, en medio de los árboles.

—Un escondrijo seguro —contestó el Tigre de Malasia con una sonrisa—. Admiro tu prudencia.

—Vamos, mi capitán. Nadie vendrá a molestarnos.

LA CANOA DE GIRO-BATOL

La cabaña de Giro-Batol se levantaba en el mismo centro de aquella espesura, entre dos enormes *pombos* cuya enorme masa de hojas la resguardaban por completo de los rayos del sol.

Era una cabaña casi derruida por completo, con sólo una habitación, pero suficiente para dar cobijo a algunas parejas de aborígenes; era baja y estrecha, con el techo de hojas de banano superpuestas entre ellas, y las paredes formadas por ramas trenzadas entre ellas, muy burdamente.

La única abertura era la puerta: no había ninguna ventana.

El interior no era mejor. Había una cama, hecha de hojas secas, unas bastas cazuelas de arcilla y dos piedras que debían de servir para encender el fuego.

Pero estaba repleta de víveres en abundancia, frutos de todas las especies y también medio babirusa suspendido en el techo por las patas posteriores.

—Mi cabaña no es gran cosa, ¿verdad, capitán? —dijo Giro-Batol—. Pero aquí podréis descansar sin ningún temor a ser molestado. Hasta los indígenas de estos parajes ignoran dónde se encuentra mi refugio. Si queréis descansar puedo ofreceros esta cama de hojas tiernas, que corté esta mañana; si tenéis sed tengo un cántaro de agua fresca y si tenéis hambre, unas frutas y unas deliciosas costillas.

—¡No pido más, mi buen Giro-Batol! —contestó Sandokán—. No esperaba encontrar todo esto.

Sandokán, que se encontraba hambriento por causa de aquellas largas marchas a través de la selva, cogió un mango que debía de pesar unas veinte libras, y se puso a roer aquella sustancia blanca y dulce, que le recordaba el sabor de las almendras.

Entretanto, el malayo iba amontonando sobre el fogón unas ramas secas, y las encendía, utilizando para hacer esta operación dos trozos de bambú cortados por la mitad.

Es muy curioso el sistema utilizado por los malayos para encender el fuego sin tener que utilizar las cerillas. Tomó dos bambúes cortados, y sobre la superficie convexa de uno de ellos hizo un pequeño corte, utilizando una esquirla de otro bambú; empezó a moverlo sobre el corte practicado, al principio muy lentamente, después cada vez más deprisa. El polvo que se generó de esta fricción, se encendió muy lentamente y cayó sobre una mecha preparada con antelación.

Mientras esperaba que el asado se hiciera, habían reemprendido la conversación.

—Partiremos esta noche, ¿verdad, capitán? —dijo Giro-Batol.

—Sí, en cuanto la luna haya salido —contestó el Tigre de Malasia.

—Pero volveremos aquí, ¿verdad?

—Sí, aunque creo que para mí será mejor no volver más a esta isla.

—¿Qué estáis diciendo, capitán?

—Digo que esta isla puede dar un golpe mortal a la potencia de Mompracem y puede ser que encadene para siempre al Tigre de Malasia.

—¿Vos, tan fuerte y temible? ¡Oh, vos no podéis tener miedo de los leones de Inglaterra!

—No, de ellos no, pero ¿quién puede prever el destino? Mis brazos son aún formidables, pero, ¿lo será también mi corazón?

—¡El corazón! No os comprendo, mi capitán.

—Mejor así. A la mesa, Giro-Batol. No pensemos en el pasado.

—Me dais miedo, capitán.

—Calla, Giro-Batol—dijo Sandokán con acento imperioso.

El malayo no se atrevió a seguir. Sacó del fuego el asado, que despedía un buen olor, lo depositó sobre una larga hoja de banano y lo ofreció a Sandokán; después fue a rebuscar en un rincón de la cabaña y de un hueco sacó una botella medio rota, pero recubierta cuidadosamente de fibras, trenzadas.

—Ginebra, mi capitán —dijo, mirando aquella botella con ojos ardientes—. Tuve mucho trabajo para robársela a los indígenas, que la utilizaban para darse fuerza en el mar. Podéis vaciarla hasta la última gota.

—Gracias, Giro-Batol —contestó Sandokán con una triste sonrisa—. Nos la repartiremos como buenos hermanos.

Sandokán comió en silencio, haciendo muy poco honor a la comida, a pesar de lo que había asegurado anteriormente; bebió algún trago de ginebra y después dejó la botella sobre las hojas frescas, diciendo:

—Descansaremos algunas horas. Entretanto se hará de noche y después tendremos que esperar a que salga la luna.

El malayo cerró cuidadosamente la cabaña, apagó el fuego, vació la botella, y se tumbó en una esquina soñando que ya se encontraba en Mompracem.

Sandokán, a pesar de estar muy cansado, y de que no había dormido la noche anterior, no logró pegar un ojo.

No por temor de ser sorprendido por sus enemigos: no era posible que ellos lo pudieran encontrar en aquella cabaña tan bien escondida. Eran los pensamientos que le llevaban hacia la joven inglesa lo que le mantenía despierto.

¿Qué le habría pasado a Mariana después de aquellos acontecimientos? ¿Qué habría pasado entre ella y lord James?... ¿Y qué acuerdos habría entre el viejo lobo de mar y el baronet William? ¿La volvería a encontrar en Labuán, aún libre, a su vuelta? ¡Tremendos celos ardían en el corazón del pirata, pero no podía hacer nada! ¡Nada, sólo huir, para no caer víctima de los embates de sus contrincantes!

Sandokán, pensando estas cosas, esperó a que el sol se ocultara en el horizonte; después, cuando las tinieblas invadieron la cabaña y la selva, despertó a Giro-Batol, que roncaba como un tapir.

—Vámonos, malayo —le dijo—. El cielo se ha cubierto de nubarrones; es inútil esperar a que la luna salga. ¿Dónde se encuentra tu canoa...?

—A treinta minutos de camino.

—¿Tan cerca está el mar? ¡Nunca lo hubiera creído...!

—Sí, Tigre de Malasia.

—¿Has puesto víveres en ella?

—He pensado en todo, capitán. No falta nada, ni fruta, ni agua, ni los remos; y tenemos también una vela.

—Vamos, Giro-Batol.

El malayo cogió un trozo de asado, que había guardado con antelación, se armó con un grueso garrote y siguió a Sandokán.

—La noche no puede ser más propicia —dijo, al tiempo que escudriñaba el cielo, que se encontraba totalmente cubierto de nubarrones—. Alcanzaremos el mar sin peligro de ser descubiertos.

Atravesado el pequeño bosque, Giro-Batol se paró unos momentos a escuchar; después, confiando en el profundo silencio que imperaba sobre la selva, reemprendió la marcha hacia el oeste.

La oscuridad era absoluta bajo los grandes árboles, pero el malayo veía también de noche mejor que un gato y conocía aquellos lugares.

Arrastrándose entre los miles y miles de raíces que se amontonaban en el suelo, escalando entre las redes trenzadas de las ramas, sobrepasando enormes troncos caídos por el peso de los años, Giro-Batol se movía cada vez más aprisa en aquella oscura floresta, sin desviarse una sola pulgada de su camino. Sandokán, taciturno, lo seguía muy de cerca, imitando todos sus movimientos.

Si un rayo de luna hubiera podido iluminar la cara de aquel fiero pirata, nos la hubiera mostrado alterada por un inmenso dolor.

A aquel hombre, que veinte días antes habría dado la mitad de su sangre para poder encontrarse en Mompracem, ahora le resultaba inmensamente doloroso abandonar aquella isla, sobre la cual dejaba, sola y sin defensa, a la mujer que quería. Cada paso que lo acercaba al mar se clavaba en su pecho como una puñalada, ya que le recordaba que la distancia que lo separaba de la Perla de Labuán aumentaba con cada minuto que pasaba.

Hacía media hora que caminaban, cuando Giro-Batol se paró de repente, con el oído atento.

—¿Habéis oído este ruido? —preguntó.

—Lo oigo, es el mar —contestó Sandokán—. ¿Dónde se encuentra la canoa?

—Muy cerca de aquí.

El malayo guio a Sandokán a través de aquella espesura de hojas y, en cuanto la pasaron, apareció ante sus ojos el mar, que iba muriendo en los bancos de arena de la isla.

—¿Veis algo? —preguntó.

—Nada —contestó Sandokán, cuyos ojos recorrían el horizonte.

—La suerte está con nosotros: los cruceros aún duermen.

Bajaron a la orilla, apartaron las ramas de un árbol y descubrieron una embarcación que se movía pesadamente en el fondo de una pequeña bahía.

Era una fea canoa, excavada en el tronco de un árbol, a base de fuego y hachas, a semejanza de las utilizadas por los indios en los ríos del Amazonas y los polinesios en el Pacifico.

Desafiar el mar con una embarcación como aquella era una audacia sin comparación, pero los dos piratas, eran personas que no se asustaban ante nada.

Giro-Batol fue el primero en embarcarse y levantó un pequeño palo del cual pendía una vela, trenzada cuidadosamente con fibras vegetales.

Sandokán, encerrado en sí mismo, con la cabeza agachada y los brazos cruzados sobre el pecho, se encontraba aún en tierra, mirando hacia el este, como si esperara distinguir entre la profunda oscuridad de los árboles la habitación de la Perla de Labuán. Parecía ignorar que el momento de la huida había llegado y que cualquier retraso podía serles fatal.

—Capitán —exclamó el malayo—, ¿queréis haceros apresar por los cruceros? Vámonos, o será demasiado tarde.

—Te sigo —contestó Sandokán con voz triste.

Saltó a la canoa, cerrando los ojos y emitiendo un profundo suspiro de resignación.

EN RUTA HACIA MOMPRACEM

El viento soplaba desde el este, en dirección favorable.

La canoa, con la vela henchida, se movía con bastante rapidez, inclinada a estribor, interponiendo entre el pirata y Mariana el vasto mar de Malasia.

Sandokán, sentado a popa, con la cabeza entre las manos, no hablaba y tenía los ojos fijos en Labuán, que muy lentamente desaparecía entre las tinieblas: Giro-Batol, sentado a proa, feliz y sonriente, hablaba por los codos.

Toda la noche, la canoa, empujada por el viento del este, avanzó sin encontrar ningún crucero y comportándose bastante bien, a pesar de que las olas de vez en cuando la embestían, haciéndola balancear peligrosamente.

El malayo, sentado a proa, escrutaba atentamente la línea del horizonte, por si divisaba algún barco. Su compañero, tumbado a popa, no quitaba los ojos del lugar por el cual debía estar la isla de Labuán, ya desaparecida entre las sombras de la noche.

Navegaban hacía ya unas cuantas horas, cuando los ojos atentos del malayo vieron un punto luminoso que brillaba en el horizonte.

«¿Un velero o un barco de guerra?» se preguntó con ansiedad, mientras Sandokán, siempre enfrascado en sus dolorosos pensamientos, no se había percatado de nada.

El punto luminoso se hacía cada vez más grande y parecía que se levantara cada vez más sobre la línea del horizonte. Aquella luz blanca no podía pertenecer a un barco de vapor. Tenía que ser una luz encendida sobre la cima del trinquete.

Giro-Batol empezaba a agitarse; sus aprensiones aumentaban cada vez más. Aquel punto luminoso parecía dirigirse en línea rec-

ta a la canoa. Muy pronto sobre la luz blanca aparecieron otras
dos: una roja y una verde.

—Un barco de vapor —dijo.

Sandokán no contestó. Quizá no le hubiera oído.

—Mi capitán —repitió—. ¡Un barco de vapor...!

El jefe de los piratas de Mompracem se movió esta vez, mientras un terrible destello brilló en su mirada.

—¡Ah...! —dijo.

Se volvió con ímpetu y miró hacia la inmensa extensión del mar.

—¿Un enemigo más? —murmuró, mientras su mano derecha
empuñaba instintivamente el *kriss*.

—Eso presiento, mi capitán —dijo el malayo.

Sandokán miró por unos momentos fijamente aquellos tres
puntos luminosos que se acercaban rápidamente; después dijo:

—Parece que se dirige hacia nosotros.

—Me parece que sí, mi capitán —contestó el malayo—. Su
comandante tiene que haber divisado nuestra embarcación.

—Es probable.

—¿Qué vamos a hacer, mi capitán?

—Dejemos que se acerque.

—Nos apresarán.

—No tiene por qué saber que soy el Tigre de Malasia¡

—¿Y si alguien os reconociese?

—Muy pocos han podido verme. Si aquel barco proviene de
Labuán, cabe la posibilidad; pero si proviene de mar abierto, podremos engañar a su capitán.

Se quedó silencioso algunos instantes, mirando atentamente al
enemigo; después dijo:

—Tenemos que medirnos con una cañonera.

—¿Procedente de Sarawak?

—Es probable, Giro-Batol. Dado que se dirige hacia nosotros,
vamos a esperarla.

La cañonera había apuntado la proa en dirección a la canoa
y aceleraba su carrera para alcanzarla. Encontrándola tan alejada
de las costas de Labuán, a lo mejor creía que los hombres que
se encontraban en ella habían sido empujados a mar abierto por
algún golpe de viento y se apresuraba a prestarles auxilio; pero el

comandante del barco quería asegurarse de si se trataba de piratas o de náufragos.

Sandokán había ordenado a Giro-Batol que tomara los remos y pusiera proa en dirección a las Romades, grupo de islas situadas más al sur. Ya había elaborado un plan para engañar al capitán.

Media hora después, la cañonera se encontraba a pocas millas de la canoa. Era un pequeño barco de popa baja, armado con un solo cañón situado sobre la plataforma posterior, y dotado de un solo palo. Su tripulación no debía de ser superior a los treinta o cuarenta hombres.

El comandante, o el oficial de ruta, maniobró de forma que pasara a unos pocos metros de la canoa; después, dada la orden de parar, giró sobre el costado, gritando:

—¡Alto, u os echo a pique...!

Sandokán, que se había levantado rápidamente, dijo en buen inglés:

—¿Por quién me tomáis...?

—¡Oh...! —exclamó el oficial con asombro—. Un sargento de los *sepoys*... ¿Qué estáis haciendo aquí, tan lejos de Labuán?

—Voy a las Romades, señor —contestó Sandokán.

—¿Qué vais a hacer allí?

—Tengo que llevar unas órdenes hasta el yate de lord James Guillonk.

—¿Se encuentra allí su barco?

—Sí, comandante.

—¿Y vais con una simple canoa?

—No he encontrado nada mejor.

—Tened cuidado, porque hay algunos *praos* malayos por estas aguas.

—¡Ah...! —exclamó Sandokán, ocultando con trabajo su alegría.

—Ayer por la mañana divisé dos, y apostaría que provenían de Mompracem. Si hubiera tenido algún cañón de más, no sé si a esta hora se encontrarían aún a flote.

—Me guardaré de aquellos veleros, comandante.

—¿No os hace falta nada, sargento?

—No, señor.

—Buen viaje.

La cañonera reemprendió su carrera, en dirección a Labuán, mientras que Giro-Batol orientaba la vela para moverse hacia Mompracem.

—¿Has oído? —dijo Sandokán.

—Sí, mi capitán.

—Nuestros veleros baten los mares, tripulados por mis fieles tigres.

—Os están buscando aún, mi capitán.

—Qué sorpresa se llevará Yáñez cuando me vea. ¡Mi buen y entrañable amigo!

Volvió a sentarse a popa, con la mirada siempre fija en dirección a Labuán y no volvió a hablar. Pero el malayo le oyó suspirar repetidas veces.

Al clarear, sólo ciento cincuenta millas separaban a los fugitivos de Mompracem, distancia que podían superar en menos de veinticuatro o treinta horas si el viento les era favorable.

Durante el día, el viento dejó de soplar varias veces y la canoa, que se movía pesadamente entre las olas, hizo agua varias veces. Por la tarde, un viento fresco se levantó desde el sudeste, impulsando rápidamente la canoa hacia el oeste; el viento se mantuvo así también al día siguiente.

Al caer el día, el malayo, que se mantenía de pie a proa, divisó una masa oscura que se levantaba sobre el mar.

—¡Mompracem! —exclamó.

Al oír aquel grito, Sandokán, por primera vez desde que había puesto pie en la canoa, se movió, levantándose rápidamente.

Ya no era el mismo hombre de antes: la melancólica expresión de su cara había desaparecido por completo, sus ojos despedían rayos y sus facciones ya no estaban marcadas por el dolor.

—¡Mompracem! —exclamó, irguiéndose.

Permaneció contemplando su salvaje isla, el baluarte de su potencia, de la grandeza de aquel mar que equivocadamente llamaba suyo. Sentía que en aquel momento, volvía a ser el formidable Tigre de Malasia, el de las legendarias aventuras.

—¡Ah, al fin te vuelvo a ver! —exclamó.

—Estamos salvados, Tigre —dijo el malayo, que parecía enloquecer de alegría.

Sandokán lo miró casi estupefacto.

—¿Merezco aún este nombre, Giro-Batol? —preguntó.

—Sí, capitán.

—Estaba convencido de no merecerlo ya —murmuró Sandokán suspirando.

Agarró la pagaya que servía de timón y dirigió la canoa hacia la isla que se divisaba entre las tinieblas. A las diez, los dos piratas, sin haber sido avistados, atracaban al pie del gran acantilado. Sandokán, al volver a pisar su isla, respiró profundamente, después pasó rápidamente alrededor del acantilado y, llegando a los primeros peldaños, subió por aquella accidentada escalera, que lo llevaría a su gran cabaña.

—Giro-Batol —dijo, mirando al malayo que se había parado—. Vuelve a tu cabaña, advierte a los piratas de mi llegada, pero diles que me dejen tranquilo.

—Capitán, nadie vendrá a molestaros, porque este es vuestro deseo. Y ahora dejadme que os dé las gracias por haberme hecho volver aquí y que os diga que si necesitáis algún hombre listo para el sacrificio, bien para salvar a un inglés o a una mujer de su raza, siempre estaré listo.

—Gracias, Giro-Batol, gracias... ¡Y ahora vete!

Y el pirata, hundiendo en el fondo de su corazón el recuerdo de Mariana, que le había hecho recordar involuntariamente el malayo, subió los peldaños, desapareciendo entre las tinieblas.

AMOR Y EMBRIAGUEZ

Cuando llegó a la cumbre del gran acantilado, Sandokán se paró en su orilla, y su mirada se perdió a lo lejos, hacia el oeste, en dirección a Labuán.

Aspiró el viento de la noche, y se acercó paseando lentamente a la gran cabaña, una de cuyas habitaciones estaba iluminada.

Miró a través de los cristales de la ventana y vio a un hombre sentado delante de una mesa, con la cabeza entre las manos.

«Yáñez», pensó, sonriendo tristemente. «¿Qué me dirá cuando se entere de que el Tigre ha vuelto derrotado y embrujado?».

Lanzó un suspiro y abrió despacio la puerta, sin que Yáñez se enterase.

—Hermano mío —dijo, después de unos momentos—. ¿Te has olvidado del Tigre de Malasia?

No había terminado de hablar, cuando Yáñez se lanzaba a sus brazos, exclamando:

—¡Tú, tú... Sandokán! ¡Ah, yo te creía perdido para siempre!

—No, he vuelto, ya lo ves.

—Pero, desafortunado amigo, ¿dónde has estado todos estos días? Son cuatro semanas las que llevo esperando con ansia. ¿Qué has hecho en todo este tiempo? ¿Has saqueado al sultán de Varauni, o la Perla de Labuán te ha embrujado? Contéstame, hermano mío, porque estoy ansioso de saber de ti.

En lugar de contestar a todas aquellas preguntas, Sandokán le miró en silencio, con los brazos cruzados sobre el pecho, la mirada turbia y la cara ensombrecida.

—Vamos —dijo Yáñez, sorprendido por aquel silencio—, habla: ¿Qué significado tiene el traje que llevas, y por qué me miras así? ¿Te ha ocurrido alguna desgracia?

—¡Desgracia! —exclamó Sandokán con voz ronca—. ¿Ignoras, entonces, que de los cincuenta tigres que lancé contra Labuán, no sobrevive más que Giro-Batol? ¿No sabes que han muerto todos delante de las costas de aquella isla maldita, a manos de los ingleses, que yo he resultado gravemente herido sobre el puente de un crucero y que mis veleros descansan en el fondo del mar de Malasia?

—¡Derrotado tú...! ¡Es imposible! ¡Es imposible!

—¡Sí, Yáñez, me han ganado y herido, mis hombres han muerto, y yo vuelvo mortalmente enfermo!

El pirata, con voz ronca, le contó con todo detalle lo que le había sucedido.

Pero cuando se puso a hablar de la Perla de Labuán, toda su ira se esfumó. Su voz, que poco antes era ronca, enfurecida, tomó entonces otra tonalidad, se volvió dulce, suave y apasionada.

Describió en un relato poético la belleza de aquella joven *lady;* después se puso a contar todas las aventuras que habían seguido: la cacería del tigre, la confesión de su amor, la traición del lord, la huida, el encuentro con Giro-Batol y su embarco rumbo a Mompracem.

—Escúchame, Yáñez —siguió, con acento aún conmovido—. En el mismo momento en que ponía los pies en la canoa para abandonar definitivamente a aquella criatura, he creído que se me partía el corazón. Habría deseado, en lugar de abandonar aquella isla, hundir la canoa, con Giro-Batol; habría deseado hacer entrar el mar en la tierra y levantar a la vez un mar de fuego, para no poder pasarlo. En aquel momento habría destruido sin remordimiento mi Mompracem. Hundido mis *praos,* dispersado a mis hombres y no hubiera querido ser... ¡el Tigre de Malasia!

—¡Ah! ¡Sandokán! —exclamó Yáñez, con un tono de voz en el cual se podía notar el reproche.

El pirata se levantó bruscamente, con las facciones alteradas.

—Tú no me creerás —replicó—, pero he luchado tremendamente antes de dejarme vencer por esta pasión. Pero en la férrea voluntad del Tigre de Malasia, ni mi odio por todo lo inglés ha podido frenar los impulsos de mi corazón. ¡Cuántas veces he intentado romper mis cadenas! ¡Cuántas veces, cuando he pensado

que un día tendría que casarme con aquella mujer, abandonar mi mar, poner punto final a mi venganza, abandonar mi isla, perder mi corazón, del cual estaba tan orgulloso, y a mis tigres, he tratado de huir, de interponer entre mí y aquellos encantadores ojos una infranqueable barrera! Sin embargo, he tenido que ceder, Yáñez. Me he encontrado entre dos abismos: aquí Mompracem con sus piratas, entre el estruendo de sus cientos de cañones y sus victoriosos *praos;* allí aquella adorable criatura de cabellos rubios y ojos azules. He dudado mucho tiempo, y después me he precipitado hacia aquella joven de la cual, lo siento, ninguna fuerza humana podrá separarme. ¡Ah, presiento que el Tigre dejará de existir...!

—¡Olvídala, entonces! —contestó Yáñez.

—¡Olvidarla...! ¡Es imposible, Yáñez; es imposible...! Siento que nunca podré romper las cadenas de oro que ella me ha puesto alrededor de mi corazón. Ni las batallas, ni las grandes emociones de esta vida de pirata, ni el cariño de mis hombres, ni las venganzas, pueden ser suficientes para hacerme olvidar a aquella joven. Su imagen se interpone siempre entre mí y aquellas grandes emociones y sucumbiría aquella antigua energía y el valor del Tigre. ¡No, no, no la olvidaré nunca, será mi mujer a costa de mi nombre, de mi isla, de mi potencia, y de todo, de todo...!

Se paró por segunda vez, mirando a Yáñez, que había caído en el más profundo silencio.

—Entonces, hermano, ¿me has comprendido? —preguntó.

—Sí.

—¿Qué me aconsejas? ¿Qué me contestas, ahora que te lo he revelado todo?

—Dado que tú la quieres tan locamente, todos nosotros te ayudaremos a que sea tu esposa, para que tú puedas ser feliz. Puedes volver a ser el Tigre de Malasia aunque te cases con la joven de los cabellos de oro.

Sandokán se precipitó en brazos de Yáñez y los dos piratas se quedaron largo tiempo abrazados.

—Dime ahora —dijo el portugués— qué piensas hacer...

—Partir lo más rápidamente posible para Labuán y raptar a Mariana.

—Tienes razón. Si el lord se entera de que tú has dejado la isla y has vuelto a Mompracem puede huir por miedo a tu regreso. Es necesario actuar rápidamente, o la partida está perdida. Vete ahora a dormir, pues necesitas de un poco de tranquilidad, y déjame al cuidado de prepararlo todo. Mañana por la mañana la expedición estará lista para emprender la marcha.

—Hasta mañana, Yáñez.

—Adiós, hermano —contestó el portugués, y salió.

Sandokán volvió a sentarse a la mesa, más apesadumbrado y agitado que nunca.

Sentía la necesidad de aturdirse para olvidar, algunas horas por lo menos, a aquella joven que lo había embrujado y calmar la impaciencia que le roía. Se puso a beber con frenesí, vaciando varios vasos de wiski.

—¡Ah! —exclamó—, si pudiera dormirme, y despertar en Labuán... Siento que esta impaciencia, este amor, estos celos me matan. ¡Sola! ¡Sola en Labuán! ¡Y a lo mejor, mientras yo estoy aquí, el baronet la corteja...!

Se levantó presa de un violento furor y se puso a pasear como un loco, derribando las sillas, rompiendo las botellas amontonadas en las esquinas, destruyendo los cristales de las estanterías repletas de oro y piedras preciosas.

El pirata, que ya estaba a merced del alcohol, siguió bebiendo.

Se levantó, pero volvió a caer sobre la silla, lanzando a su alrededor unas miradas turbias. Le parecía ver unas sombras por la habitación, unos fantasmas que le enseñaban, riendo, *kriss* y cimitarras ensangrentadas. En una de aquellas sombras, le pareció ver a su rival, el baronet William. Se sintió poseído de un incontenible, furor, y rechinaba ferozmente los dientes.

—Te veo, te veo, maldito inglés —gritó—. ¡Quieres robarme la Perla, lo leo en tus ojos, pero te lo impediré, vendré a destruir tu casa, la del lord, destruiré Labuán, derramaré ríos de sangre y os exterminaré a todos..., a todos! Te ríes... ¡Espera, espera mi llegada...!

Había entonces llegado a la cima de su embriaguez. Se sintió prendido por un afán feroz de destruirlo todo, de derribarlo todo.

Se levantó con esfuerzo, agarró una cimitarra y se puso a dar unos golpes desesperados, apresando la sombra del baronet, a la que no conseguía alcanzar, destrozando las tapicerías, rompiendo las botellas y golpeando las estanterías, la mesa, el armónium; haciendo llover de los vasos rotos ríos de oro, de perlas y diamantes, hasta que cansado, derrotado por la embriaguez, cayó entre todos aquellos destrozos, durmiéndose profundamente.

EL CABO INGLÉS

Cuando se despertó, estaba tumbado en un sofá, transportado seguramente por unos malayos que tenía a su servicio.

Sandokán se frotó varias veces los ojos y la frente ardiente, como haciendo un esfuerzo por recordar.

Se arrancó las insignias del sargento Willis, se puso nuevas vestimentas, relucientes de oro y perlas, se puso en la cabeza un rico turbante que llevaba un zafiro grueso como una nuez, se ciñó entre los pliegues de la faja un nuevo *kriss* y una nueva cimitarra, y salió.

Recorrió con sus ojos de águila el mar y miró al fondo del acantilado. Tres *praos,* con las grandes velas desplegadas, estaban anclados delante del pequeño pueblo, listos para hacerse a la mar.

Sobre la playa los piratas iban y venían, ocupados en embarcar armas, municiones para los fusiles y balas para los cañones. En medio de ellos, Sandokán divisó a Yáñez, que la noche anterior había saludado su vuelta muy calurosamente, y le había prometido su ayuda para emprender una expedición a Labuán.

«Buen amigo —pensó—. Mientras yo dormía, él preparaba la expedición».

Bajó las escaleras y se dirigió hacia el poblado. En cuanto los piratas lo vieron, un inmenso grito retumbó:

—¡Viva el Tigre! ¡Viva nuestro capitán!

Después, todos aquellos hombres se precipitaron desordenadamente hacia el pirata, gritando de alegría. Los más viejos jefes de la piratería lloraban de alegría, por volverlo a ver vivo.

Ninguna lamentación se oía, ya que nadie lloraba a sus compañeros muertos, sus hermanos, hijos y parientes caídos bajo el hierro de los ingleses, en la desastrosa expedición, pero de vez en cuando se oían gritos de venganza.

—Amigos —dijo Sandokán con su fascinante acento metálico y extraño—, la venganza que me pedís no tardará. Los tigres que yo llevaba a Labuán han caído bajo los golpes de los leopardos de piel blanca, cien veces más numerosos y cien veces más armados que nosotros, pero la partida aún no ha terminado. No, tigres, los héroes que cayeron luchando sobre las playas de aquella isla maldita no quedarán sin venganza. Estamos listos para zarpar hacia aquella tierra de leopardos. El día de la batalla, los tigres de Mompracem ganarán a los leopardos de Labuán.

—¡Sí, sí, a Labuán, a Labuán! —gritaron los piratas, agitando frenéticamente las armas.

Yáñez parecía no haber oído. Había subido sobre un viejo cañón y miraba atentamente hacia un promontorio que se extendía sobre el mar.

—¿Qué buscas, hermano? —le preguntó Sandokán.

—Veo la extremidad de un palo detrás de aquellas rocas —contestó el portugués.

—¿Uno de nuestros *praos?*

—¿Qué otro barco tendría la osadía de acercarse a nuestras costas?

—¿No han vuelto todos nuestros *praos?*

—Todos menos uno, el de Pisangu, uno de los más gruesos y mejor armados.

—¿A dónde lo habías enviado?

—Hacia Labuán, en tu busca.

—Esperémosle —murmuró Sandokán—. Podría ser que nos trajera alguna noticia de Labuán.

Todos los piratas habían acudido a los bastiones, para observar mejor a aquel velero que avanzaba lentamente, siguiendo el promontorio.

Cuando llegó a su final, estalló un grito de alegría.

—¡El *prao* de Pisangu!

Era verdaderamente el velero que Yáñez, tres días antes, había enviado hacia Labuán, en busca de noticias del Tigre de Malasia y de sus valientes tigres, pero, ¡en qué condiciones volvía! Del árbol del trinquete no quedaba más que algún metro; el de maestra se aguantaba vacilante, sosteniendo una espesa red de cuerdas y

masteleros. Los costados no existían y su estructura se veía gravemente dañada y recubierta de madera para cerrar los agujeros abiertos por las balas.

—Este velero tiene que haberse batido muy bien —dijo Sandokán.

—Pisangu es un valiente que no teme asaltar barcos más grandes que el suyo —contestó Yáñez.

—¡Oh!... Me parece que nos trae algún prisionero. ¿Lo habrá apresado en Labuán?

—No creo que lo haya pescado en el mar.

—Le interrogaremos.

El *prao,* ayudado por los remos, a causa del viento débil que soplaba, avanzaba rápidamente. El capitán, al divisar a Sandokán y a Yáñez, lanzó un grito de alegría; después, levantando las manos, gritó:

—¡Buena cacería!

Cinco minutos más tarde, el velero entraba en la pequeña bahía, y anclaba a veinte pasos de la orilla. Una embarcación fue enseguida lanzada al mar, y Pisangu la ocupó con un soldado y cuatro remeros.

—¿De dónde vienes? —preguntó Sandokán en cuanto desembarcó.

—De las costas occidentales de Labuán, mi capitán —dijo el pirata—. Había llegado hasta allí con la esperanza de poder encontraros, y me siento muy feliz de volver a encontraros aquí.

—¿Quién es el inglés?

—Un cabo, capitán.

—¿Dónde lo has capturado?

—Cerca de Labuán.

—Cuéntame cómo fue.

—Estaba patrullando por la costa, cuando vi una barca, tripulada por aquel hombre, que salía de la desembocadura del río. El hombre debía tener compañeros en ambas orillas, ya que le oía con frecuencia emitir unos silbidos agudísimos. Hice botar enseguida una embarcación y lo perseguí; con la esperanza de que me pudiera dar noticias vuestras. La captura no fue difícil, pero cuando quise abandonar la desembocadura del río, me percaté de

que la salida estaba cerrada por una cañonera. Entré enseguida en lucha, intercambiando con los ingleses balas y metralla en abundancia. Una verdadera tempestad, mi capitán, que me mató a media tripulación y me estropeó el velero, pero también la cañonera quedó mal parada. Cuando vi que el enemigo emprendía la huida, con dos bordadas salí a mar abierto, volviendo aquí lo más rápidamente posible.

—¿Y aquel soldado viene entonces de Labuán?

—Sí, mi capitán.

—Gracias, Pisangu. Tráemelo aquí.

Era un joven de veinticinco o veintiséis años, gordo, de estatura más bien baja, rubio, con la piel sonrosada y rechoncho. Parecía estar muy espantado de encontrarse en medio de aquellas bandas de piratas, pero ninguna palabra le salía de los labios.

Al ver a Sandokán, se esforzó en sonreír; después dijo con cierto temblor en la voz:

—El Tigre de Malasia.

—¿Dónde me has visto? —preguntó Sandokán.

—En la villa de lord Guillonk.

—¿También tú estabas entre aquellos que me querían apresar?

El soldado no contestó; después, moviendo la cabeza, dijo:

—No hay esperanza para mí, ¿verdad?

—Tu vida depende de tus respuestas —contestó Sandokán.

El inglés palideció, pero cerró los labios, como si tuviera miedo de dejar escapar alguna palabra.

—Vamos, di dónde te encontrabas cuando yo dejé la villa del lord.

—En los bosques —contestó el soldado.

—¿Qué estabas haciendo?

—Nada.

—Lo veremos.

Sandokán, que había empuñado el *kriss* con un rápido movimiento, lo había puesto sobre la garganta del soldado, haciéndole brotar unas gotas de sangre.

El prisionero no pudo contener un grito de dolor.

—¡Basta! —dijo—. Quitadme la punta del *kriss;* hablaré, Tigre de Malasia.

Sandokán indicó a sus hombres que se alejaran; después se sentó junto con Yáñez sobre la cureña de un cañón, diciendo al soldado:

—Te escucho. ¿Qué estabas haciendo en los bosques?

—Seguía al baronet Rosenthal.

—¡Ah! —exclamó Sandokán, mientras un relámpago le brillaba en la mirada—. ¡Él...!

—Lord Guillonk había sabido que el moribundo que había cuidado en su propia casa no era un príncipe malayo, sino el terrible Tigre de Malasia, y de acuerdo con el baronet y el gobernador de Victoria, habían preparado la emboscada.

—¿Y cómo lo había sabido?

—Lo ignoro.

—Continúa.

—Fueron escogidos cien hombres, y nos enviaron a rodear la villa para impedir vuestra huida.

—Esto lo sé. Dime lo que ha pasado después, cuando yo conseguí sobrepasar las líneas y me escondí en los bosques.

—Cuando el baronet entró en la villa, encontró a lord Guillonk poseído por una tremenda excitación.

—¿Y *lady* Mariana?

—Lloraba. Parecía que entre la bella joven y su tío hubiera habido una disputa violentísima. El lord la acusaba de haber facilitado vuestra huida... Y ella imploraba piedad para vos.

—¡Pobre niña! —exclamó Sandokán, mientras la emoción alteraba sus facciones—. ¿Oyes, Yáñez?

—Continúa —dijo el portugués al soldado—. Ten cuidado de decir la verdad, porque tú te quedarás aquí hasta nuestro regreso de Labuán. Y, si has mentido, no escaparás a la muerte.

—Es inútil que os engañe —contestó el cabo—. Al resultar infructuosa la persecución, nos quedamos acampados alrededor de la villa para protegerla de un posible ataque de los piratas de Mompracem. Corrían voces poco tranquilizadoras. Se decía que los tigres habían desembarcado y que el Tigre de Malasia estaba escondido en los bosques, listo para lanzarse sobre la villa y raptar a la joven. Lo que haya pasado después, lo ignoro. Pero tengo que

deciros que lord Guillonk había considerado oportuno refugiarse en Victoria, bajo la protección de los cruceros y las fortificaciones.

—¿Y el baronet Rosenthal?

—Se casará dentro de breves días con *lady* Mariana.

Sandokán emitió un grito de fiera herida y se tambaleó, cerrando los ojos. Su cara se había descompuesto.

Se acercó al soldado y, agarrándolo furiosamente, le dijo:

—Tú no me engañas, ¿verdad?

—Os juro que he dicho la verdad.

—Te quedarás aquí hasta nuestro regreso de Labuán. Si no me has mentido te daré tanto oro como pesas.

Después, mirando a Yáñez, le dijo con voz decidida:

—Partimos. ¿Todo está listo?

—Sólo falta escoger a los hombres que tienen que seguirnos.

—Nos llevaremos con nosotros a los más valientes, ya que vamos a jugar la partida suprema.

—Pero deja aquí a algunos hombres que puedan defender nuestro escondite.

—¿Qué temes, Yáñez?

—Los ingleses podrían aprovechar nuestra ausencia para apoderarse de la isla.

—No tendrán tanta osadía, Yáñez.

—Creo lo contrario. Ahora en Labuán son lo suficientemente fuertes para intentar la lucha, Sandokán. Un día u otro la batalla decisiva tendrá que producirse.

—Nos encontrarán listos y preparados, y veremos quiénes serán más valientes y decididos, si los tigres de Mompracem o los leopardos de Labuán.

Sandokán hizo formar a sus fuerzas, constituidas por más de doscientos cincuenta hombres, reclutados entre las tribus guerreras de Borneo y de las islas del mar malayo, y escogió a noventa tigres, los más valientes y fuertes, que por orden suya no habrían vacilado en atacar las fortificaciones de Victoria o la ciudadela de Labuán.

Llamó después a Giro-Batol y, mostrándolo a los que se quedaban en la isla, les dijo:

—A este hombre que tiene la suerte de ser uno de los más valientes piratas, el único de mis tigres que ha sobrevivido a la desgraciada expedición a Labuán, durante mi ausencia le deberéis obediencia como si fuera yo en persona. Y ahora, embarquemos, Yáñez.

LA EXPEDICIÓN CONTRA LABUÁN

Los noventa hombres se embarcaron en los *praos;* Yáñez y Sandokán subieron al más grande y sólido, que llevaba dos cañones y media docena de gruesas espingardas y además estaba reforzado con gruesas planchas de hierro.

Fueron levadas anclas, orientaron las velas y la expedición salió del puerto, entre las aclamaciones de los hombres apiñados en las orillas y en las fortificaciones.

El cielo era claro y el mar llano como una balsa de aceite, pero hacia el sur se podían ver nubes de un color muy particular, y una extraña forma que daba qué pensar.

Sandokán, presintió el próximo cambio atmosférico; a pesar de ello, no se preocupó.

—Si los hombres no pueden detenerme, tampoco lo podrá hacer la tempestad. Me siento tan poderoso que puedo medirme con las fuerzas de la naturaleza —dijo.

—¿Temes que nos alcance una tempestad? —preguntó Yáñez.

—Sí, pero no me hará volver. Creo que nos será favorable, hermano mío, porque podremos desembarcar sin ser molestados por los cruceros.

—Y cuando nos encontremos en tierra, ¿qué harás?

—Aún no lo sé, pero me siento capaz de todo; tanto de enfrentarme a toda la escuadra inglesa si se interpusiera en mi camino, como de lanzar a mis hombres contra la villa.

—Si anuncias tu llegada con una batalla, el lord no se quedará en los bosques: huirá a Victoria en busca de la protección de sus fortificaciones y de sus barcos.

—Es verdad, Yáñez —contestó Sandokán, suspirando—. Y, a pesar de todo, necesito que Mariana sea mi esposa, porque siento que sin ella no se apagaría nunca el fuego de mi corazón.

—Razón de más para movernos con la máxima prudencia, para sorprender al lord.

—¡Sorprenderlo! ¡Y tú crees que el lord no está a la defensiva! Él sabe que yo soy capaz de todo, y habrá reunido en su parque a soldados y marinos.

—Puede ser, pero a pesar de todo recurriremos a alguna estratagema. Algo me ronda por la cabeza y a lo mejor puede madurar...; pero dime, amigo mío, ¿se dejará raptar Mariana?

—¡Oh, sí, lo juro...!

—¿Y la llevarás a Mompracem?

—Sí.

—¿Y después de que os hayáis casado, se quedará para siempre?

—No lo sé, Yáñez —dijo Sandokán, emitiendo un profundo suspiro—. ¿Quieres que la destierre para siempre en mi isla salvaje? ¿Quieres que ella viva para siempre entre mis tigres, que no saben hacer otra cosa que disparar, utilizar el *kriss* y el hacha! ¿Quieres que la aturda con los gritos de la batalla y los truenos de los cañones y que la exponga a un continuo peligro? Dime, Yáñez, en mi puesto, ¿qué harías?

—Pero piensa, Sandokán, en lo que será de Mompracem sin su Tigre de Malasia. Contigo volvería a brillar de tal forma, que eclipsaría a Labuán y a todas las otras islas y volvería a hacer temblar a los hombres que destruyeron a tu familia y a tu pueblo. Hay miles de dayakos y de malayos que no esperan más que una señal tuya para correr a unirse a las bandas de tigres de Mompracem.

—He pensado en todo, Yáñez.

—Y a pesar de ello dejarías tu poder por aquella mujer.

—La quiero, Yáñez. Querría no haber sido el Tigre de Malasia.

El pirata, en extremo conmovido, se sentó en la cureña de un cañón, cogiéndose la cabeza con las manos, como queriendo ahogar sus pensamientos.

Yáñez lo miró largamente, en silencio; después se puso a pasear por el puente, moviendo repetidas veces la cabeza.

Entretanto los veleros seguían su carrera hacia oriente, empujados por un suave viento que soplaba irregularmente, frenando muchas veces la carrera.

Pero no podía durar, Hacia las nueve de la noche, el viento empezó a soplar con gran violencia, de la misma dirección en que se movían los nubarrones, lo que hacía suponer que la tempestad se desencadenaba hacia el mar.

Al día siguiente el mar era tempestuoso. Elevadas olas procedentes del sur corrían por el amplio espacio, chocando unas contra otras, con profundos rugidos y haciendo bailar con gran violencia a los veleros. En el cielo se movían inmensas nubes, negras como el alquitrán y con los bordes coloreados de un rojo vivo.

Por la noche, el viento redobló su violencia, haciendo temer por la seguridad de los palos, si no disminuía la superficie de las velas desplegadas.

Cualquier otro navegante, viendo aquel mar y aquel cielo, se habría apresurado a cambiar de rumbo, poniendo proa a la tierra más cercana, pero Sandokán, que sabía que se encontraba a unas setenta u ochenta millas de Labuán, en lugar de perder tiempo prefería arriesgar a sus veleros.

—Sandokán —dijo Yáñez, cada vez más inquieto—, ten cuidado: estamos en peligro.

—Nuestros veleros son sólidos, no te preocupes, querido Yáñez.

—Creo que el huracán es cada vez más fuerte.

—No le tengo miedo, Yáñez. Adelante, que Labuán no está lejos. ¿Puedes divisar a los otros veleros?

—Creo ver uno hacia el sur. La oscuridad es tan profunda que no se ve más allá de cien metros.

—Si se pierden, sabrán cómo encontrarnos.

—Pero pueden perderse para siempre, Sandokán.

—No retrocedo, Yáñez.

—Está preparado para todo, hermano.

En aquel momento, un relámpago desgarró las tinieblas, iluminando el mar hasta el horizonte, seguido a continuación por un trueno espantoso.

Sandokán atravesó el puente y se puso al timón, mientras que sus marinos aseguraban los cañones y las espingardas, que no

querían perder, a costa de cualquier sacrificio; subieron a cubierta la embarcación de desembarco y reforzaron por triplicado todas las cuerdas.

Las primeras ráfagas ya estaban llegando, con la rapidez que acostumbran a tener los vientos huracanados, empujando las primeras montañas de agua.

El *prao,* con todas las velas recogidas, se movía con la rapidez de una flecha, hacia oriente, haciendo frente con valentía a los elementos, y sin desviarse ni una sola pulgada de su ruta, bajo la mano de hierro de Sandokán.

Hacia las once el huracán se desencadenó con toda su terrible potencia, revolviendo cielo y mar.

Las nubes, amontonadas desde el día anterior, corrían furiosamente por el cielo, casi tocando las olas, mientras que el mar se precipitaba con ímpetu hacia el norte, como si fuera una inmensa llama.

El *prao,* verdadero cascarón de nuez que desafiaba a la furiosa naturaleza, bandeado por las olas, que lo golpeaban por todos lados, bailaba desordenadamente sobre las cimas espumantes de las olas, en sus fondos movedizos, derribando a sus hombres, haciendo crujir los palos y chirriar las velas, con tanta fuerza que parecía que estuviera a punto de explotar.

Pero Sandokán, a pesar de aquel torbellino de agua, no claudicaba, y guiaba el barco hacia Labuán, desafiando valientemente a la tempestad.

El *prao* estaba luchando desesperadamente, oponiéndose a las olas, que querían llevarlo hacia el norte. Se enderezaba como un caballo enloquecido, se hundía en el agua por la proa, gemía como si estuviera a punto de partirse en dos, y en algunos momentos se balanceaba de tal forma que hacía dudar de si volvería a enderezarse.

Yáñez, que comprendía la imprudencia obstinada de aquella lucha, estaba por ir a popa para rogar al Tigre de Malasia que variara de rumbo, cuando una detonación, que no se podía confundir con el ruido de un trueno, se oyó a lo lejos.

Unos instantes después, una bala pasaba silbando sobre la cubierta, rompiendo el palo de trinquete.

Un grito de indignación explotó en el *prao,* por aquella inesperada agresión que nadie podía esperar con aquel tiempo y en unos momentos tan críticos.

Sandokán, abandonando el timón y entregándolo a un marinero, se lanzó a proa, tratando de averiguar quién era el audaz que le atacaba en medio del huracán.

—¡Ah! —exclamó—. Hay unos cruceros que aún están patrullando.

El agresor que en medio de aquel formidable huracán había disparado la bala era un grueso barco de vapor, en cuyo palo aireaba la bandera inglesa, y que sobre la cofa del palo mayor llevaba el distintivo de los barcos de guerra.

—Cambiemos de rumbo, Sandokán —dijo Yáñez, que entretanto había llegado hasta él.

—¿Cambiar?

—Sí, hermano mío. Aquel barco sospecha nuestras intenciones, y seguramente cree que somos unos piratas en dirección a Labuán.

Un segundo disparo de cañón retumbó sobre el puente del barco y una segunda bala silbó, atravesando las velas del *prao.*

Los piratas, a pesar de los violentos movimientos del *prao,* se precipitaron hacia los cañones y las espingardas para contestar, pero Sandokán los detuvo con un ademán.

No era necesario. El gran navío, que se esforzaba por resistir a las olas que le acosaban de proa, hundiéndose casi por completo bajo el peso de su estructura de hierro, a pesar suyo era arrastrado hacia el norte. En unos minutos fue llevado tan lejos, que su artillería quedaba fuera de alcance.

—Lástima que me haya encontrado en medio de esta tempestad —dijo Sandokán—. Lo habría asaltado y vencido a pesar de su gran estructura y de su tripulación.

—Mejor así, Sandokán —dijo Yáñez—. Que el diablo los lleve y los hunda en el fondo del mar.

—¿Qué hacía aquel barco en medio del mar, cuando todos buscan un refugio? ¿Estamos cerca de Labuán? ¿Ves algo ante nosotros?

—Sí, un punto oscuro hacia el oeste. Lo he visto al brillar un relámpago.

En aquel mismo momento se oyó a un malayo gritar desde lo alto del palo de trinquete:

—¡Tierra, a proa!

Sandokán dio un grito de alegría.

—¡Labuán! ¡Labuán! —exclamó—. Dejadme el timón.

Volvió a atravesar el puente, a pesar de las olas que lo barrían a cada momento, y se puso al timón, volviendo el *prao* hacia el oeste.

Pero, mientras se acercaba a la costa, el mar había redoblado su furor, como queriendo impedir el desembarco. Olas monstruosas, nacidas en las mismas entrañas de la tierra, se movían en todas direcciones, mientras que el viento redoblaba su violencia, cortado solamente por las montañas de la isla.

Sandokán, con los ojos fijos en el este, seguía sin inmutarse, aprovechando la luz de los relámpagos para guiarse. En breves momentos se encontró a unas pocas millas de la costa.

Sandokán la examinó unos segundos; después, con un rápido movimiento del timón, maniobró hacia babor.

Empujó el *prao* hacia delante con una temeridad que ponía los pelos de punta a los más curtidos lobos de mar, atravesó un estrecho paso entre dos grandes acantilados y entró en una pequeña pero profunda bahía, en la cual debía desembocar un río. La resaca era tan violenta en aquel refugio, que ponía al *prao* en un gravísimo peligro. Era mejor desafiar el mar abierto que intentar el atraque en aquellas orillas batidas por la furia de los elementos.

—No se puede intentar nada, Sandokán —dijo Yáñez—; si intentamos algo, iremos a pique.

—Tú eres un nadador muy hábil, ¿verdad, Yáñez? —preguntó Sandokán.

—Como nuestros malayos.

—Entonces atracaremos igualmente.

—¿Qué quieres intentar?

—¡Paranoa! ¡Al timón!

El dayako se lanzó hacia popa, agarrando el timón que Sandokán le entregaba.

—¿Qué tengo que hacer? —preguntó.

—Mantener durante una hora el *prao* transversal al viento —contestó Sandokán—. Ten cuidado de no hundirlo contra aquellas rocas.

Miró a los marineros y les dijo:

—Disponed la chalupa sobre el costado. Cuando la ola pase sobre la cubierta la soltaremos.

Sus hombres, al oír aquella orden, se miraron entre sí con ansiedad, pero se apresuraron a obedecer sin pedir explicaciones.

Levantaron a pulso la embarcación y la aguantaron sobre el costado de estribor, después de haberla equipado con dos carabinas, municiones y alimentos.

—¿Subes, hermano mío?

—¿Qué quieres intentar, Sandokán?

—Quiero atracar.

—Iremos a parar contra la playa.

—¡Bah! Sube, Yáñez.

—Estás loco...

En lugar de contestar, Sandokán lo cogió y le empujó hacia la embarcación; después subió también a bordo.

Una ola monstruosa entraba entonces en la bahía, rugiendo tremendamente.

—¡Paranoa! —gritó Sandokán—. ¡Listo a maniobrar!

—¿Tengo que volver a salir a mar abierto? —preguntó el dayako.

—Hacia el norte. Cuando el mar esté calmado vuelve aquí.

—Está bien, capitán...

—Estad listos para soltar la embarcación. ¡La ola!

Una ola descomunal se acercaba con su cresta coronada de blanca espuma. Se rompió en dos contra los dos acantilados y después entró en la bahía precipitándose contra el *prao*. En pocos segundos lo inundó, envolviéndolo con su blanca espuma.

—¡Soltad la embarcación! —gritó Sandokán.

La embarcación, abandonada a sí misma, fue arrastrada, junto con los dos valientes que estaban en ella. Casi en el mismo instante el *prao* viraba y, aprovechándose de la relativa calma que seguía a cada ola, se dirigía a mar abierto.

La frágil embarcación bailaba espantosamente sobre las crestas de las olas, que la empujaban hacia la playa, la cual por suerte era de arena y no tenía escollera.

Levantada por otra ola, recorrió cien metros. Subió a su cima y después se precipitó, y en el mismo momento se efectuó el impacto violentísimo.

Los dos valientes se encontraron sin parte de la barca. Había desaparecido como por magia.

—¡Sandokán! —gritó Yáñez, que le veía apenas entre las olas espumantes.

—No cedas...

La voz fue ahogada por un tremendo golpe de mar que siguió al primero.

La embarcación fue de nuevo levantada. Se balanceó unos momentos en la cima de una ola, después se precipitó hacia abajo, pero las olas la empujaron de nuevo hacia adelante, yendo a parar contra un tronco de árbol, con tal violencia, que los dos piratas salieron despedidos. Sandokán, que fue proyectado sobre unas ramas, se levantó rápido, recogiendo las dos carabinas y las municiones.

Una nueva ola se había acercado; alcanzando la embarcación, la arrebató y la hizo desaparecer con ella.

—¡Que se vayan al infierno todos los enamorados! —gritó Yáñez, que se había levantado dolorido—. Estas son cosas de locos.

—Pero ¿estás aún vivo? —dijo Sandokán riendo.

—¿Qué querías, que me matara?

—No, no me habría podido consolar nunca, Yáñez. ¡Eh, mira el *prao!*

—¿Cómo? ¿No puso rumbo abierto?

El velero volvía a pasar por delante de la entrada de la bahía, moviéndose con la rapidez de una flecha.

—¡Qué fieles compañeros! —dijo Sandokán—. Antes de alejarse han querido comprobar que habíamos podido llegar.

Se quitó la larga faja de seda roja y la desplegó al viento.

Unos momentos después un disparo partió desde el puente del velero.

—Nos han visto —dijo Yáñez—. Confiemos que se puedan salvar.

El *prao* maniobró, y reemprendió su carrera hacia el norte.

Yáñez y Sandokán se quedaron en la playa hasta que dejaron de divisarlo; después se adentraron bajo los grandes árboles, con el fin de protegerse de la lluvia, que caía a cántaros.

—¿Adónde vamos, Sandokán? —preguntó Yáñez.

—No lo sé.

—Ahora lo vamos a discutir con tranquilidad, hermano mío, ¿Tú quieres ir a la villa? ¿Por qué?

—Tan sólo para verla —dijo Sandokán, suspirando.

—Sé de lo que eres capaz. Tranquilidad, hermano mío. Piensa que sólo somos dos, y en la villa hay soldados. Esperemos a que vuelvan los *praos,* y después nos moveremos.

—¡Si tú supieras lo que siento, pisando de nuevo esta tierra! —exclamó Sandokán con voz ronca.

—Lo puedo adivinar, pero no puedo dejar que cometas una locura. ¿Quieres ir a la villa para asegurarte de que Mariana se encuentra aún en ella? Iremos, pero después que el huracán haya pasado. Entre la oscuridad y la lluvia no podemos ni orientarnos ni encontrar el río. Mañana, cuando salga el sol, nos pondremos en marcha. Ahora busquemos un refugio.

Sandokán se amoldó a los deseos de su amigo y se dejó caer a los pies de un gran árbol, dando un largo suspiro.

La lluvia seguía cayendo con extrema violencia, y sobre el mar el huracán imperaba cada vez con más fuerza. A través de los árboles, los dos piratas podían ver las olas acumulándose rabiosamente y lanzarse contra la playa con un ímpetu irresistible, rompiéndose entre su blanca espuma.

Mirando aquellas olas, que cada vez se hacían más grandes, Yáñez no pudo evitar una pregunta:

—¿Qué les estará ocurriendo a nuestros *praos* con una tempestad tan fuerte? ¿Crees tú, Sandokán, que se salvarán? Si naufragaran, ¿qué nos pasaría a nosotros?

—Nuestros hombres son valientes marineros —contestó Sandokán—. Sabrán arreglárselas muy bien.

—¿Y si naufragaran? ¿Qué podrías hacer tú, solo, sin su ayuda?

—¿Qué haría...? Raptar de todas formas a la joven.

—Corres demasiado, Sandokán, Dos hombres solos, aunque sean dos tigres de la selva de Mompracem, no pueden enfrentarse a veinte, treinta o a lo mejor cincuenta carabinas.

—Recurriremos a la astucia. Yo no volveré a Mompracem sin Mariana.

Yáñez no contestó. Se tumbó en medio de la hierba, que estaba casi seca, protegida por las largas hojas de los árboles, y cerró los ojos.

Sandokán, sin poder descansar, se alejó hacia la playa. El portugués, que no dormía, lo vio moverse por los bordes de la selva, ahora hacia el norte, ahora hacia el sur.

Seguramente buscaba una orientación para, a lo mejor, reconocer aquellas costas que ya había recorrido en su primera estancia en la isla.

Cuando volvía empezaba a clarear y el viento no soplaba ya con tanta fuerza.

—Sé dónde nos encontramos —dijo el Tigre de Malasia.

—¡Ah..! —exclamó Yáñez levantándose.

—El río tiene que encontrarse hacia el sur y a lo mejor no demasiado lejos.

—¿Quieres que vayamos?

—Sí, Yáñez.

Se pusieron las carabinas en bandolera, se llenaron los bolsillos de municiones y se adentraron en aquel gran bosque, cuidando de no alejarse demasiado de la playa.

—Evitaremos recorrer las bahías de la costa —dijo Sandokán—. El camino será más difícil, pero más corto.

—Hemos de tener cuidado de no perdernos.

—¡No temas, Yáñez!

La selva no permitía dar ni un paso, pero Sandokán era un verdadero hombre de los bosques, que sabía moverse como una serpiente y orientarse también sin estrellas ni sol. Se encaminaban hacia el sur, manteniéndose a muy breve distancia de la costa, para encontrarse antes que nada en el río sobre el que habían navegado en la anterior expedición. Llegados allí, no habría dificultad en alcanzar la villa, que el pirata sabía que se encontraba a muy

pocos kilómetros. Pero el camino, cada metro que recorrían hacia el sur, se hacía cada vez más dificultoso a causa de los destrozos causados por el huracán. Numerosos árboles, derribados por el viento, impedían todo paso, obligando a los dos piratas a dar largos rodeos.

A pesar de todo, trabajando con los *kriss,* continuaban procurando no alejarse demasiado de la costa.

Hacia el mediodía, Sandokán se paró, diciendo a Yáñez:

—Estamos cerca.

—¿Del río o de la villa?

—Del río —contestó Sandokán.

Atravesaron lentamente la última parte del gran bosque, y diez minutos después se encontraron delante de un río, que desembocaba en una pequeña bahía, rodeada de enormes árboles.

La suerte los había llevado al mismo lugar donde habían atracado los *praos* durante la primera expedición. Aún se podían ver las maderas dejadas por el segundo *prao* cuando, haciendo frente a las tremendas bordadas del crucero, se había refugiado en aquella bahía para arreglar los destrozos causados por las balas enemigas. En la playa se podían ver los palos, partes de los costados, trozos de tela, cuerdas, balas de cañón, cimitarras, hachas y un sinfín de utensilios.

Sandokán pasó la mirada sobre todo aquello que le hacía recordar su primera derrota, y suspiró pensando en los héroes que habían muerto bajo el fuego del implacable crucero.

—Descansan allí, fuera de la bahía, en el fondo del mar —dijo Yáñez con voz triste—. ¡Pobres muertos, aún sin venganza!

—¿Es aquí donde atracasteis...?

—Sí, aquí, Yáñez. ¡El crucero que nos inundó de hierro y plomo se encontraba allá! ¡Me parece verlo aún, como en aquella tremenda noche en la cual le abordé, a la cabeza de aquellos valientes hombres! ¡Un momento terrible, Yáñez, qué lucha y qué matanza! ¡A excepción mía y de Giro-Batol, todos han muerto!

—¿Te duele aquella derrota, Sandokán?

—No lo sé. Si no fuera por aquella bala que me alcanzó, a lo mejor no habría conocido a la joven de los cabellos de oro.

Se sentó sobre el tronco de un árbol caído, se cogió los cabellos entre las manos y se dejó llevar por profundos pensamientos.

Yáñez lo dejó ensimismado en aquellas meditaciones y se alejó, mirando y removiendo con un bastón entre las pequeñas cuevas de la escollera, para poder descubrir alguna ostra gigante.

Después de haber buscado durante más de un cuarto de hora, volvió a la playa trayendo una enorme ostra, tan grande que apenas si podía con ella.

Encender un fuego y abrirla, fue trabajo de pocos instantes.

—Vamos, hermano mío, ven a comer esta exquisita pulpa. Trata de no pensar en los *praos* destruidos y en los muertos.

—Es verdad, Yáñez —contestó Sandokán suspirando—. Aquellos héroes no volverán a la vida.

En cuanto terminaron de comer, Yáñez se estaba preparando para tumbarse a la sombra de un enorme *durion* y fumarse tranquilamente un par de cigarros, cuando Sandokán, con un gesto, señaló hacia la selva.

—La villa se encuentra lejos —dijo.

—¿No sabes con precisión dónde se encuentra?

—Muy vagamente; recorrí los últimos kilómetros delirando.

—Vamos, ya que lo quieres, pero sin cometer imprudencias.

—Estaré tranquilo, Yáñez.

—Una palabra más, hermano.

—¿Qué quieres?

—Confío en que esperarás a la noche para entrar en el parque.

—Sí, Yáñez.

—¿Me lo prometes?

—Tienes mi palabra.

Siguieron durante un buen trecho la orilla derecha del río y se adentraron con gran decisión en la floresta.

Parecía que el huracán hubiese sido más fuerte en aquella parte de la isla. Muchos árboles habían sido arrancados por el viento y otros, derribados por el rayo, se amontonaban en el suelo; algunos se encontraban aún suspendidos en el aire, sostenidos por las lianas de los otros árboles que los rodeaban. Después, por todas partes, matorrales arrancados, montones de hojas y de frutas, ramas rotas, y en medio de todo se podían oír los gritos de varios

monos heridos. A pesar de todos aquellos obstáculos, Sandokán no paraba. Siguió la marcha hasta el atardecer, sin ninguna vacilación acerca del camino que tenía que seguir.

Entrada la noche, Sandokán desesperaba de poder encontrar la villa, cuando de improviso se abrió delante de él un gran sendero.

—¿Qué has visto? —preguntó el portugués, viendo que se paraba.

—Estamos muy cerca de la villa —contestó Sandokán con voz sofocada—. Este sendero nos llevará hasta el parque.

—Caramba, ¡qué suerte, hermano mío! Adelante, pero sin hacer locuras.

Sandokán no esperó a que terminara de hablar. Armó la carabina para no ser sorprendido desarmado, y se lanzó por el sendero con tanta rapidez que el portugués casi no podía seguirlo.

Se sentía invadido por un ardor intenso, y al mismo tiempo agitado por miles de preguntas. Temía llegar demasiado tarde, no volver a encontrar a la mujer querida, y corría cada vez más, olvidando toda prudencia, destrozando y rompiendo las ramas de los arbustos, superando con saltos de león los obstáculos que se atravesaban en su camino.

No se paró hasta llegar a la cerca del parque, más para esperar a su compañero, que por prudencia o cansancio:

—¡Uf! —exclamó el portugués al llegar—. ¿Crees que soy un caballo, para hacerme correr así? La villa no se escapa, te lo puedo asegurar; además, no sabes quién puede estar escondido detrás de la cerca.

—No temo a los ingleses —contestó el Tigre, preso de una excitación sin igual.

—Lo sé, pero, si te dejas matar, no volverás a ver a tu querida Mariana.

Le hizo un gesto para hacerle callar y se acercó a la cerca con la agilidad de un gato, escudriñando el parque.

—Me parece que no hay ningún centinela —dijo—. Entremos, entonces.

Se dejó caer por el otro lado, mientras que Sandokán lo imitaba, y se adentraron silenciosamente en el parque, escondiéndose

detrás de los matorrales, y con los ojos fijos en la villa, que se podía divisar confusamente entre las sombras de la noche.

Muy poco les separaba ya de ella, cuando Sandokán se paró repentinamente, preparando su carabina.

—Párate, Yáñez —murmuró.

—¿Qué has visto?

—Unos hombres están delante de la villa.

Sandokán, cuyo corazón latía desesperadamente, se levantó lentamente y forzando la mirada, miró atentamente aquellas figuras humanas.

—Maldición —murmuró chirriando los dientes—. ¡Soldados! ¡Hay soldados!

—¡Oh! Se está complicando —murmuró el portugués—. ¿Qué hacemos? ¡Espera! Tengo un plan. Túmbate aquí cerca, frena los arrebatos de tu corazón y no tendrás que arrepentirte.

—Pero, ¿y los soldados?

—¡Caramba! Espero que se irán a dormir.

—Tienes razón, Yáñez: aguardaremos.

Se tumbaron detrás de un gran matorral; sin embargo, no dejaron de vigilar a los soldados, y esperaron el momento más oportuno para emprender la acción.

Pasaron dos, tres, cuatro horas, para Sandokán tan largas como cuatro siglos; después, al fin, los soldados volvieron a entrar en la villa, cerrando ruidosamente la puerta.

El Tigre estuvo a punto de lanzarse a correr, pero el portugués lo agarró rápidamente, impidiéndoselo; después, arrastrándolo bajo las sombras de un magnífico *pombo,* le dijo, cruzando los brazos y mirándolo fijamente:

—Dime, Sandokán, ¿Mariana sabe que tú estás aquí?

—No es posible.

—Habría que avisarla... ¿Sabes cuál es la parte del parque que más frecuenta?

—Todos los días pasa unas horas bordando en la pagoda china.

—Muy bien, llévame allí.

El Tigre de Malasia, a pesar de estar experimentando todas las penas del infierno, al alejarse de aquel lugar, se adentro en un vial lateral y llevó a Yáñez hasta la pagoda.

Era un precioso pabellón, con las paredes trenzadas y pintadas de alegres colores, cerradas por una especie de cúpula de metal dorado.

Alrededor se extendía un bosquecillo de lilas y de grandes matas de rosas de China que llenaban la atmósfera de un agradable perfume.

Yáñez y Sandokán, después de haber armado las carabinas, no estando seguros de que estuviera desierto, entraron. No había nadie.

Yáñez encendió una cerilla y, sobre una ligera mesa de trabajo, vio un cesto lleno de bordados e hilos, al lado de los cuales se podía ver también un precioso laúd incrustado de nácar.

Yáñez arrancó de un pequeño cuaderno una hoja y, hallando un lápiz en sus bolsillos, escribió las siguientes palabras:

Desembarcamos ayer durante el huracán. Mañana por la noche estaremos bajo vuestra ventana. Procuraos una cuerda para ayudar a la escalada de Sandokán.

Yáñez de Gomera.

—Espero que mi nombre no le resulte extraño —dijo.

—¡Oh, no! —contestó Sandokán—. Ella sabe que tú eres mi mejor amigo.

Dobló la carta y la puso en la cesta de trabajo, de forma que pudiera verla enseguida, mientras que Sandokán arrancaba unas rosas de China y las ponía encima del papel.

Los dos piratas se miraron a la cara, a la luz de un relámpago; uno estaba tranquilo, el otro vencido por una mal disimulada emoción.

—Vámonos, Sandokán —dijo Yáñez.

—Te sigo —contestó el Tigre de Malasia, con un suspiro.

Cinco minutos después volvían a pasar la cerca, desapareciendo en medio de una tenebrosa selva.

LA CITA NOCTURNA

La noche era aún tempestuosa.

El viento rugía con miles de tonalidades en el bosque, torciendo las ramas de las plantas y levantando gran cantidad de hojas, doblando y derribando los árboles jóvenes y haciendo temblar a los viejos. De vez en cuando los relámpagos quebraban aquellas tinieblas, golpeando los árboles más grandes, incendiándolos y derribándolos.

A pesar de que el huracán seguía imperando, los dos piratas no se estaban quietos. Guiados por la luz de los relámpagos, trataban de llegar a la orilla del río, para ver si algún *prao* había podido encontrar refugio en la pequeña bahía.

Sin preocuparse de la lluvia torrencial, caminando con atención para que no les aplastara alguna gruesa rama rota por el viento, dos horas después llegaron inesperadamente a la desembocadura del río, aunque para llegar a la villa habían empleado doble tiempo.

—En medio de esta oscuridad nos hemos guiado mejor que en pleno día —dijo Yáñez—. Una verdadera suerte, una noche como ésta.

Sandokán bajó a la playa y esperó un relámpago. A su luz echó una rápida mirada a las aguas de la bahía.

—Nada —dijo con desilusión—. ¿Les habrá ocurrido alguna desgracia a mis veleros?

—Llegarán. Busquemos un lugar para cobijarnos, Sandokán. Llueve a cántaros y este huracán no va a amainar rápidamente.

—¿Adónde vamos? Por aquí está la cabaña construida por Giro-Batol, durante su estancia en esta isla, pero dudo de poderla encontrar.

—Instalémonos en medio de aquellos bananos. Las gigantescas hojas de aquellas plantas nos podrán ofrecer cobijo.

—Es mejor construir algo, Yáñez.

Utilizando los *kriss,* cortaron algunos bambúes que crecían en las orillas de aquel pequeño río y los clavaron en el suelo bajo un soberbio *pombo,* cuyas hojas espesas eran suficientes para protegerles de la lluvia. Después de haberlos cruzado, como el esqueleto de una tienda, los recubrieron con las gigantescas hojas de los bananos, formando un techo.

Como Yáñez había dicho, pocos minutos fueron suficientes para construir aquella especie de cabaña. Los dos piratas entraron llevándose un manojo de plátanos, e hicieron una rústica cena compuesta únicamente por aquella fruta, y se tendieron procurando dormirse, mientras que el huracán seguía, con una violencia inusitada, acompañado por relámpagos y truenos ensordecedores.

La noche fue terrible. Muchas veces Yáñez y Sandokán tuvieron que reforzar la pequeña cabaña con más hojas de banano para lograr resguardarse de aquella lluvia incesante. Hacia el alba, el tiempo mejoró, permitiendo a los dos piratas dormir tranquilamente hasta las diez de la mañana.

—Vamos a buscar el desayuno —dijo Yáñez cuando se despertó.

Llegaron hasta la bahía, siguiendo la orilla meridional, y buscando entre las numerosísimas rocas pudieron hacerse con una media docena de ostras de increíble tamaño, y unos cuantos crustáceos. Yáñez agregó unos cuantos plátanos y algunos *pombos,* naranjas muy gruesas y muy jugosas. Terminado el desayuno, recorrieron la costa hacia oeste, esperando encontrar algunos de los *praos,* pero no pudieron descubrir ninguno.

—El huracán no les habrá dejado llegar —dijo Yáñez a Sandokán—. El viento ha estado soplando constantemente en contra.

—A pesar de todo, estoy bastante inquieto, amigo —contestó el Tigre de Malasia—. Este retraso me hace suponer algo malo. ¿Qué habrá podido pasar?

—¡Bah...! Nuestros marinos son unos hombres muy hábiles.

Pasaron el resto del día vagando por aquella parte de la playa; después, hacia el atardecer, se volvieron a los bosques para acercarse a la villa de lord James Guillonk.

—¿Crees tú que Mariana habrá encontrado nuestra carta? —preguntó Yáñez a Sandokán.

—Estoy seguro —contestó el Tigre.

—Entonces acudirá a la cita.

—Si tiene libertad para hacerlo.

—¿Qué quieres decir, Sandokán?

—Me temo que lord James la esté vigilando muy de cerca.

—Tengamos cuidado de no dejarnos sorprender.

—Actuaré con tranquilidad.

—¿Me lo prometes?

—Sí.

—Entonces vámonos.

Procediendo muy despacio, con los ojos alerta, y los oídos atentos, mirando entre los matorrales y detrás de los árboles para no caer en ninguna emboscada, hacia las siete de la noche llegaron a las cercanías del parque. Aún había algo de luz, la suficiente para poder examinar la villa.

Después de haberse asegurado de que ningún centinela se encontraba escondido en aquellos matorrales, se acercaron a la cerca y, ayudándose mutuamente, la sobrepasaron.

Dejándose caer por el otro lado, se escondieron enseguida entre unos arbustos, medio destrozados por el huracán.

Desde aquel punto pudieron observar tranquilamente todo lo que ocurría en el parque y también en la villa, sin tener delante más que algunos árboles.

—¡Bribones...! —exclamó Yáñez.

—¿Qué te pasa, Yáñez?...

—¿No has visto que han puesto rejas en todas las ventanas?

—¡Maldición! —exclamó Sandokán entre dientes.

—Hermano mío, lord James tiene que conocer la audacia del Tigre de Malasia. ¡Cuántas preocupaciones, sin embargo...!

—Entonces, Mariana estará vigilada. La veré de todas formas.

—¿Cómo?

—Escalando la ventana. Tú ya lo habías previsto y también le hemos escrito para que se procurara una cuerda.

—¿Y si los soldados nos sorprendieran?

—Lucharemos.

—¿Nosotros dos solos...?

—Nosotros dos valemos por diez hombres.

—¡Eh! ¡Mira, Sandokán...!

—¿Qué ves?

—Una patrulla de soldados que abandona la villa —contestó el portugués, que se había subido a una gruesa raíz de un cercano *pombo* para observar mejor.

—¿Adónde van?

—Salen del parque.

—¿Irán a vigilar las cercanías?

—Así lo creo.

—Mejor para nosotros.

—Sí, puede ser; y ahora, esperemos la medianoche.

Encendió con precaución un cigarro y se tumbó al lado de Sandokán, a fumar tan tranquilamente como si se encontrara en la cubierta de uno de sus *praos*.

Sandokán, por otro lado, roído por la impaciencia, no podía estar quieto un solo instante. De vez en cuando se levantaba para mirar en las tinieblas, procurando divisar lo que ocurría en la cercana villa del lord, o poder ver a la joven. Grandes temblores le agitaban, creía que le estaban preparando alguna emboscada en las cercanías de la vivienda. A lo mejor la carta había sido encontrada por alguien que la entregara a lord James en lugar de a Mariana.

Al fin llegó la medianoche. Sandokán se levantó rápidamente. Pero Yáñez, que se había levantado también repentinamente, lo había agarrado por un brazo.

—Aprecio la vida, amigo. Te olvidas que hay un centinela cerca de aquel pabellón.

—Entonces vamos a matarlo.

—Muy bien, pero sin hacer ruido.

—Lo estrangularemos.

Dejaron los matorrales y se arrastraron entre la hierba escondiéndose detrás de los arbustos y los rosales de China, que crecían muy numerosos.

Estaban a cerca de cien pasos de la villa, cuando Yáñez detuvo a Sandokán.

—Me parece que el soldado se ha dormido, apoyado en su fusil.

—Mucho mejor, Yáñez. Ve y está preparado.

—Tengo listo mi pañuelo para amordazarlo.

—Y yo tengo en mi mano el *kriss*. Si hace un solo ruido, lo mato.

Se movieron los dos en medio de unas espesas matas de flores que se prolongaban en dirección a la villa, y, arrastrándose como serpientes, llegaron a pocos pasos del soldado.

Aquel joven, seguro de no ser molestado, se había apoyado en la pared del pabellón, medio adormecido, con el fusil entre las manos.

—¿Estás listo, Yáñez? —preguntó Sandokán con un hilo de voz.

—Adelante.

Sandokán, con un salto de tigre, se lanzó sobre aquel joven soldado, y, agarrándolo fuertemente por la garganta, con un empujón irresistible lo tiró al suelo.

También Yáñez se había lanzado. Muy rápidamente amordazó al centinela; después le ataron las manos y las piernas.

—¡Ten cuidado! ¡Si haces un solo movimiento, eres hombre muerto! —dijo con voz amenazadora. Después, mirando a Sandokán, agregó—: Ahora, vamos a por tu enamorada. ¿Sabes cuáles son sus ventanas?

—¡Oh, sí! —exclamó el pirata, que ya las estaba observando—. Están allí, sobre aquel ancho parral. ¡Ah, Mariana, si tú supieras que estoy aquí!

—Ten tranquilidad, hermano mío, que, si el diablo no interviene, la podrás ver.

Recogió un puñado de piedrecillas y lanzó una contra los vidrios, produciendo un ligero ruido. Los dos piratas esperaron conteniendo la respiración, prendidos por una viva emoción.

Ninguna contestación. Yáñez lanzó una segunda piedrecilla, y después una tercera.

Por fin la ventana se abrió y Sandokán, a la luz del astro nocturno, vio una forma blanca que reconoció enseguida.

—¡Mariana! —gritó, alzando los brazos hacia la joven, que se había agarrado a la reja.

Aquel hombre tan enérgico, tan fuerte, se quedó allí como alcanzado por un rayo, con los ojos nublados.

Un ligero grito salió del pecho de la joven *lady,* que había reconocido enseguida al pirata.

—Ánimo, Sandokán —dijo Yáñez, saludando galantemente a la joven—. Llega hasta la ventana sin demora, que éste no es lugar tranquilo para nosotros.

Sandokán se lanzó hacia la villa, subió por el parral y se agarró a los hierros de la ventana.

—¡Tú! ¡Tú! —exclamó la joven—. ¡Dios mío!

—¡Mariana! ¡Oh, mi querida niña! —murmuró él con voz apagada, cubriéndole las manos de besos—. ¡Al fin te vuelvo a ver! ¡Tú eres mía, es verdad, mía, aún mía!

—Sí, tuya, Sandokán, en la vida y en la muerte —contestó la joven—. ¡Volverte a ver, después de haberte llorado por muerto! Es demasiada alegría.

—No, mi querida Mariana, no es fácil acabar con el Tigre de Malasia. Atravesé las líneas de fuego de tus compatriotas sin que pudieran herirme, he atravesado el mar, he reunido a mis hombres, y he vuelto aquí a la cabeza de cien tigres, arriesgándolo todo por salvarte.

—¡Sandokán! ¡Sandokán!

—Escucha ahora, Perla de Labuán —contestó el pirata—. ¿El lord se encuentra aquí?

—Sí, y me tiene prisionera, temiendo tu llegada.

—He visto a unos soldados.

—Sí, hay muchos que vigilan día y noche en las habitaciones. Estoy rodeada por todas partes, encerrada entre las bayonetas y las rejas, sin ninguna posibilidad de dar un paso fuera de ellas. Amor mío, lo intentará todo por alejarnos, interponiendo entre nosotros la inmensidad del océano y de los continentes.

Dos lágrimas cayeron de sus ojos.

—¡Lloras! —exclamó Sandokán—. Vida mía, no llores, que me vuelvo loco y podría cometer alguna imprudencia. ¡Escúchame, Mariana! Mis hombres no están lejos; hoy son pocos, pero mañana o pasado mañana llegarán muchos y tú sabes qué hombres son los míos. Por mucho que el lord defienda la villa, entraremos, aunque tuviéramos que incendiarla o derribar sus paredes. Yo soy el Tigre y por ti me siento capaz de poner a sangre y fuego, no sólo la villa de tu tío, sino toda Labuán. ¿Quieres que te rapte esta noche? Sólo somos dos, pero romperemos los hierros que te tienen prisionera, pagando con nuestra vida tu libertad. Habla, habla, Mariana, que mi cariño por ti me proporciona tanta fuerza como para conquistar solo esta villa.

—¡No...! ¡No...! —exclamó ella—. ¡No, mi valiente! ¡Qué sería de mí! Tengo confianza en ti, tú me salvarás, pero cuando hayan llegado tus hombres, cuando seas fuerte, tan fuerte como para poder aplastar a los hombres que me tienen prisionera y para romper los barrotes que me encierran.

En aquel momento, bajo el parral se oyó un ligero silbido. Mariana se sobresaltó, y preguntó:

—¿Has oído?

—Sí —contestó Sandokán—. Es Yáñez que se impacienta.

—A lo mejor ha visto algún peligro, Sandokán. La hora de la separación ha llegado.

—¡Mariana!

—¡Si no nos volvemos a ver nunca más...!

—No lo digas, amor mío, porque en cualquier lugar que te llevaran yo sabría encontrarte.

—Pero entretanto...

—Es sólo cuestión de pocas horas. A lo mejor mañana mis hombres llegarán y derribaremos estas paredes.

El silbido del portugués se oyó una vez más.

—Vete, mi noble amigo —dijo Mariana—, a lo mejor corres gran peligro.

—Yo no le temo.

—Márchate, Sandokán, te lo ruego, márchate antes de que te puedan sorprender.

—¡Dejarte! No puedo. ¿Por qué no habré traído a mis hombres aquí? Habría podido asaltar ahora mismo esta casa y raptarte enseguida.

—Huye, Sandokán, he oído unos pasos en el pasillo.

—¡Mariana...!

En aquel mismo momento, en la habitación se oyó un grito feroz.

—¡Miserable! —tronó una voz.

El lord agarró a Mariana por la espalda, procurando separarla de la reja, mientras se podía oír cómo levantaban los cerrojos de las puertas del piso inferior.

—¡Huye! —gritó Yáñez.

—¡Huye, Sandokán! —repitió Mariana.

No había un solo instante que perder. Sandokán, que ya se veía perdido, intentó la huida atravesando el parral de un salto y precipitándose al jardín.

DOS PIRATAS EN UNA ESTUFA

Otro hombre que no hubiera sido malayo se habría roto las piernas sin duda, en aquel salto, pero no Sandokán, que además de estar hecho como de acero, poseía una extraordinaria agilidad.

Acababa de tocar el suelo, hundiéndose en la tierra, cuando ya se encontraba de pie con el *kriss* en la mano, listo para defenderse.

El portugués afortunadamente se encontraba allí. Saltó sobre él, agarrándole por la espalda, lo empujó brutalmente hacia un grupo de árboles, diciendo:

—¡Huye, desgraciado! ¿Quieres que te maten?

Tres o cuatro soldados se asomaron por una ventana mirándoles a través de sus fusiles.

—¡Sálvate, Sandokán! —se oyó gritar a Mariana.

El pirata dio un salto de diez metros saludado por una descarga de fusiles, y una bala le atravesó el turbante. Se dio la vuelta y descargó su carabina contra la ventana, rompiendo los vidrios y alcanzando en plena frente a un soldado.

—¡Ven! —gritó Yáñez, arrastrándolo hacia la pagoda—. Ven, testarudo imprudente.

La puerta de la villa se había abierto y diez soldados, seguidos por otros tantos indígenas armados de antorchas, se lanzaron al parque.

El portugués hizo fuego a través de las hojas. El sargento que mandaba la pequeña patrulla cayó.

—Mueve las piernas, hermano mío —dijo Yáñez, mientras los soldados se detenían alrededor del sargento.

—No puedo dejarla sola —dijo Sandokán.

—Te he dicho que huyeras. Ven o te llevo a cuestas.

Dos soldados aparecieron a sólo treinta pasos, y detrás de ellos un grupo más numeroso.

Los dos piratas ya no dudaron más. Se lanzaron en medio de los matorrales, pisando el césped para alcanzar la cerca, saludados por algunos disparos de fusil.

—Corre, hermano mío —dijo el portugués, que volvía a cargar la carabina, aunque sin dejar de correr—. Mañana devolveremos a aquellos soldados sus disparos.

—Tengo miedo de haberlo estropeado todo —dijo el Tigre de Malasia con voz triste.

—¿Por qué, amigo mío?

—Ahora que me saben aquí, no se dejarán sorprender.

—No te digo que no, pero si los *praos* han llegado, tendremos cien tigres que lanzar al asalto. ¿Quién resistiría una carga así?

—Tengo miedo de lo que pueda hacer el lord.

—¿Qué quieres que haga?

—Es un hombre capaz de matar a su sobrina, antes de dejarla caer en mis manos.

—¡Diablo! —exclamó Yáñez rascándose furiosamente la frente—. No había pensado en esto.

Iba a pararse para descansar unos segundos y encontrar una solución a aquel problema, cuando en medio de aquella profunda oscuridad aparecieron unos reflejos rojos.

—¡Los ingleses! —exclamó—. Han encontrado nuestro rastro y nos persiguen a través del parque. ¡Corre, Sandokán!

Los dos salieron corriendo, adentrándose cada vez más en el parque para alcanzar la cerca.

Cuanto más se alejaban, más dificultosa se hacía cada vez la marcha. Árboles enormes se entrelazaban entre sí, impidiendo casi toda posible huida.

Pero, siendo hombres que sabían orientarse también por instinto, estaban seguros de poder llegar en muy pocos momentos al borde del parque.

Atravesada la zona boscosa del parque, se encontraron ante unos terrenos cultivados. Pasaron sin detenerse por delante de la pagoda china, y habiendo vuelto atrás para no perderse entre aquellas enormes plantas, se volvieron a lanzar de nuevo al cés-

ped, corriendo a través de las flores, y al fin llegaron bajo la cerca, sin haber sido todavía descubiertos por los soldados que los estaban persiguiendo por todo el parque.

—Despacio, Sandokán —dijo Yáñez, parando a su compañero, que iba a saltar la empalizada—. Los disparos pueden haber llamado la atención de los soldados que hemos visto marchar después del atardecer.

—¿Habrían vuelto ya al parque?

—¡Eh! ¡Calla! Agáchate aquí y escucha.

Sandokán, atento el oído, no oyó más que el murmullo de las hojas.

—¿Has visto a alguien? —preguntó.

—He oído romperse una rama detrás de la cerca.

—Puede haber sido algún animal.

—O pueden haber sido los soldados. Apostaría el diamante de mi *kriss* contra una piastra que detrás de esta cerca hay unos «Chaquetas rojas» escondidos. ¿No te acuerdas de aquella patrulla que ha salido del parque?

—Sí, Yáñez. Pero nosotros no nos quedaremos en el parque.

—¿Qué quieres hacer?

—Asegurarme de que la salida está libre.

Sandokán, ahora ya mucho más prudente, se levantó sin hacer ruido y después de haber mirado largamente entre los árboles del parque, escaló la cerca con la ligereza de un gato.

Acababa de llegar a su parte superior, cuando oyó, por el otro lado, unas voces muy apagadas.

«Yáñez no se había equivocado», pensó.

Se inclinó hacia adelante y miró entre los árboles que crecían por el otro lado de la cerca. A pesar de que la oscuridad era casi total, pudo ver unas cuantas sombras reunidas alrededor de un grueso tronco.

Se apresuró a bajar y alcanzó a Yáñez, que no se había movido.

—Tenías razón —le dijo—. Al otro lado hay unos hombres que nos esperan.

—¿Son muchos?

—Me parece que una media docena. ¿Qué vamos a hacer, Yáñez?

—Alejarnos enseguida y buscar otra salida.

—Calla, Yáñez. Oigo hablar al otro lado.

Se podían oír dos voces, una ronca y la otra imperiosa, que hablaban muy cerca de la empalizada.

El viento que soplaba en la selva, en la dirección justa, les traía perfectamente hasta ellos las palabras de los dos hombres.

—Te digo —decía la voz imperiosa— que los piratas han entrado en el parque para intentar otro golpe en la villa.

—No lo creo, sargento Bell —contestó el otro.

—¿Quieres, estúpido, que nuestros camaradas desperdicien unas municiones para divertirse? No tienes nada en la cabeza, Willis.

—Entonces no podrán huir.

—Así lo espero. Somos treinta y seis y podemos vigilar toda la cerca y volver a reunirnos a la primera señal.

—Vamos, rápido, dispersáos y abrid bien los ojos. A lo mejor tenemos que medirnos con el Tigre de Malasia.

Después de aquellas palabras, se oyó el ruido de unos pasos, y después nada más.

—Esos bribones han aumentado de número —murmuró Yáñez, inclinándose hacia Sandokán—. Vamos a ser rodeados, hermano mío, y si no nos movemos con suma prudencia caeremos en la red que nos han tendido.

—¡Calla...! —dijo el Tigre de Malasia—. Oigo aún hablar.

La voz imperiosa había vuelto a oírse:

—Tú, Bob, te quedarás aquí, mientras yo voy a esconderme en aquel árbol de alcanfor. Ten el fusil preparado y los ojos fijos sobre la cerca.

—Descuide, sargento —contestó aquel a quien habían llamado Bob—. ¿Cree de verdad que tendremos que enfrentarnos con el Tigre de Malasia?

—El audaz pirata se ha enamorado de la sobrina de lord Guillonk y ella está destinada al baronet Rosenthal; ya puedes suponer que no permanecerá quieto. Estoy seguro de que esta noche ha intentado raptarla.

—¿Y cómo ha podido desembarcar, sin que nuestros cruceros lo hayan avistado?

—Habrá aprovechado el huracán. Se dice también que se ha visto navegar unos *praos* a lo largo de nuestra isla.

—¡Qué audacia!

—Basta: a tu sitio, Bob. Tres carabinas cada cien metros pueden ser suficientes para arrestar al Tigre de Malasia y a sus compañeros. No te olvides que hay mil libras esterlinas de premio si consigues matar al pirata.

—Una buena cantidad —dijo Yáñez, sonriendo—. Lord James valora en mucho tu piel, hermano mío.

—Que no esperen ganárselas —contestó Sandokán.

Se levantó y miró hacia el parque.

A lo lejos vio aparecer unos puntos luminosos que desaparecieron entre los árboles.

Los soldados de la villa les habían perdido el rastro y se movían sin ruido, esperando probablemente que se levantara el día para emprender una verdadera cacería.

—Por ahora no hay nada que temer, por parte de aquellos hombres —dijo.

—¿Quieres que busquemos algún refugio? —dijo Yáñez—. El parque es muy grande, y a lo mejor no toda la cerca está vigilada.

—No, amigo. Si nos ven tendremos a nuestras espaldas cuarenta soldados, y no podremos huir tan fácilmente de sus disparos. Por ahora es más conveniente que nos escondamos en el parque.

—¿Dónde?

—Ven conmigo, Yáñez, y lo verás. Mañana por la noche, pase lo que pase, embarcaremos. Ven, Yáñez, te llevaré a un lugar seguro.

Los dos piratas se levantaron, colocándose las carabinas bajo el brazo y se alejaron de la cerca, manteniéndose escondidos.

Sandokán hizo atravesar a su compañero una parte del parque y lo llevó a una pequeña casita de un solo piso, que servía como invernadero y que se erigía a unos quinientos pasos de la villa de lord Guillonk.

Abrió la puerta sin hacer ningún ruido y se adentro en ella tanteando.

—Enciende una vela —dijo Sandokán.

—¿No podrán ver la luz desde fuera?

—No hay peligro. Está rodeado por completo por unas plantas muy espesas.

La habitación estaba repleta de grandes macetas de flores perfumadas y muchas sillas y mesas de bambú.

En la otra extremidad el portugués vio una estufa de dimensiones gigantescas, capaz de contener media docena de personas.

—¿Es aquí donde nos esconderemos? —preguntó Yáñez—. El lugar no me parece del todo seguro. Los soldados no se olvidarán de inspeccionarla, considerando aquellas mil libras esterlinas que lord James ha prometido por tu captura.

—Despacio, amigo Yáñez.

—¿Qué quieres decir?

—Que no les pasará por la cabeza ir a buscarnos en el interior de la estufa.

Yáñez no pudo contener la risa.

—¡En aquella estufa! —exclamó.

—Sí, nos esconderemos allí dentro.

—Pero... ¡Sandokán...!

—Si no quieres venir, enfréntate con los ingleses. No hay otra alternativa: o en la estufa o dejarse capturar.

—No se puede escoger —contestó Yáñez riendo.

Abrió la puerta de hierro, encendió otro trozo de mecha y entró impetuosamente en aquella enorme estufa, estornudando ruidosamente. Sandokán lo había seguido sin titubear.

Sobraba espacio en abundancia, aunque abundaba la ceniza y el hollín. El horno era tan alto que los dos piratas podían permanecer perfectamente de pie.

El portugués, siempre de buen humor, se encontraba a gusto y muy alegre, a pesar de la peligrosa situación en que se encontraban.

—¿Quién puede suponer que el peligroso Tigre de Malasia se ha refugiado aquí? —dijo—. ¡Por Júpiter! Estoy seguro de que no nos encontrarán.

—No hables demasiado fuerte, amigo —dijo Sandokán—; nos podrían oír.

—¡Bah! Deben de estar muy lejos.

—No tanto como crees. Antes de entrar en el invernadero he visto a dos hombres registrar los matorrales a pocos centenares de pasos de nosotros.

—¿Crees que venían a visitar este lugar?

—Estoy seguro.

—¡Diablo! ¿Y si se les ocurriera mirar en la estufa también? ¡Estaríamos perdidos, Sandokán!

—No nos dejaremos prender tan fácilmente. Tenemos armas y podemos sostener un asedio.

—Necesitamos alimentos.

—Los encontraremos, Yáñez. He visto unos bananos y unos *pombos* alrededor del invernadero.

—¿Cuándo?

—¡Calla! Oigo unas voces... Ten lista la carabina y no temas. ¡Escucha!

Fuera se oía alguna voz, acercándose. Las piedrecillas del camino que conducía al invernadero crujían bajo los pies de los soldados.

Sandokán hizo apagar la vela, ordenó a Yáñez que no se moviera; después abrió con precaución la puerta de hierro y miró afuera.

El invernadero se encontraba todavía a oscuras, pero a través de los vidrios se veían unas antorchas entre los bananos que crecían a ambos lados del sendero.

Mirando con mayor atención, pudo ver a unos cinco o seis soldados.

«¿Se preparan a inspeccionar el invernadero?», pensó con ansiedad.

Cerró con precaución la puerta y alcanzó a Yáñez en el mismo instante en que un rayo de luz iluminaba el interior del pequeño edificio.

—Llegan —dijo a su compañero, el cual aguantaba la respiración—. Estemos dispuestos a todo, hasta a lanzarnos contra ellos. ¿Está cargada tu carabina?

—Tengo el dedo sobre el gatillo.

—Muy bien; desenfunda también el *kriss*.

La patrulla entraba entonces en el invernadero, iluminándolo por completo. Sandokán, que se mantenía al lado de la pequeña puerta, vio a los soldados mover las macetas y las sillas, inspec-

cionando todos los posibles escondrijos de la habitación. A pesar de su enorme coraje no pudo reprimir un temblor.

Si los ingleses registraban con tal cuidado, era muy probable que se percatasen de las dimensiones de la estufa. Podían esperar de un momento a otro una desagradable visita.

Sandokán se apresuró a acercarse a Yáñez, que se había acurrucado al fondo, semihundido entre la ceniza y el hollín.

—No te muevas —murmuró Sandokán—. A lo mejor no nos descubren.

—¡Calla! —dijo Yáñez—. ¡Escucha!

Una voz decía:

—¿Habrá volado aquel maldito pirata?

—¿O se habrá hundido en la tierra? —dijo otro soldado.

—¡Oh! Aquel hombre es capaz de todo —dijo un tercero—. Os digo que aquel matasiete no es hombre como nosotros, sino ¡hijo de Satanás!

—Yo estoy de acuerdo, Yáñez —contestó la primera voz, temblando, lo que indicaba que su propietario era poseedor de una buena cantidad de miedo.

—He visto una sola vez a aquel hombre tremendo, y ya tengo suficiente. No era un hombre, era un verdadero tigre y os digo que ha tenido el valor de lanzarse contra cincuenta hombres sin que las balas pudieran alcanzarlo.

—Me das miedo, Bob —dijo otro soldado.

—¿Y a quién no le da miedo? —contestó aquel se llamaba Bob—. Yo creo que tampoco lord Guillonk se atrevería a enfrentársele.

—A pesar de todo, procuremos atraparlo; ahora es imposible que se nos escape. El parque está rodeado y si quiere saltar la cerca ahí se quedará. Apostaría dos meses de mi sueldo contra dos peniques a que lo capturamos.

—Aquí no está. Vamos a buscarlo a otro lugar.

—Despacio, Bob. Veo allí una estufa monumental, con capacidad suficiente para servir de refugio a varias personas. Prepara la carabina y vamos a ver.

—¿Quieres burlarte de nosotros, camarada? —dijo un soldado—. ¿Quién quieres que se esconda allí dentro? No cabrían allí ni los pigmeos del rey de Abisinia.

—Vamos a inspeccionarla, os digo.

Sandokán y Yáñez retrocedieron cuanto pudieron, hasta el fondo de la estufa y se tumbaron entre la ceniza y el hollín, para mejor escapar a las miradas de los soldados.

Un instante después, la puerta de hierro se abrió y una faja de luz se proyectó en su interior, aunque insuficiente para iluminarla toda.

Un soldado introdujo la cabeza, que sacó enseguida, estornudando ruidosamente. Un puñado de ceniza que Sandokán le había arrojado a la cara lo había puesto más negro que un deshollinador y lo había medio cegado.

—¡Al diablo quien tuvo la idea de hacerme meter la nariz allí dentro...! —exclamó el inglés.

—Era ridículo —dijo otro soldado—. Estamos perdiendo aquí un tiempo precioso sin ningún resultado práctico. El Tigre de Malasia tiene que encontrarse en el parque y a lo mejor está intentando saltar la cerca.

Los soldados se retiraron precipitadamente, cerrando a sus espaldas ruidosamente la puerta del invernadero. Se oyeron pasos y las voces que se alejaban, y después nada más.

El portugués, volviendo a la tranquilidad, respiró profundamente.

—¡Cuerpo de cien mil espingardas...! —exclamó—. Me parece haber vivido cien años en unos pocos minutos. Yo no habría apostado una sola piastra por nuestra piel. Si aquel soldado se hubiera asomado un poco más nos hubiera descubierto a los dos.

—Por ahora no tendremos por qué preocuparnos. Continuarán la búsqueda en el parque; después se convencerán de que ya no estamos.

—¿Y cuándo nos vamos? No tendrás intención de que nos pasemos aquí varias semanas... Piensa que los *praos* pueden haber llegado a la desembocadura del río.

—No tengo ninguna intención de quedarme aquí; además, los víveres no abundan. Esperemos a que la vigilancia de los ingleses

se reduzca un poco y despúes emprenderemos el vuelo. También yo tengo deseos de saber si nuestros hombres han llegado, porque sin su ayuda no nos será posible raptar a Mariana.

—Sandokán, vamos a ver si encontramos algo que echarnos a la boca y mojar el gaznate.

El portugués, que sentía asfixia dentro de aquella estufa, echó hacia adelante la carabina, y después se arrastró hacia la puerta, saltando rápidamente sobre una maceta, para no dejar sobre el suelo un rastro de ceniza.

Sandokán imitó aquella prudencial maniobra, y saltando de maceta en maceta llegaron hasta la puerta del invernadero.

—¿No se ve a nadie? —preguntó.

—Todo está oscuro afuera.

—Entonces, vamos a saquear los bananos.

Llegaron hasta los matorrales que crecían alrededor de los senderos, y encontraron algunos bananos y unos *pombos;* hicieron una abundante provisión para tranquilizar el hambre y los ardores de la sed.

Estaban a punto de volver al invernadero, cuando Sandokán se paró, diciendo:

—Espérame aquí, Yáñez. Quiero ver dónde se encuentran los soldados.

—Es una imprudencia —contestó el portugués—; deja que busquen donde quieran. ¿Qué nos importa a nosotros?

—Tengo un plan.

Tendió a Yáñez la carabina, agarró el *kriss* y se alejó silenciosamente.

Llegando cerca del último grupo de bananos, divisó a lo lejos algunas antorchas que se dirigían a la cerca.

«Parece que se alejan», pensó. «Vamos a ver lo que pasa en la villa de lord James. ¡Ah!, si pudiera ver, tan sólo por algunos instantes a mi amor... Me parece que me iría más tranquilo».

Ahogó un suspiro y se dirigió hacia la villa, procurando mantenerse siempre a cubierto tras los troncos de los árboles y los matorrales.

Cuando divisó la villa, se paró bajo unos mangos, y miró. Su corazón se sobresaltó, al ver la ventana de Mariana iluminada.

—¡Si pudiera raptarla! —murmuró, mirando con ansia la luz que brillaba a través de la reja.

Dio aún tres o cuatro pasos, agazapado, para no dejarse ver por los soldados que podían encontrarse escondidos en los alrededores y después se paró de nuevo.

Había visto una sombra cruzar frente a la luz y le había parecido que era la de la joven amada.

Estaba por lanzarse hacia adelante, cuando, bajando la mirada, vio a alguien detenido ante la villa.

Era un centinela apoyado en su carabina.

«¿Me habrá visto?», se preguntó.

Sus dudas duraron unos instantes. Había vuelto a ver la sombra de la joven a través de la reja.

Sin pensar en el peligro, se lanzó adelante. Había recorrido sólo diez pasos, cuando vio al centinela levantar rápidamente la carabina.

—¿Quién vive? —gritó.

Sandokán se paró. En aquel instante de tensión, el peligro que corría hizo prenderse en la mente de Sandokán una llamita que avivó el rescoldo de sus recuerdos. En fracciones de segundo su memoria hizo desfilar ante sus ojos las diversas ocasiones en que había visto a aquella bellísima mujer. La imprescindible necesidad de no perderla le haría encontrar el medio de escapar una vez más de aquella situación desesperada.

EL FANTASMA DE LAS «CHAQUETAS ROJAS»

La partida estaba irreparablemente perdida y amenazaba con ponerse seriamente peligrosa para el pirata y su compañero.

El centinela, por causa de la oscuridad y la distancia, con certeza no había podido divisar perfectamente al pirata, que se había escondido detrás de un matorral, aunque podía abandonar su guardia, investigar o llamar a otros compañeros.

Sandokán comprendió enseguida que estaba exponiéndose a un gran peligro, y por esta razón en lugar de avanzar se quedó inmóvil detrás de aquel matorral.

El centinela repitió la intimidación; después, no recibiendo contestación alguna, dio algunos pasos hacia adelante, mirando por todos lados para asegurarse mejor de que nadie se escondiera detrás de los arbustos; después, pensando que se había equivocado, volvió hacia la villa, situándose delante de la entrada.

Sandokán, a pesar de sentir un vivo deseo de llevar a cabo su temeraria hazaña, retrocedió lentamente con mil precauciones, moviéndose de un árbol a otro y arrastrándose detrás de los matorrales, sin perder de vista al soldado, que tenía el fusil en la mano, listo para disparar.

Llegado a un césped de flores, apresuró el paso y entró en el invernadero, donde el portugués lo estaba esperando ansiosamente.

—¿Qué has visto? —preguntó Yáñez—. Me has tenido preocupado.

—Nada bueno para nosotros —contestó Sandokán, encolerizado—. La villa está guardada por centinelas, y el parque está siendo recorrido en todos los sentidos por numerosas patrullas. Esta noche no podremos intentar absolutamente nada.

—Me parece que las cosas se ponen mal para nosotros, hermano mío. Si tu jovencita pudiera ayudarnos en esta situación, nos vendría muy bien.

—¡Pobre Mariana! ¡Cómo estará vigilada...! Y a lo mejor sufriendo por no recibir noticias nuestras.

—Se encuentra en condiciones mucho mejores que las nuestras, hermano mío. No te preocupes ahora por ella. ¿Quieres que aprovechemos este momento de pausa para descansar unas cuantas horas? Algo de reposo nos iría muy bien.

—Sí, pero con los ojos abiertos.

—Quisiera dormirme con los dos ojos abiertos. Vamos, tumbémonos detrás de aquellas macetas y tratemos de descansar.

El portugués y su compañero, a pesar de no sentirse del todo tranquilos, se tumbaron lo mejor que pudieron en medio de unos rosales de China.

A pesar de toda su buena voluntad, no lograron cerrar los ojos. El temor de ser sorprendidos por los soldados de lord James los mantuvo completamente despiertos. Y varias veces, para tranquilizar sus temores, se levantaron y salieron del invernadero para vigilar a sus enemigos y ver si se acercaban.

Al despuntar el alba, los ingleses volvieron a inspeccionar todo el parque con mayor detenimiento, entre los bambúes y los bananos, los matorrales y el alto césped. Yáñez y Sandokán, viéndoles lejos, aprovecharon para saquear un naranjo, que producía gruesos y jugosos frutos; luego volvieron a esconderse en la estufa, después de haber tenido la precaución de borrar los abundantes rastros de ceniza.

Se encontraban allí hacía varias horas, cuando a Yáñez le pareció oír fuera unos pasos. Se levantaron rápidamente, empuñando ya cada uno su *kriss*.

—¿Volverán? —se preguntó el portugués.

—¿Te habrás equivocado? —dijo Sandokán con voz apagada.

—No, alguien ha pasado por el sendero, si estuviera seguro que es un solo hombre saldría a hacerlo prisionero.

—Estás loco, Sandokán.

—Por él podríamos saber dónde se encuentran los soldados y por qué lugar podemos pasar.

—No te fíes, Sandokán.

—Algo tenemos que hacer, amigo mío.

—Deja que salga yo. Si tengo necesidad de ayuda ya te llamaré.

Yáñez se quedó unos momentos escuchando; después atravesó el invernadero y salió, mirando atentamente a su alrededor.

Se escondió en medio de unos arbustos y vio a unos cuantos soldados que estaban buscándolos, pero de muy mala gana, después de tantas horas de tensión.

Los otros tenían que estar fuera de la cerca, habiendo ya perdido toda esperanza de encontrar a los piratas en los alrededores de la villa.

«Confiemos en que todo salga bien», se dijo Yáñez. «Si hoy no nos encuentran, se convencerán que hemos conseguido huir a pesar de la vigilancia. Si todo sale bien, esta noche podremos dejar nuestro escondrijo y adentrarnos en la selva».

Iba a regresar, cuando, volviendo la mirada hacia la villa vio a un soldado avanzar por el sendero que conducía al invernadero.

«¿Me habrá visto?», se preguntó, preocupado.

Se tiró en medio de los bananos, y manteniéndose escondido detrás de aquellas enormes hojas, alcanzó rápidamente a Sandokán. Éste, viéndolo tan preocupado, adivinó enseguida que algo había pasado.

—¿Te persiguen? —preguntó.

—Presiento que me han visto —contestó Yáñez—. Un soldado se está acercando a nuestro refugio.

—¿Uno sólo?

—Sí.

—Éste es el hombre que necesitamos —dijo Sandokán.

—¿Qué quieres decir?

—Lo atraparemos.

—¿Quieres perdernos, Sandokán?

—Necesito a aquel hombre. Sígueme, rápido.

Yáñez quería protestar, pero Sandokán ya se encontraba fuera del invernadero. Contrariado, el portugués se vio obligado a seguirle, para impedirle cometer alguna imprudencia.

El soldado que Yáñez había visto no se encontraba más que a doscientos pasos. Era un joven delgado, pálido, con los cabellos rojos y aún sin pelo en las mejillas; probablemente un recién llegado.

Se acercaba sin ninguna precaución, silbando entre dientes y llevando el fusil en bandolera. Seguramente ni se había enterado de la presencia de Yáñez.

—Mantengámonos escondidos entre aquellos bananos, y cuando pase junto a nosotros lo atraparemos por la espalda —dijo Sandokán—. Ten listo un pañuelo para amordazarle.

—Estoy listo —contestó Yáñez—, pero estamos cometiendo una imprudencia.

—El hombre no podrá oponer ninguna resistencia.

—¿Y si grita?

—No tendrá tiempo. ¡Ya está aquí!

El soldado ya había sobrepasado los bananos, sin percatarse de nada. Yáñez y Sandokán cayeron sobre él al mismo tiempo.

Mientras que el Tigre lo agarraba por el cuello, el portugués lo amordazaba. Aunque todo se desarrolló en muy pocos momentos, el joven tuvo tiempo de gritar.

—Rápido, Yáñez —dijo Sandokán.

El portugués lo agarró por los brazos y lo transportó hasta la estufa.

Sandokán, momentos después, lo alcanzaba. Estaba muy inquieto porque no había tenido tiempo de recoger la carabina del prisionero, al haber visto a dos soldados lanzarse por el sendero.

—Estamos en peligro, Yáñez —dijo, apresurándose a entrar en la estufa.

—¿Se habrán dado cuenta de que tenemos al soldado? —preguntó Sandokán, palideciendo.

—Tienen que haber oído el grito.

—Entonces estamos perdidos.

—Aún no. Pero si ven en el suelo la carabina de un compañero se pondrán sin duda a buscarlo.

—No perdamos tiempo, hermano mío. Salgamos de aquí y corramos hacia la cerca.

—Nos alcanzarían antes de haber recorrido cincuenta pasos. Quedémonos aquí en la estufa y esperemos. De todas formas estamos armados y decididos a todo.

—Me parece que llegan.

—No temas, Yáñez.

El portugués no se había equivocado. Unos cuantos soldados habían llegado cerca del invernadero y comentaban la misteriosa desaparición de su compañero.

—Si ha dejado aquí el arma, quiere decir que alguien lo ha sorprendido y se lo ha llevado —dijo un soldado.

—Me parece imposible que los piratas se encuentren aún aquí y que sean tan audaces como para intentar algo parecido —dijo otro—. ¿No nos habrá querido gastar alguna broma?

—No me parece el momento más propicio para bromear.

—A pesar de todo, no estoy convencido de que haya podido ocurrirle algún percance.

—Y yo os digo que lo han cogido los dos piratas —dijo una voz nasal con una fuerte pronunciación escocesa—. ¿Quién ha visto a aquellos hombres saltar la cerca?

—¿Y dónde quieres que se hayan escondido? Hemos registrado todo el parque sin encontrar ni rastro.

—¡Barry...! —gritó una voz—. ¡Deja de bromear, bribón, te hago azotar como si fueras un marinero!

Naturalmente, ninguna contestación obtuvo. Aquel silencio confirmó a los soldados la sospecha de que al camarada desaparecido le había ocurrido algo.

—¿Qué hacemos? —preguntó el escocés.

—Busquémoslo, amigos —dijo otro—; ya hemos revisado todos los matorrales.

—Entremos en el invernadero —dijo un tercero.

Los dos piratas, al oír aquellas palabras, se pusieron en guardia.

—¿Qué piensas hacer? —preguntó Yáñez.

—Prepararé una sorpresa a esos «chaquetas rojas».

Yáñez cogió la carabina, la armó y se tumbó entre las cenizas. Sandokán se inclinó hacia el prisionero, diciéndole:

—Ten cuidado de no hacer ni un solo ruido o te abro la garganta con mi puñal, y te advierto que la punta está envenenada

con el jugo mortal del *upas*. Si quieres vivir, no hagas ni un solo movimiento.

Después, se levantó, y se puso a tantear las paredes de la estufa por toda su superficie.

Entretanto, los soldados habían entrado en el invernadero, removiendo con ira las macetas, maldiciendo al Tigre de Malasia y a su compañero.

No encontraron nada, pero la estufa atrajo la mirada de aquellos soldados.

—¡Por mil cañones! —exclamó el escocés—. ¿Y si han asesinado a nuestro camarada y lo han escondido ahí dentro?

—Vamos a ver—dijo otro.

—Despacio, amigos —dijo un tercero—. La estufa es lo suficiente grande para esconder a más de un hombre.

Sandokán se había apoyado entretanto en la puerta, listo para derribar una pared.

—Yáñez —murmuró—, prepárate a seguirme.

—Estoy listo.

Sandokán oyendo el chirriar de la puerta, retrocedió unos pasos y se lanzó. Se oyó un ruido sordo, luego la pared, destrozada por aquel tremendo empujón, se derribó.

—¡El Tigre! —gritaron los soldados, dispersándose en todas direcciones.

Entre el humo producido por los ladrillos caídos, apareció de improviso Sandokán, con la carabina en la mano y el *kriss* entre los dientes.

Disparó sobre el primer soldado que vio; después se lanzó con empuje irresistible hacia los otros, derribando a dos, y atravesó el invernadero seguido por Yáñez.

A TRAVÉS DE LA SELVA

El susto experimentado por los soldados, al ver aparecer ante ellos al formidable pirata, fue tan repentino, que nadie pensó en utilizar las armas. Cuando pudieron sobreponerse, quisieron oponer una fuerte defensa, pero ya era demasiado tarde.

Los dos piratas ya se encontraban en el césped, atravesando los matorrales.

En dos minutos, Yáñez y Sandokán, corriendo velozmente, llegaron hasta unos grandes árboles. Al fin podían respirar tranquilamente y miraron a su alrededor.

Los soldados que habían procurado atraparlos en la estufa, ya se habían lanzado fuera del invernadero, gritando sin parar y disparando en todas direcciones.

Aquellos que rodeaban la villa, atravesaron el parque corriendo a prestar ayuda a los primeros.

—Demasiado tarde, compañeros —dijo Yáñez—. Nosotros llegaremos antes.

—Corramos —dijo Sandokán—. No dejemos que nos corten el paso.

—Mis piernas están listas.

Reemprendieron la huida con mayor ímpetu, manteniéndose escondidos entre los árboles y, llegados a la cerca, la saltaron dejándose caer al otro lado.

—¿Nadie? —preguntó Sandokán.

—No se ve ni un alma viviente.

—Lancémonos al bosque. Así perderán nuestro rastro.

La selva se encontraba a pocos pasos. Entraron en ella, corriendo sin parar. A cada paso que daban, la carrera se hacía más difícil.

Por todos lados surgían espesos matorrales, encajados entre los enormes árboles que lanzaban hacia lo alto sus gruesos y retorcidos troncos, y sobre los que abundaban enormes boas monstruosas, confundiéndose con las ramas.

Los dos piratas, perdidos en medio de aquella espesa selva virgen, se encontraron muy pronto imposibilitados de avanzar. Habría sido necesario utilizar el cañón para abrirse paso entre aquella pared verde.

—¿A dónde vamos, Sandokán? —preguntó Yáñez—. Yo ya no sé por qué sitio pasar.

—Imitaremos a los monos —dijo el Tigre de Malasia—. Es una maniobra familiar para nosotros.

—¿Los ingleses habrán entrado ya en la selva?

—Lo dudo, Yáñez —contestó Sandokán—. Si nos cuesta trabajo a nosotros que estamos acostumbrados a vivir en la espesura, ellos no habrán podido recorrer más que diez pasos. A pesar de todo, procuremos alejarnos rápidamente. Sé que el lord tiene unos enormes perros, y aquellos malditos animales podrían llegar de improviso.

—Tenemos puñales para matarlos, Sandokán.

—Son más peligrosos que los hombres. Vamos, Yáñez, empecemos a utilizar los brazos.

Agarrándose a las enormes plantas, los dos piratas se pusieron a escalar aquella pared verde con una agilidad que hubieran podido envidiar hasta los monos.

Subían, bajaban, después volvían a subir, pasando a través de las mallas de aquella inmensa red vegetal deslizándose entre las inmensas hojas de aquellos riquísimos bananos o por los troncos colosales de los árboles.

Recorrieron quinientos o seiscientos metros, no sin haber estado a punto de caer entre aquellas ramas, y se pararon sobre un *bua mamplam,* planta que produce fruta no demasiado apreciada por los paladares europeos, impregnada por un fuerte olor a resina, pero muy nutritiva y muy apreciada por los indígenas.

—Podemos descansar algunas horas —dijo Sandokán—. Estoy seguro que nadie vendrá a molestarnos entre estos árboles. Es

lo mismo que si nos encontráramos en una ciudadela bien fortificada.

—¿Sabes, hermano mío, que hemos sido afortunados por haber podido huir de aquellos bribones? Encontrarnos en una estufa con ocho o diez soldados alrededor y poder salvar la vida es algo verdaderamente milagroso. Debes causarles un gran miedo.

—Parece que así es —dijo Sandokán sonriendo.

—Me temo que esta hazaña nuestra, hará decidir al lord a buscar un lugar más seguro, en Victoria.

—¿Eso crees? —preguntó Sandokán, ensombreciéndosele la cara.

—No se sentirá seguro, ahora que nosotros estamos en las cercanías de la villa.

—Es verdad, Yáñez. Es necesario que busquemos a nuestros hombres.

—Y volvamos enseguida a la villa.

—Veremos lo que es más conveniente.

—¿Quieres un consejo, Sandokán?

—Habla, Yáñez.

—En lugar de intentar asaltar la villa, esperemos a que el lord salga. Verás como no tardará.

—¿Y asaltaremos la caravana durante su recorrido...?

—En medio de la selva. Un asedio puede durar mucho tiempo y causar enormes sacrificios.

—El consejo es bueno.

—Destruida o dispersada la escolta, raptaríamos a la joven y volveríamos enseguida a Mompracem.

—¿Y el lord?

—Lo dejaríamos ir a donde quisiera. ¿Qué nos importa a nosotros él? Que vaya a Sarawak o a Inglaterra, nos tiene sin cuidado.

—No irá ni a un lugar ni a otro, Yáñez.

—¿Qué quieres decir?

—No nos dejará ni un solo momento en paz y lanzará sobre nosotros todas las fuerzas de Labuán.

—¿Y te inquietas por esto?

—Yáñez, yo podría, si quisiera, desencadenar la guerra también en las costas de Borneo y lanzar hordas de feroces salvajes sobre aquella isla.

—Pero tú no lo harás, Sandokán.

—¿Porqué?...

—Cuando hayas raptado a Mariana Guillonk no te preocuparás más de Mompracem ni de tus tigres. ¿Es verdad lo que digo, hermano? —contestó Yáñez.

El pirata quedó silencioso. Se había cogido la cabeza con las manos, y sus ojos, animados por una oscura llama, miraban al vacío.

—Tristes días esperan a Mompracem —continuó Yáñez—. La formidable isla, dentro de pocos meses, habrá perdido todo su prestigio y también a sus terribles tigres. Bien, así tenía que pasar. Tenemos inmensos tesoros y nos iremos a gozar de una vida tranquila y opulenta en alguna ciudad del extremo oriente.

—¡Calla! —dijo Sandokán, con voz sorda—. Calla, Yáñez. Tú no puedes saber el destino de los tigres de Mompracem. Mira, allí la selva me parece que es menos espesa; vamos, Yañez. La fiebre me consume.

—Haremos lo que quieras.

El portugués, a pesar de esperar alguna acción por parte de los ingleses, que podían haberse adentrado en el bosque arrastrándose como serpientes, al mismo tiempo estaba preocupado por saber la suerte de los *praos,* por si habían podido huir de aquel tremendo huracán que había devastado las costas de la isla.

Después de haber calmado la sed con algunos *bau mamplam,* se dejaron caer en el suelo. Pero no era hazaña fácil salir de entre aquellos árboles. Atravesado aquel pequeño espacio recubierto por pocos árboles, más adelante la selva volvía a hacerse más espesa que antes.

También Sandokán se encontraba como perdido, no sabiendo qué dirección tomar para poder llegar a las cercanías del río.

—Estamos perdidos, Sandokán —dijo Yáñez, que no conseguía ver el sol para poderse orientar—. ¿Por dónde vamos?

—Te confieso que no sé si volver a la izquierda o a la derecha —contestó Sandokán—, pero me parece ver un pequeño sendero.

Las hierbas lo han recubierto casi del todo. Espero que nos pueda conducir a la salida de este laberinto y...

—Un ladrido, ¿verdad?

—Sí —contestó el pirata, cuya frente se había oscurecido.

—Los perros han descubierto nuestro rastro.

—No, lo están buscando por todas direcciones. Escucha.

A lo lejos, en medio de aquella espesura, se oyó un segundo ladrido.

Algún perro había penetrado en aquella selva virgen y estaba intentando alcanzar a los fugitivos.

—¿Irá solo o seguido por hombres? —preguntó Yáñez.

—A lo mejor por algún negro. Un soldado no se habría atrevido entre este caos.

—¿Qué quieres hacer?

—Esperar al animal y matarlo.

—¿De un disparo de fusil?

—El disparo nos delataría, Yáñez. Empuña tu *kriss* y esperemos. Si hay peligro podemos subir a este *pombo*.

Se escondieron los dos detrás de un grueso tronco de árbol, que estaba rodeado por unas enormes raíces, y esperaron a que compareciera aquel adversario de cuatro patas.

El animal se acercaba muy rápidamente. Se podía oír a no mucha distancia el movimiento de las ramas y de las hojas, y unos ladridos sordos.

Tenía que haber descubierto el rastro de los dos piratas y se apresuraba para impedirles alejarse. A lo mejor, detrás de él, a muy poca distancia, se encontraban algunos indígenas.

—Allí está —dijo Yáñez.

Un enorme perro negro, con el pelo erizado y con la mandíbula formidablemente armada con unos afilados dientes, había aparecido en medio de unos arbustos. Debía pertenecer a aquella raza feroz utilizada por los plantadores de las Antillas y de la América meridional para cazar a los esclavos huidos.

Viendo a los dos piratas, se paró unos instantes, mirándolos con ojos ardientes; después saltó sobre unas raíces, con un salto de leopardo, y se lanzó hacia adelante emitiendo un gruñido espantoso.

Sandokán se había arrodillado rápidamente, manteniendo el *kriss* horizontal, mientras que Yáñez había agarrado la carabina por la caña, queriendo utilizarla como si fuese una maza.

El enorme perro, con un último salto, se lanzó hacia Sandokán, que estaba más cerca, procurando morderle en la garganta. Si aquella fiera era feroz, el Tigre de Malasia lo era más.

Su derecha, rápida como un rayo, golpeó al animal, al mismo tiempo que Yáñez dejaba caer la culata del fusil sobre el cráneo del animal.

—Me parece que es suficiente —dijo Sandokán levantándose y empujando con el pie al animal moribundo—. Vamos, Yáñez, corramos hacia el sendero.

Los dos piratas, ya sin preocuparse del perro, se lanzaron entre los árboles, tratando de seguir aquel viejo sendero.

Las plantas y las raíces lo habían invadido; a pesar de ello, un rastro lo suficientemente visible había quedado y se podía seguir sin demasiado trabajo.

Pero más adelante también el sendero desaparecía, y Yáñez y Sandokán se vieron obligados a reemprender aquellas maniobras aéreas, espantando y molestando a los *bigit* —monos de pelo muy negro, que abundan en Borneo y en las cercanas islas y que están dotados de una increíble agilidad.

Aquellos monos, viendo invadidas sus posesiones aéreas, no siempre les dejaban paso y muchas veces se les enfrentaban con una verdadera lluvia de frutas y de ramas.

Siguieron de esta forma durante unas cuantas horas, sin rumbo, no pudiendo orientarse por falta de luz del sol, oculto por las hojas; después, viendo bajo ellos un pequeño arroyo de agua muy oscura, bajaron hasta él.

—¿Habrá serpientes? —preguntó Yáñez a Sandokán.

—Encontraremos solamente sanguijuelas —contestó el pirata.

—Veamos si es muy hondo.

—No habrá más de un pie, Yáñez. A pesar de todo, asegurémonos.

El portugués rompió una rama y la sumergió en aquel arroyo.

—No te habías engañado, Sandokán —dijo—. Bajemos.

Abandonaron la rama sobre la cual habían estado hasta aquel momento y se dejaron caer en el pequeño arroyo.

—¿Se ve algo? —preguntó Sandokán.

Yáñez se había agachado, intentando distinguir algo a través de aquella cortina que se doblaba sobre el agua.

—Me parece ver alguna luz al fondo —dijo.

—¿Se hará menos espesa la selva?

—Es probable, Sandokán.

—Vamos a ver.

Sosteniéndose de pie con mucha dificultad, a causa del lecho muy resbaladizo, caminaron hacia adelante, agarrándose de vez en cuando a las ramas que caían sobre el agua.

Unos olores nauseabundos se levantaban de aquellas oscuras aguas, exhalaciones producidas por la corrupción de las hojas y de los frutos amontonados en el lecho. Corrían peligro de coger alguna fiebre.

Los dos piratas habían recorrido un cuarto de kilómetro cuando Yáñez se paró bruscamente, agarrándose a una gruesa rama que sobrepasaba por completo el pequeño arroyo.

—¡Escucha!, alguien se acerca.

En el mismo instante, un rugido espantoso retumbó bajo aquellas arcadas verdes, haciendo callar por completo a los pájaros y las risas burlonas de los pequeños monos.

—Ten cuidado, Yáñez —dijo Sandokán—. Tenemos un orangután delante de nosotros.

—Y también otro enemigo.

—¿Qué quieres decir?

—Mira aquella gruesa rama que atraviesa el arroyo.

Sandokán se puso de puntillas y lanzó una rápida mirada.

—¡Ah! —murmuró, sin manifestar la más mínima aprensión—. ¡Un orangután por un lado y una pantera por el otro! Esperemos a ver si logran cerrarnos el paso. Prepara el fusil y estemos listos para todo.

EL ASALTO DE LA PANTERA

Dos formidables enemigos estaban delante de los dos piratas, peligrosos por igual, pero parecía que de momento, no tenían intención de ocuparse de los hombres, porque en lugar de bajar por el arroyo, se movieron rápidamente uno hacia otro, como si tuviesen intención de medir sus fuerzas.

El primer animal era una espléndida pantera de la Sonda; el otro era uno de aquellos enormes orangutanes, que abundaban en Borneo y en las cercanas islas, muy temidos por la fuerza prodigiosa que poseían y también por su ferocidad sin igual.

La pantera estaba hambrienta; viendo al «hombre de los bosques» pasar a la orilla opuesta, se había lanzado rápidamente sobre una gruesa rama que se curvaba casi horizontalmente sobre la corriente, formando una especie de puente. Era una fiera bellísima y peligrosa.

Tenía la talla y el aspecto de un pequeño tigre, con la cabeza más redonda y poco desarrollada, las piernas cortas y fuertes y el pelo amarillo oscuro, con manchas más fuertes. Tenía que medir, por lo menos, un metro y medio de largo. Debía de ser una de las más grandes de su familia.

Su contrincante era un feo orangután, de alrededor de un metro cuarenta, con los brazos desproporcionados.

Su cara, muy larga y arrugada, tenía un aspecto feroz, especialmente a causa de sus ojos hundidos y móviles, y el pelo rojizo que los enmarcaba. Suelen vivir en lo más espeso de la selva, con preferencia en regiones bastante húmedas.

Construyen unos nidos bastante grandes en la cima de los árboles, utilizando gruesas ramas que saben disponer con mucha habilidad en forma de cruz.

Son tristes y poco sociables. Ordinariamente rehúyen al hombre y también a los otros animales.

Pero amenazados o enfadados, se transforman en tremendos y peligrosos animales, con una fuerza superior a la de cualquier otro animal.

El orangután, al oír el rugido de la pantera, se había parado en seco. Se encontraba en la orilla opuesta del pequeño arroyo, delante de un gigantesco *durion*.

Probablemente había sido sorprendido en el momento que estaba por escalar el árbol, para saquearlo de sus numerosos frutos.

Viendo a aquella peligrosa vecina, primero se había contentado con mirarla más extrañado que enfadado; después, de pronto, había emitido dos o tres silbidos, indicio de un muy pronto enfado.

—Yo creo que estamos por asistir a una terrible lucha entre esos dos animales —dijo Yáñez, que se había quedado como petrificado.

—Por ahora no se meten con nosotros —contestó Sandokán—. Me temía que quisieran atacarnos.

—También yo, hermano mío. ¿Quieres que cambiemos el rumbo?

Sandokán miró a las dos orillas y vio que por aquel lugar era imposible adentrarse en la selva.

Dos verdaderos bastiones, formados por troncos, hojas, espinas, raíces y lianas, se cerraban sobre el pequeño arroyo. Para abrirse paso, habrían tenido que utilizar el *kriss* y trabajar largo rato.

—No podemos salir —dijo—. Al primer ruido, el orangután o la pantera se tirarían sobre nosotros, de común acuerdo. Quedémonos aquí, cuidando que no nos vean. La lucha no será larga.

—Después tendremos que enfrentarnos con el ganador.

—Probablemente se encontrará en tan malas condiciones que no se preocupará de nosotros.

—La pantera se impacienta...

—El orangután está deseando romper las costillas de su vecina.

—Arma el fusil, Sandokán. No se sabe lo que pueda pasar.

—Estoy listo para disparar contra los dos y...

Un grito espantoso, muy parecido al mugido de un toro enfurecido, le cortó la palabra.

El orangután había alcanzado el máximo de su enfado.

Viendo que la pantera no se decidía a abandonar la rama y bajar hacia la orilla, el orangután se adelantó amenazadoramente, emitiendo un segundo grito y golpeándose fuertemente el pecho, que retumbaba como un tambor.

Aquel enorme mono daba miedo. Su pelo rojizo se había levantado, su cara tenía una expresión de loca ferocidad y sus largos dientes, que son tan robustos que pueden aplastar el cañón de un fusil como si fuera un simple palillo, rechinaban.

La pantera, viendo cómo se acercaba, se había encogido sobre sí misma, como si estuviera preparándose para saltar, pero parecía no tener ninguna prisa en dejar la rama.

El orangután se agarró con un pie a una gruesa raíz que había en el suelo; después, asomándose sobre el río, agarró con ambas manos la rama en la cual estaba su contrincante y la movió con fuerza hercúlea, haciéndola crujir.

El movimiento fue tan fuerte que la pantera, a pesar de tener las afiladas garras hundidas por completo en la rama, cayó en el río.

Pero en cuanto tocó el agua se lanzó nuevamente sobre la rama.

Se quedó unos momentos quieta, y luego se lanzó de pronto sobre el gigantesco mono, hundiéndole las garras en los hombros y en el pecho.

El orangután lanzó un grito de dolor.

Satisfecha por el feliz resultado de aquel ataque relámpago, la fiera trató de alcanzar de nuevo la rama antes de que el adversario pudiera recapacitar.

Con un salto magistral volvió sobre sí misma y, utilizando el gran pecho del mono como punto de apoyo, saltó hacia atrás. Las dos patas delanteras se agarraron a la rama, hundiendo sus uñas en su corteza, pero no pudo subir más.

El orangután, a pesar de las heridas, había alargado rápidamente los brazos y había agarrado la cola del adversario. Aquellas manos, dotadas de una fuerza terrible, ya no soltarían la presa. Se cerraron como unos alicates, haciendo chillar de dolor a la fiera.

—¡Pobre pantera! —dijo Yáñez, que seguía con verdadero interés las distintas fases de aquella salvaje lucha.

—Está perdida —dijo Sandokán—; si su cola no se rompe, cosa imposible, no podrá huir del orangután.

El pirata no se engañaba. El animal, teniendo entre sus manos la cola del adversario, saltó sobre la rama. Reuniendo todas sus fuerzas, levantó a peso a la fiera, lanzándola después contra el suelo. El pobre animal, aplastado, se deslizó entre las oscuras aguas del arroyo.

—¡Por Júpiter, qué golpe maestro! —murmuró Yáñez—. No creía que este animal pudiera desembarazarse tan rápidamente de la pantera.

—Vence a todos los animales de la selva, incluidas las pitones —contestó Sandokán.

—¿Hay peligro también de que se enfade con nosotros?

—Está tan irritado que podría atacarnos.

—Disparemos contra él y sigamos camino, manteniéndonos en este arroyo.

—Era lo que quería proponerte —dijo Sandokán—; acerquémonos un poco más para no fallar nuestros disparos. Hay tantas ramas que pueden desviar muy fácilmente nuestros proyectiles.

Mientras se preparaban para atacar al orangután, éste se había agachado en la orilla del río y se echaba agua en las heridas.

El animal no estaba del todo tranquilo y también entre los espasmos traicionaba su salvaje furor.

Sandokán y Yáñez se habían acercado a la orilla opuesta, para poderse adentrar rápidamente en la selva en caso de fallar los disparos.

Se habían parado detrás, de una gruesa rama que caía sobre el riachuelo y habían apoyado los fusiles para disparar mejor, cuando vieron al orangután ponerse de pie rápidamente, golpeándose furiosamente el pecho y rechinando furiosamente los dientes.

—¿Qué tiene? —preguntó Yáñez—. ¿Nos habrá visto?

—No —dijo Sandokán—, no es con nosotros con quien está enfadado.

—¿Será con otro animal que intenta sorprenderlo?

—Cállate; veo moverse hojas y ramas.

—¡Por Júpiter! ¿Serán los ingleses?

—Calla, Yáñez.

Sandokán subió silenciosamente sobre la rama y, manteniéndose oculto, miró hacia la orilla opuesta, donde se encontraba el orangután.

Alguien se acercaba moviendo con precaución las hojas. Ignorando el grave peligro que le esperaba, parecía que se estuviera dirigiendo hacia el colosal *durion*.

El gigantesco orangután lo había oído y se había escondido detrás de un tronco de árbol, listo para lanzarse sobre el nuevo contrincante. No gemía ni gritaba; se podía solamente oír su fuerte respiración como signo de su presencia.

—Entonces, ¿qué está pasando? —preguntó Yáñez a Sandokán.

—Alguien se está acercando, sin saberlo, al orangután.

—¿Un hombre o un animal?

—Aún no consigo ver quién es el imprudente.

—¿Y si fuera algún pobre indígena?

—Estamos aquí nosotros y no le daremos tiempo al animal a destrozarlo. ¡Eh!... Me lo había imaginado. He visto una mano.

—¿Blanca o negra?

—Negra, Yáñez. Apunta al orangután.

—Estoy listo.

En aquel momento se vio al gigantesco mono precipitarse en medio de un matorral emitiendo espantosos gritos.

Las ramas y las hojas, arrancadas por aquellas enormes manos, dejaron al descubierto a un hombre.

Se oyó un grito espantoso, seguido al mismo tiempo de dos disparos de fusil; Sandokán y Yáñez habían hecho fuego.

El animal, casi alcanzado en plena espalda, se dio la vuelta y, viendo a los dos piratas, sin preocuparse de aquel inoportuno que se había acercado, de un enorme salto llegó al río.

Sandokán había abandonado el fusil y empuñado el *kriss,* listo para emprender una lucha cuerpo a cuerpo. Por otro lado, Yáñez, en la rama, intentaba volver a cargar el arma.

El orangután, a pesar de estar herido, se había lanzado contra Sandokán. Iba a alcanzarlo, cuando se oyó en la orilla opuesta un grito:

—¡El capitán!

Después un disparo retumbó.

El orangután se había parado, llevándose las manos a la cabeza. Se quedó unos instantes inmóvil, y después se derrumbó en el agua, salpicando a su alrededor.

En aquel mismo instante, el hombre que por poco no había caído entre las manos del mono, se había lanzado al río gritando:

—¡El capitán...! ¡El señor Yáñez...! Estoy muy contento de haber hundido un proyectil en la cabeza de aquel animal.

Yáñez y Sandokán habían saltado rápidamente sobre la rama.

—¡Paranoa! —exclamaron alegremente.

—En persona, mi capitán —contestó el malayo.

—¿Qué estás haciendo en la selva? —preguntó Sandokán.

—Os buscaba, capitán.

—¿Y te has atrevido tú solo? —preguntó Yáñez.

—No temo a las fieras.

—¿Los *praos* han llegado? —preguntó Sandokán.

—Cuando partí para buscaros en la selva, ningún otro velero había llegado, excepto el mío —contestó Paranoa.

—¿Cuándo has dejado la desembocadura del río?

—Ayer por la mañana.

—A lo mejor el huracán los habrá arrastrado mucho más hacia el norte —dijo el Tigre.

—Puede que sí, mi capitán —dijo Paranoa—. El viento del sur soplaba tremendamente y no era posible oponer ninguna resistencia. Yo tuve la suerte de esconderme en una pequeña bahía, resguardada, y situada a unas sesenta millas de aquí, y por esto he podido volver rápidamente y llegar primero a la cita. De todas formas, como os he dicho, desembarqué ayer por la mañana y en este tiempo a lo mejor también los otros veleros habrán llegado.

—A pesar de todo estoy muy inquieto, Paranoa —dijo Sandokán—. Me gustaría encontrarme ya en la desembocadura del río para disipar estas inquietudes. ¿Has perdido algún hombre durante el huracán?

—Ninguno, mi capitán.

—¿Y el velero, ha resultado dañado?

—Muy pocos desperfectos, que ya están reparados.

—¿Se encuentra escondido en la bahía?

—Lo he dejado en mar abierto, por miedo a alguna sorpresa.

—¿Has desembarcado solo?

—Solo, mi capitán.

—¿Has visto a algún inglés moverse por los alrededores de la bahía?

—No, pero como ya os dije he visto a algunos por los alrededores.

—¿Cuándo?

—Esta mañana.

—¿Por qué parte?

—Hacia el este.

—Venían de la residencia de lord James —dijo Sandokán mirando a Yáñez. Después dijo a Paranao—: ¿Estamos muy lejos de la bahía?

—No llegaremos antes del atardecer.

—¿Tanto nos hemos alejado? —exclamó Yáñez—. ¡Sólo son las dos de la tarde...! Tenemos un buen rato de camino.

—Esta selva es muy extensa, señor Yáñez, y muy difícil de atravesar. Nos harán falta, por lo menos, cuatro horas para llegar a sus últimos árboles.

—En marcha —dijo Sandokán, impaciente.

Guiados por Paranoa, subieron por la orilla del río y se adentraron en un viejo sendero que el malayo había descubierto unas cuantas horas antes.

Las plantas, y especialmente las raíces, lo habían invadido, pero quedaba aún espacio suficiente para caminar sin demasiadas molestias.

Andaron cinco horas atravesando aquella enorme selva, haciendo de vez en cuando unas breves paradas para descansar, y al atardecer llegaron a las orillas del río.

No se veía ningún enemigo y bajaron hacia el oeste, atravesando un pequeño pantano que terminaba en el mar.

Cuando llegaron a la orilla de la pequeña bahía, había anochecido hacía unas cuantas horas. Paranoa y Sandokán se encaminaron hacia las últimas escolleras y miraron atentamente el oscuro horizonte.

—Mirad, mi capitán —dijo Paranoa, indicando al Tigre un punto luminoso, muy poco visible, que se podía confundir con una estrella.

—¿La luz de nuestro *prao?* ¿Qué señal tienes que hacer para que nuestro velero se acerque? —preguntó Sandokán.

—Encender en la playa dos fuegos —contestó Paranoa.

—Vamos hacia la punta extrema de la península —dijo Yáñez—. Así señalaremos al *prao* la ruta exacta.

Se adentraron en un verdadero caos de pequeños escollos llenos de conchas, restos de crustáceos y montones de algas, y llegaron a la punta extrema de un islote boscoso.

—Encendamos aquí los fuegos, el *prao* podrá entrar en la bahía sin ningún peligro de embarrancar —dijo Yáñez.

—Pero lo haremos subir por el río —dijo Sandokán—; me interesa esconderlo a las miradas de los ingleses.

—Me encargo yo de esto —contestó Yáñez—. Lo esconderemos en el pantano, en medio de los bambúes, y lo recubriremos con ramas y hojas, después de haberle quitado los palos y las velas. ¡Paranoa, enciende los fuegos!

El malayo no se entretuvo. En la orilla del bosque recogió unas cuantas maderas secas, formó dos pilas, colocándolas a una cierta distancia una de la otra, y las encendió.

Unos momentos después, los tres piratas vieron desaparecer la luz blanca del *prao* y brillar en su lugar un punto rojo.

—Nos han visto —dijo Paranoa—, podemos apagar los fuegos.

—No —dijo Sandokán—. Los utilizaremos para indicar a tus hombres la dirección. Nadie conoce la bahía, ¿verdad?

—No, capitán.

—Guiémosles, entonces.

Los dos piratas se sentaron en la playa, manteniendo los ojos fijos sobre aquel punto rojo que había cambiado de dirección.

Diez minutos después ya se podía ver el *prao.*

En dos bordadas llegó ante la bahía y entró en ella por el canal, dirigiéndose hacia la desembocadura del río.

Yáñez, Sandokán y Paranoa habían abandonado el islote y volvieron hacia la orilla del pequeño pantano.

En cuanto vieron al *prao* anclar cerca de la orilla, subieron a bordo.

Sandokán, con un gesto impuso silencio a la tripulación, la cual iba a saludar a los dos jefes de la piratería con gritos de alegría.

Después, hablando con un lugarteniente, preguntó, con tal emoción que le temblaba la voz:

—¿No han llegado los otros dos *praos?*

—No, Tigre de Malasia —contestó el pirata—. Durante la ausencia de Paranoa he visitado las costas cercanas, llegando hasta las de Borneo, pero no he visto a nuestros barcos por ningún lado.

—¿Y tú crees...?

El pirata no contestó; titubeaba.

—Habla —dijo Sandokán.

—Yo creo, Tigre de Malasia, que nuestros veleros se han perdido en las costas septentrionales de Borneo —contestó el marino, titubeando.

—¡Qué fatalidad! ¡Qué fatalidad! —murmuró Sandokán en voz baja—. La joven de los cabellos de oro lleva la desventura a los tigres de Mompracem.

—¡Coraje, hermano mío! —dijo Yáñez, poniendo la mano en su espalda—. No desesperemos aún. A lo mejor nuestros *praos* han llegado muy lejos en tan malas condiciones que no pueden reemprender enseguida la marcha. Hasta que no encontremos los restos no estaremos seguros de que se hayan perdido.

—Pero no podemos esperar, Yáñez. ¿Quién nos asegura que lord James se quedará aún mucho tiempo en la villa...? Tenemos hombres suficientes para asaltarle si abandona la villa, y raptar a su preciosa sobrina.

—¿Quieres intentar una operación tan arriesgada?

—¿Y por qué no? Nuestros tigres son valientes, y aunque el lord dispusiera del doble de soldados, no titubearía ni un solo momento en emprender la lucha. Estoy madurando un plan y espero que tendrá éxito. Déjame descansar esta noche, y mañana emprenderemos la acción.

—Confío en ti, Yáñez.

—No temas, Sandokán.

—Pero no podemos dejar aquí el *prao*. Puede ser descubierto por alguna embarcación que entre en la bahía o por algún cazador que baje por el río.

—He pensado en todo, Sandokán, ya di instrucciones a Paranoa. Ven, Sandokán. Vamos a comer algo, después descansaremos al fin en nuestras camas. Te confieso que estoy reventado.

Mientras que los piratas, bajo la dirección de Paranoa, desmontaban toda la sobreestructura del barco, Yáñez y Sandokán descendieron bajo cubierta y saquearon las provisiones.

Tranquilizada el hambre que desde hacía muchas horas los atormentaba, se tumbaron vestidos en sus respectivas camas.

El portugués, que ya no podía más, se durmió profundamente; en cambio, a Sandokán le costó bastante trabajo cerrar los ojos. Tenebrosos pensamientos y siniestras inquietudes lo mantuvieron despierto varias horas. Descansó breves instantes, después de clarear el día.

Cuando volvió a subir al puente, los piratas habían terminado de trabajar, haciendo el *prao* invisible para los cruceros que pudieran pasar por delante de la bahía, o para los hombres que pudieran bajar por el río. Habían empujado el barco hacia la orilla del pantano, en medio de unos espesos bambúes. Los mástiles y arboladuras habían desaparecido, y sobre la cubierta habían puesto gran cantidad de ramas y de hojas de bambú, dispuestas tan hábilmente que recubrían por entero el velero y lo disimulaban por completo.

—¿Qué me dices, Sandokán? —preguntó Yáñez, que ya se encontraba sobre el puente, bajo un pequeño techo de caña levantado a popa.

—La idea ha sido buena —contestó Sandokán.

—Y ahora, ven conmigo.

—¿Adónde?

—A tierra. Hay veinte hombres que nos aguardan, hermano mío.

—¿Qué quieres hacer, Yáñez?

—Lo sabrás después. ¡Meted en el agua la embarcación y vigilad atentamente!

EL PRISIONERO

Atravesado el río, Yáñez llevó a Sandokán al centro de unos espesos matorrales, donde se encontraban escondidos veinte hombres completamente armados y equipados cada uno con una bolsita de víveres y una manta de lana.

Estaba también Paranoa y el lugarteniente Ikaut.

—¿Estáis todos? —preguntó Yáñez.

—Todos —contestaron los veinte hombres.

—Entonces, escúchame atentamente, Ikaut —dijo el portugués—. Tú volverás al barco y, si pasa algo, enviarás aquí a un hombre, que encontrará a un camarada suyo en espera de órdenes. Nosotros te transmitiremos nuestras órdenes, que tendrás que obedecer inmediatamente, sin el menor retraso. Ten cuidado de ser prudente y no dejarte sorprender por los «chaquetas rojas», y no te olvides de que nosotros, a pesar de encontrarnos lejos, en cualquier momento podemos venir a informarnos o a informarte de lo que pasa.

—Cuente conmigo, señor Yáñez.

Mientras que el lugarteniente subía a la embarcación, Yáñez, a la cabeza de su patrulla, comenzó a bordear el pequeño río.

—¿Adónde me llevas? —preguntó Sandokán, que no entendía nada.

—Espera un poco más, hermano mío. Ahora dime, antes que nada, ¿a qué distancia se encuentra la villa de lord Guillonk del mar?

—Alrededor de dos millas en línea recta.

—Entonces tenemos hombres más que suficientes.

Se orientó con la brújula que había cogido del *prao* y se adentró bajo los grandes árboles, caminando rápidamente.

Recorridos cuatrocientos metros, se paró cerca de un enorme árbol de alcanfor, que se erguía en medio de unos espesos arbustos, y mirando a uno de los marineros, dijo:

—Te quedarás aquí, y no te marcharás bajo ningún pretexto, sin una orden nuestra. El río se encuentra a sólo cuatrocientos metros, y puedes comunicar fácilmente con el *prao;* a igual distancia hacia el este se encontrará uno de tus camaradas. Cualquier noticia que te llegue del *prao,* la comunicarás a tu compañero más próximo. ¿Me has comprendido?

—Sí, señor Yáñez.

—Continuemos, entonces.

Mientras que el malayo se preparaba un pequeño cobijo en la base del gran árbol, la patrulla reemprendía la marcha, dejando otro hombre a la distancia indicada.

—¿Comprendes ahora? —preguntó Yáñez a Sandokán.

—Sí —contestó—, y admiro tu astucia. Con estos centinelas distribuidos por la selva, en pocos minutos podremos comunicar con el *prao,* cuando nos encontremos por los alrededores de la villa de lord James.

—Sí, Sandokán, y ordenar a Ikaut que monte rápidamente el *prao* para emprender rápidamente la huida, o que nos envíe socorros.

—Y nosotros, ¿dónde acamparemos?

—En el sendero que lleva a Victoria. Desde allí vigilaremos todo movimiento en la villa, y en pocos momentos podremos tomar las medidas necesarias para impedir que lord James huya sin que nos enteremos. Si quiere marcharse, antes tendrá que medirse con nuestros tigres.

—¿Y si el lord no se decide a irse?

—Entonces jugaremos con astucia.

—¿Tienes algún proyecto?

—Lo pensaremos, Sandokán.

Entretanto habían llegado a la orilla de la espesura. Al otro lado se extendía una pequeña pradera, recubierta por unos cuantos matorrales, cortada por medio por un largo sendero, que parecía del todo abandonado, ya que la hierba había crecido nuevamente.

—¿Será éste el camino que lleva a Victoria? —preguntó Yáñez a Sandokán.

—Sí —contestó éste.

—La villa de lord James no debe de estar lejos.

—Veo a lo lejos, detrás de aquellos árboles, los pabellones del parque.

—Muy bien —dijo Yáñez.

Miró hacia Paranoa, que los había seguido con seis hombres, y le dijo:

—Ve a montar las tiendas al borde de la selva, en un lugar protegido por unos cuantos árboles.

El pirata no se hizo repetir la orden. Encontrado el lugar apropiado, hizo desplegar la tienda, escondiéndola con una especie de cerca formada por ramas y hojas de banano.

Debajo puso los víveres que había hecho transportar hasta allí, después dispersó a sus seis hombres a derecha e izquierda para inspeccionar la selva, y poder estar seguro de que no escondía a ningún espía.

Sandokán y Yáñez, después de haber llegado a unos doscientos metros de la cerca del parque, habían vuelto al bosque, tumbándose bajo la tienda.

—¿Estás satisfecho del plan? —preguntó el portugués.

—Sí, hermano —contestó el Tigre de Malasia.

—Estamos a pocos pasos del parque, y en la vía que conduce a Victoria. Si el lord quiere abandonar la villa, se verá forzado a pasar bajo el fuego de nuestros fusiles.

—En menos de media hora podemos reunir veinte hombres, decididos a todo, y en una hora podemos tener aquí con nosotros toda la tripulación del *prao*. Si se mueve nos echaremos encima de él.

—Sí, todos —dijo Sandokán—. Yo estoy preparado a todo, incluso a lanzar a mis hombres contra un regimiento entero.

—Entonces, ¡desayunemos, hermano mío! —dijo Yáñez riendo—. Este paseo tan temprano me ha abierto el apetito de forma extraordinaria.

Habían ya desayunado y estaban fumando unos cigarros y comenzando una botella de wiski, cuando vieron aparecer precipita-

damente a Paranoa. El bravo malayo tenía las facciones alteradas y estaba vivamente agitado.

—¿Qué tienes? —preguntó Sandokán, levantándose rápidamente y alargando la mano hacia el fusil.

—Alguien se acerca, mi capitán —dijo él—. He oído el galope de un caballo.

—¿Irá camino de Victoria algún inglés?

—No, Tigre de Malasia, viene de Victoria.

—¿Está aún lejos? —preguntó Yáñez.

—Así lo creo.

—Ven, Sandokán.

Cogieron las carabinas y se lanzaron fuera de la tienda, mientras que los hombres de la escolta se escondían en los matorrales, armando rápidamente los fusiles.

Sandokán se adentró en el sendero y se puso de rodillas, apoyando una oreja en el suelo. La superficie de la tierra transmitía claramente el galope apresurado de un caballo.

—Sí, un jinete se acerca —dijo levantándose rápidamente.

—Te aconsejo que lo dejes pasar sin molestarlo —dijo Yáñez.

—No, mi querido amigo, lo haremos prisionero.

—¿Y por qué razón?

—Puede llevar a la villa algún mensaje importante.

—Si lo asaltamos, se defenderá, disparará el mosquete, a lo mejor también las pistolas, y estas detonaciones puede que sean oídas por los soldados de la villa.

—Lo atraparemos sin darle tiempo a utilizar las armas; el caballo avanza al galope, y no podrá evitar un obstáculo. El jinete caerá al suelo y nosotros sobre él.

—¿Y qué obstáculo quieres preparar?

—Ven, Paranoa, coge una cuerda y sígueme.

—Entiendo —dijo Yáñez—. ¡Ah, es una espléndida idea...!

—¿De qué idea hablas, Yáñez?

—Lo sabrás más tarde. ¡Qué jugada...!

—¿Ríes...?

—Tengo mis motivos para reír. ¡Verás, Sandokán, cómo burlaremos al lord! ¡Paranoa, apresúrate!

El malayo, ayudado por dos hombres, había tensado una sólida cuerda a través del sendero, manteniéndola muy baja para. que no fuera vista, pasando entre las altas hierbas que crecían en aquel lugar.

En cuanto estuvo todo preparado, se escondieron detrás de un matorral, con el *kriss* en la mano, mientras que sus compañeros se dispersaban más adelante, para impedir al jinete continuar su carrera, en el caso de que evitara la emboscada.

El galope se oía más cerca. Unos cuantos segundos más y el jinete habría aparecido al final del sendero.

—¡Allí está! —murmuró Sandokán, que se había escondido junto a Yáñez.

Pocos instantes después, un caballo, pasados los matorrales, se lanzaba por el sendero. Lo montaba un guapo joven de unos veintidós o veinticuatro años, que vestía el uniforme de los *cepoys* indios. Parecía estar muy inquieto, porque espoleaba furiosamente al caballo, lanzando alrededor miradas de desconfianza.

—¿Listo, Yáñez? —murmuró Sandokán.

El caballo, espoleado vivamente, se lanzó hacia adelante, contra la cuerda. Al momento se le vio caer pesadamente, agitando las patas.

Los piratas estaban ya allí. Antes de que el *cepoy* pudiera arrastrarse debajo del caballo, Sandokán se le echó encima, quitándole el sable, mientras que Juioko lo derribaba al suelo, apuntándole al pecho con el *kriss.*

—No opongas resistencia, si tienes aprecio por tu vida —dijo Sandokán.

—¡Miserables! —exclamó el soldado, luchando.

Juioko, ayudado por otros piratas, lo ató y lo arrastró detrás de unos árboles, mientras que Yáñez miraba al caballo, temiendo que en la caída se hubiera roto alguna pata.

—¡Caramba! —exclamó el portugués, que parecía muy contento—. Haré un buen papel en la villa. Yáñez, sargento de *cepoys,* una graduación que no me esperaba.

Ató al animal a un árbol y alcanzó a Sandokán, que estaba registrando al sargento.

—¿Nada? —preguntó.

—Ninguna carta —contestó Sandokán.

—Hablará, entonces —dijo Yáñez, mirando a los ojos del sargento.

—No —contestó éste.

—¡Ten cuidado! —dijo Sandokán con un tono de voz que daba escalofríos—. ¿A dónde te dirigías?

—Paseaba.

—¡Espera, entonces!

El Tigre de Malasia se quitó de la cintura el *kriss* y lo acercó a la garganta del soldado, diciendo con un amenazador tono de voz:

—¡Habla o te mato!

—Hablaré —dijo el prisionero, que había palidecido como un cadáver.

—¿A dónde ibas? —preguntó Sandokán.

—A ver a lord James Guillonk.

—¿Por qué razón?

El soldado titubeó, pero viendo que el pirata acercaba nuevamente el *kriss,* contestó:

—Para llevarle una carta del baronet William Rosenthal.

Un relámpago de furor refulgió en los ojos de Sandokán, al oír aquel nombre.

—¡Dame la carta! —exclamó con voz ronca.

—Está en mi sombrero, escondida bajo el forro.

Yáñez recogió el sombrero del *cepoy,* arrancó el forro y sacó la carta, que abrió enseguida.

—¿Qué escribe el baronet? —preguntó Sandokán.

—Advierte al lord de nuestro desembarco en Labuán. Dice que un crucero ha visto uno de nuestros veleros correr hacia estas costas y le aconseja que vigile muy atentamente.

—¿Nada más?

—¡Oh, sí! ¡Caracoles! Envía mil respetuosos saludos para tu querida Mariana y un juramento de eterno amor.

—Que tenga cuidado el día que me lo encuentre. ¡Se arrepentirá amargamente de haberse interpuesto en mi camino!

—Juioko —dijo el portugués, que parecía observar con profunda atención la caligrafía de la carta—, manda un hombre al *prao* y hazme traer papel, pluma y un tintero.

—¿Qué quieres hacer con estos objetos? —preguntó Sandokán.

—Son necesarios para mi proyecto.

—¿De qué proyecto hablas?

—De uno que estoy meditando desde hace media hora.

—Explícate de una vez.

—Si quieres saberlo, voy a ir a la villa de lord James.

—¡Tú...!

—Yo, yo mismo —contestó Yáñez perfectamente tranquilo.

—¿Pero de qué forma?

—Metido en la piel de aquel *cepoy*. ¡Por Júpiter! ¡Verás qué guapo soldado!

—Empiezo a comprender. Tú te pones el uniforme del *cepoy*, haces ver que llegas de Victoria y...

—Aconsejo al lord que parta inmediatamente, para hacerlo caer en la emboscada que tú prepararás.

—¡Ah! ¡Yáñez! Te estaré agradecido hasta la muerte —exclamó Sandokán, abrazándolo.

—Espero conseguirlo.

—Pero te expones a un gran peligro.

—¡Bah! Sabré arreglármelas sin que me pase nada.

—¿Para qué el tintero?

—Para escribir una carta al lord.

—No te lo aconsejo, Yáñez. Es un hombre muy desconfiado, y si no reconoce la caligrafia puede hacerte fusilar.

—Tienes razón, Sandokán. Es mejor que diga lo que quería escribir. Vamos, desnudad al *cepoy*.

A un movimiento de Sandokán, dos piratas desataron al soldado y le quitaron su uniforme. El pobre soldado se creía perdido.

—¿Me mataréis? —preguntó a Sandokán.

—No —contestó éste—. Tu muerte no me es de ninguna utilidad; pero quedarás prisionero en mi *prao* hasta que yo me vaya de esta isla.

—Gracias, señor.

Yáñez, entretanto, se vestía. El uniforme le estaba un poco estrecho, pero con unos cuantos arreglos quedó bastante bien.

—Mira, hermano mío, ¡qué guapo soldado! —dijo poniéndose el sable—. No creía que me sentara tan bien.

—Sí, de veras eres un guapo *cepoy* —contestó Sandokán, riendo—. Y ahora dame las últimas instrucciones.

—Te quedarás escondido alrededor de este sendero con todos los hombres disponibles, y no te moverás. Yo iré a ver al lord, le diré que habéis sido atacados y dispersados, pero que se han visto algunos *praos* más y le aconsejaré que aproveche esta momentánea tranquilidad para refugiarse en Victoria.

—¡Muy bien!

—Cuando nosotros pasemos, asaltarás la escolta; cogeré a Mariana y la llevaré al *prao*. ¿Estamos de acuerdo?

—Sí, mi valeroso amigo, ve y que Dios te acompañe.

—Adiós, hermano mío —contestó Yáñez abrazándolo.

Montó en el caballo del *cepoy,* cogió las riendas, desenfundó el sable y partió al galope, silbando alegremente una vieja canción.

YÁÑEZ EN LA VILLA

La misión del portugués era sin duda una de las más arriesgadas, de las más audaces, que aquel hombre había emprendido en su vida, porque una sola palabra sería suficiente para perderlo.

A pesar de todo, el pirata se preparaba a jugar una peligrosísima carta, con gran coraje y mucha tranquilidad.

Se enderezó fieramente en la silla, se alisó los bigotes para mejorar su figura, se arregló el sombrero, inclinándolo ligeramente sobre una oreja y lanzó al caballo al galope, sin cesar de espolearlo.

Después de una furiosa carrera, se encontró de improviso delante de la verja, tras la cual se levantaba la graciosa villa de lord James.

—¿Quién vive? —preguntó un soldado que estaba al otro lado, escondido detrás de un árbol.

—Muchacho, baja el fusil, que no soy un tigre ni un bicho raro —dijo el portugués, frenando el caballo—. ¡Por Júpiter! ¿No ves que soy militar, un superior tuyo...?

—Perdonad, pero he recibido la orden de no dejar entrar a nadie sin saber de dónde viene y qué desea.

—Estoy aquí por orden del baronet William Rosenthal, y vengo a ver al lord.

—¡Pasad!

Abrió la verja, llamó a unos cuantos camaradas que vigilaban el parque para advertirles de que pasaría, y se hizo a un lado.

El portugués, encogiéndose de hombros y empujando el caballo hacia delante, pensó: «Cuántas precauciones y cuánto miedo impera aquí».

Se paró delante de la villa y saltó a tierra entre seis soldados que lo rodeaban con los fusiles en alto.

—¿Dónde se encuentra el lord? —preguntó.

—En su estudio —contestó el sargento que mandaba la pequeña patrulla.

—Llévame enseguida a su presencia, necesito hablarle.

—¿Venís de Victoria?

—Precisamente.

—¿Y no habéis encontrado a los piratas de Mompracem?

—A ninguno de ellos, camarada.

—Seguidme.

El portugués apeló a toda su audacia para enfrentarse al peligro, y siguió al sargento.

—Esperad aquí —dijo el sargento después de haberlo hecho entrar en una habitación.

Yáñez, en cuanto se quedó solo, se puso a observarlo atentamente todo, para ver si era posible llevar a cabo algún asalto, pero tuvo que convencerse de que toda tentativa de asaltar aquella villa habría resultado inútil, ya que lo impedirían las altísimas ventanas, las gruesas paredes y sus sólidas puertas.

—No importa —murmuró—. Los atacaremos en el bosque.

En aquel preciso momento volvía el sargento.

—El lord os espera —dijo, indicando la puerta que había dejado abierta.

El portugués sintió correr por sus huesos un escalofrío y palideció un poco.

Entró, y se encontró enseguida en un precioso estudio decorado con mucha elegancia. En una esquina, sentado delante de un escritorio, estaba el lord, vestido de blanco; tenía hosco el semblante y parecía enfurecido.

Miró en silencio a Yáñez, como queriendo adivinar los pensamientos del recién llegado; después dijo con acento muy seco:

—¿Venís de Victoria?

—Sí, milord —contestó Yáñez con voz tranquila.

—¿De parte del baronet?

—Sí.

—¿Os ha dado alguna carta para mí?

—Ninguna.

—¿Tenéis que decirme algo?

—Sí, milord.

—Hablad.

—Me ha enviado para deciros que el Tigre de Malasia está rodeado por las tropas en una bahía del sur de la isla.

El lord se puso en pie, con los ojos brillantes y la cara sonriente.

—¡El Tigre rodeado por nuestros soldados! ¿Estáis seguro de lo que me habéis dicho?

—Segurísimo, milord.

—¿Quién sois vos?

—Un pariente del baronet William —contestó Yáñez audazmente.

—¿Cuánto tiempo hace que os encontráis en Labuán?

—Hace quince días.

—Entonces tenéis que saber también que mi sobrina...

—Es la novia de mi primo William —dijo Yáñez sonriendo.

—Tengo mucho gusto en conoceros, señor —dijo el lord estrechándole la mano—. Decidme, ¿cuándo fue atacado Sandokán?

—Esta mañana al despuntar el día, mientras atravesaba un bosque a la cabeza de una banda de piratas.

—¡Aquel hombre es realmente un diablo! Ayer por la noche estaba aquí! ¿Es posible que en siete u ocho horas haya recorrido tanto camino?

—Se dice que llevaba consigo unos cuantos caballos.

—Ya comprendo. ¿Y dónde se encuentra mi buen amigo William?

—A la cabeza de las tropas.

—¿Estabais junto a él?

—Sí, milord.

—¿Y están muy lejos, los piratas?

—A una decena de millas.

—¿No os ha dado algún otro encargo para mí?

—Me ha rogado que os diga que abandonéis la villa y os refugiéis sin pérdida de tiempo en Victoria.

—¿Por qué?

—Vos, milord, tenéis que saber qué hombre es el Tigre de Malasia. Ha traído consigo ochenta hombres, ochenta tigres que podrían vencer a nuestras tropas, atravesar muy rápidamente el bosque y asaltar la villa.

El lord lo miró en silencio, pensando en lo que se le había expuesto; después dijo, como hablando para sí mismo:

—Desde luego, podría ocurrir. Bajo la protección de las fortificaciones y los barcos de Victoria me encontraría mucho más seguro que aquí. William tiene razón, y más aprovechando que momentáneamente el camino está libre.

—Milord —dijo Yáñez—. ¿Me permitís que vea a mi futura prima?

—¿Tenéis algo que decirle de parte de William? —preguntó el milord.

—Sí, milord.

—Os recibirá de muy mal grado.

—No importa, milord —contestó Yáñez sonriendo—. Yo le diré lo que me encargó William, y después volveré enseguida aquí.

El viejo capitán tiró de un pulsador. Un camarero se presentó al instante.

—Conducid a este caballero hasta *milady* —dijo el lord.

—Gracias —contestó Yáñez.

—Mirad de tranquilizarla, y después regresad: comeremos juntos.

Yáñez hizo una reverencia y siguió al camarero, que lo introdujo en otra habitación decorada de azul y adornada con plantas, que despedían deliciosos aromas.

El portugués dejó que el camarero saliera; después avanzó lentamente y a través de las plantas que transformaban aquella habitación en un invernadero, vio a alguien vestido con unas inmaculadas ropas.

A pesar de que estaba preparado para cualquier sorpresa, no pudo reprimir un grito de admiración, delante de aquella espléndida joven.

Estaba tendida, en una posición graciosa y melancólica al mismo tiempo, sobre una cama oriental revestida de seda color oro.

Estaba triste, pálida, y sus ojos azules, extraordinariamente tranquilos, emitían relámpagos, que traicionaban un enfado muy mal disimulado.

Al ver acercarse a Yáñez, se movió, pasándose una mano por la frente, como queriendo despertar de un sueño, y lanzó una aguda mirada, indagadora, sobre él.

—¿Quién sois vos? —preguntó con voz alterada—. ¿Quién os ha dado libertad para entrar aquí?

—El lord, *milady* —contestó Yáñez, observando aquella criatura, infinitamente más bella de lo que Sandokán le había descrito.

—¿Y qué queréis de mí?

—Una pregunta, antes que nada —dijo Yáñez, mirando a su alrededor, para asegurarse de que estaban solos—. ¿Estáis segura de que nadie puede oírnos?

Ella frunció la frente y le miró fijamente, como queriendo leer en su corazón, adivinando la razón de aquella pregunta.

—Estamos solos —contestó.

—*Milady,* yo vengo de muy lejos.

—¿De dónde?

—De Mompracem.

Mariana se puso en pie como impulsada por un muelle, y su palidez desapareció como por encanto.

—¡De Mompracem! —exclamó sonrojándose—. Vos... Un blanco... ¡Un inglés...!

—Os engañáis, *lady* Mariana, yo no soy inglés, ¡yo soy Yáñez!

—¡Yáñez, el amigo, el hermano de Sandokán! ¡Ah, señor, qué audacia la vuestra al entrar en esta villa! Decidme, ¿dónde se encuentra Sandokán? ¿Qué está haciendo? ¿Se ha salvado o está herido? Habladme de él, me estáis matando.

—Bajad la voz, *milady:* las paredes pueden tener oídos.

—Habladme de él, mi valiente amigo, habladme de mi Sandokán.

—Está aún vivo, más vivo que antes, *milady.* Hemos huido de las persecuciones de los soldados sin demasiado trabajo, y sin sufrir heridas. Sandokán ahora se encuentra escondido cerca del sendero que conduce a Victoria, listo para raptaros.

—¡Ah! Dios mío, os doy las gracias por haberlo protegido! —exclamó la joven con lágrimas en los ojos.

—Escuchadme ahora, *milady.*

—Hablad, mi querido amigo.

—He venido aquí para convencer al lord de que abandone la villa y se refugie en Victoria.

—¿En Victoria? ¿Y allí cómo me podrá raptar?

—Sandokán no esperará tanto, *milady* —dijo Yáñez sonriendo—. Está escondido con sus hombres, y cuando la escolta salga de la villa, la asaltará y os raptará.

—¿Y mi tío?

—No le pasará nada, os lo aseguro.

—¿Y a dónde me llevará Sandokán?

—A su isla.

Mariana inclinó la cabeza sobre el pecho y calló.

—*Milady* —dijo Yáñez con voz grave—, no tengáis miedo, Sandokán es un hombre que sabe hacer feliz a la mujer que quiere.

—Os creo —contestó Mariana—. Qué importa que su pasado sea tan trágico, que haya matado, cometido venganzas. Yo abandonaré mi isla, él abandonará Mompracem, nos iremos lejos de estos mares fúnebres, tan lejos que no volvamos a oír hablar de ellos. Viviremos en cualquier rincón del mundo, olvidados de todos, pero felices, y nadie sabrá que el marido de la Perla de Labuán es el antiguo Tigre de Malasia, el de las legendarias hazañas, el que hizo temblar a reinos enteros y que ha llenado ríos de sangre. ¡Sí, yo seré su esposa y lo querré siempre!

—Necesito convencer al lord de que se retire a Victoria para dar posibilidad a Sandokán de actuar.

—Si yo hablo con mi tío, que sospecha extremadamente de mí, temerá alguna traición y no abandonará la villa.

—Tenéis razón, adorable *milady.* Pero creo que ya está decidido a abandonar la villa y retirarse a Victoria. Si tiene alguna duda, yo sabré convencerle.

—Tened cuidado, señor Yáñez, porque es muy desconfiado y podría sospechar. Sois blanco, es verdad, pero a lo mejor sabe que Sandokán tiene un amigo de piel blanca.

—Seré prudente.

—¿Os espera el lord?

—Sí, *milady,* me ha invitado a cenar.

—Id con él, así no sospechará nada.

—¿Vos vendréis?

—Sí, más tarde os volveré a ver.

—Adiós, *milady* —dijo Yáñez besándole caballerosamente la mano.

—Marchaos, noble corazón; no os olvidaré nunca.

El portugués encontró al lord, que lo estaba esperando, paseando con la frente fruncida y los brazos estrechamente cruzados.

—Bien, joven, ¿cómo os ha acogido mi sobrina? —preguntó con voz dura e irónica.

—Parece que no quiere oír hablar de mi primo William —contestó Yáñez—. Poco ha faltado para que me echara.

El lord movió la cabeza y sus arrugas en la frente se hicieron aún más profundas.

—¡Siempre igual! ¡Siempre igual! —murmuró entre dientes.

Reemprendió su paseo, hundido en feroz silencio, agitando nerviosamente los dedos después, parándose delante de Yáñez que lo miraba sin hacer un solo movimiento, le dijo:

—¿Creéis que mi sobrina pueda querer algún día a William? —preguntó.

—Así lo espero, milord, pero antes es necesario matar al Tigre de Malasia —contestó Yáñez.

—¿Conseguiremos matarlo?

—La banda está rodeada por las tropas y el mismo William las manda.

—No podrá huir.

—Sí, es verdad, lo matará o se dejará matar por Sandokán. Le conozco y tiene mucho coraje.

Volvió a callar y se puso delante de la ventana, mirando el sol que lentamente se ocultaba. Volvió después de unos minutos, diciendo:

—Entonces, ¿me aconsejáis que marche?

—Sí, milord —contestó Yáñez—. Tenéis que aprovechar esta ocasión para abandonar la villa y refugiaros en Victoria.

—¿Y si Sandokán hubiera dejado algunos hombres escondidos en los alrededores del parque? Me han dicho que está con él el blanco llamado Yáñez, que en valor nada tiene que envidiar al Tigre de Malasia.

«Gracias por el cumplido», pensó Yáñez, haciendo un esfuerzo supremo por no reír.

Mirando al lord, dijo:

—Vos tenéis una escolta lo suficientemente grande para enfrentaros a cualquier ataque.

—Antes era numerosa, ahora ya no. He tenido que enviar al gobernador de Victoria muchos hombres, de los que tenía urgente necesidad. Tenéis que saber que la guarnición de la isla es muy escasa.

—Es verdad, milord.

El viejo capitán había reemprendido el paseo, con una cierta agitación. Parecía atormentado por un grave pensamiento o por una profunda perplejidad.

Volvió a acercarse bruscamente a Yáñez, preguntando:

—Vos no habéis encontrado a nadie de camino hacia aquí, ¿verdad?

—A nadie, milord.

—¿No habéis notado nada sospechoso?

—No, milord.

—Entonces, ¿se puede intentar la huida?

—Así lo creo.

—A pesar de todo, lo dudo.

—¿Qué dudáis, milord?

—Que todos los piratas se hayan marchado.

—Milord, yo no tengo miedo de aquellos bribones. ¿Deseáis que dé una vuelta por los alrededores?

—Os quedaría muy agradecido. ¿Queréis una escolta?

—No, milord. Prefiero ir solo. Un hombre puede pasar a través de los bosques sin llamar la atención de los enemigos, mientras que más hombres muy difícilmente pueden escapar a la vigilancia de un centinela.

—Tenéis razón, joven. ¿Cuándo os marcharéis?

—Enseguida. En un par de horas se puede hacer mucho camino.

—¿No tenéis miedo? Los piratas son sanguinarios; ¡tened cuidado!

—Cuando voy armado no tengo miedo de nadie.

—Buena sangre la de los Rosenthal —murmuró el lord—. Podéis iros, yo os esperaré para la cena.

—Gracias, milord —dijo Yáñez—. Dentro de un par de horas estaré de vuelta.

Saludó militarmente, se puso el sable bajo el brazo, bajó muy despacio la escalera y entró en el parque.

—Vamos a ver a Sandokán —murmuró cuando estuvo lejos—. ¡Diablos! ¡Necesito contentar al lord! ¡Verás qué exploración haré! Puedes estar seguro desde ahora de que no encontraré rastro alguno de los piratas. ¡Por Júpiter! ¡Qué magnífico plan! Pero, después, ¿qué pasará? ¡Pobre Mompracem, te veo en peligro! Bueno, ahora no pensemos en él. Si todo acabara, iría a terminar mi vida en alguna ciudad de Extremo Oriente, a Cantón o Macao y diría adiós a todos estos lugares.

Murmurando estas razones, el buen portugués había atravesado una parte del parque, parándose delante de una de las verjas.

Un soldado estaba de guardia.

—Abre, amigo —dijo Yáñez.

—¿Ya marcháis, sargento?

—No, voy a inspeccionar los alrededores.

—¿Queréis que os acompañe, sargento?

—No hace falta, estaré de vuelta en un par de horas.

Pasó la verja y se adentró por el sendero que conducía a Victoria. Hasta que perdió de vista al centinela, caminó despacio, pero en cuanto se vio protegido por los árboles apresuró el paso, lanzándose entre ellos.

Había recorrido mil pasos, cuando vio a un hombre salir de un matorral, cerrándole el paso. Un fusil lo mantenía en su línea de fuego, mientras una voz amenazadora gritaba:

—¡Ríndete, o eres hombre muerto!

—¿Ya no me conoces? —dijo Yáñez quitándose el sombrero—. No tienes buena vista, mi querido Paranoa.

—¡El señor Yáñez! —exclamó el malayo.

—En carne y hueso, amigo. ¿Qué estás haciendo aquí, tan cerca de la villa de lord Guillonk?

—Vigilaba la cerca.

—¿Dónde está Sandokán?

—A una milla de aquí.

—Corre hasta Sandokán y dile que lo espero aquí. Al mismo tiempo, ordenarás a Juioko que disponga el *prao* para zarpar.

—¿Partimos?

—A lo mejor esta noche.

—Corro enseguida.

—Un momento: ¿han llegado los otros dos *praos?*

—No, señor Yáñez, ya empezamos a preocuparnos por si se han perdido.

—¡Por Júpiter! Tenemos poca suerte en nuestras expediciones. ¡Bah! Tenemos hombres suficientes para destruir la escolta del lord. Vete, Paranoa, rápido.

—Desafío a un caballo.

El pirata salió con la velocidad de una flecha. Yáñez encendió un cigarro, después se tumbó bajo una estupenda planta, fumando tranquilamente. Aún no habían transcurrido veinte minutos, cuando vio acercarse velozmente a Sandokán. Iba acompañado por Paranoa y por cuatro piratas armados hasta los dientes.

—¡Yáñez, amigo mío! —exclamó Sandokán, precipitándose a su encuentro—. ¡Cuánto he sufrido por ti...! ¡La viste? ¡Háblame de ella, hermano mío...! ¡Cuéntame! Me quema la curiosidad.

—Corres demasiado... —dijo el portugués, riendo—. Como puedes ver, he llevado a cabo mi misión como un verdadero inglés, mejor aún, como un verdadero pariente de aquel bribón de baronet. ¡Cómo me acogieron! Nadie ha tenido dudas sobre mi identidad.

—¿Tampoco el lord?

—¡Oh! ¡Él menos que nadie! Te bastará con saber que me está esperando para cenar.

—¿Y Mariana...?

—La he visto y la he encontrado tan bella que la cabeza me ha dado vueltas.

—¡Ah! ¡Mariana! —exclamó el Tigre—. Cuéntamelo todo, Yáñez, te lo ruego.

El portugués no se lo hizo repetir dos veces y le contó todo lo que había ocurrido entre él y el lord, y después con la joven.

—El viejo está decidido a marcharse —concluyó—. Puedes estar seguro de no volver solo a Mompracem. Pero ten cuidado, hermano, porque hay unos cuantos soldados en el parque y tendremos que luchar mucho para vencer a la escolta. Además, no me fío demasiado de aquel viejo. Es capaz de matar a su sobrina antes que dejar que tú la raptes.

—¿Cuándo se marchará el lord?

—Aún no lo sé, pero creo que esta noche tomará una decisión.

—¿Se marchará esta misma noche?

—Lo supongo.

—¿Cómo lo puedo saber con seguridad?

—Envía uno de nuestros hombres a la pagoda china o al invernadero, y que espere allí mis órdenes.

—¿Hay centinelas por el parque?

—He visto sólo uno al lado de las verjas —contestó Yáñez.

—Enviaré a Paranoa. Es inteligente y muy prudente, y llegará al invernadero sin que nadie lo pueda ver. En cuanto se oculte el sol, escalará la cerca y esperará tus órdenes.

Se quedó unos momentos silencioso, y después dijo:

—¿Y si el lord cambia de pensamiento y se queda en la villa?

—¡Diablos! ¡Esto estropearía nuestros planes!

—¿No podrías tú abrir la puerta de noche y dejarnos entrar en la villa? ¿Y por qué no...? Me parece un proyecto muy viable.

—Y a mí, Sandokán. La guarnición es muy numerosa y podrían atrincherarse en las habitaciones y oponer una gran resistencia. Y después, el lord, encontrándose perdido, podría dejarse transportar por la ira y descargar su pistola sobre la joven. No te fíes de aquel hombre, Sandokán.

—Pero si no se decide pronto a marcharse, intentaré algo desesperado. No podemos quedarnos aquí mucho tiempo. Es necesario raptar a la joven antes de que puedan enterarse en Victoria de que nos encontramos aquí y de que en Mompracem hay pocos hom-

bres. Yo tiemblo por mi isla. Si la perdemos, ¿qué será de nosotros? Allí están todos nuestros tesoros.

—Miraré de convencer al lord para que apresure su marcha. Entretanto harás preparar el *prao* y reunir aquí a toda la tripulación. Necesitamos destruir la escolta enseguida para impedir al lord cualquier acto desesperado.

—¿Hay muchos soldados en la villa?

—Una decena, y otros tantos indígenas.

—Entonces, la victoria es nuestra.

Yáñez se había levantado.

—¿Vuelves? —preguntó Sandokán.

—No se tiene que hacer esperar a un capitán que invita a cenar a un sargento —contestó el portugués sonriendo.

—Cuánto te envidio, Yáñez.

—No por la cena, ¿verdad, Sandokán? Mañana podrás ver a la joven.

—Así lo espero —contestó el Tigre con un suspiro—. Adiós, amigo, vete y convéncelo. Vendrá Paranoa dentro de unas dos o tres horas.

—Lo esperaré hasta la medianoche.

Se apretaron las manos y se despidieron.

Mientras que Sandokán y sus hombres volvían a esconderse entre los árboles, Yáñez encendió un cigarro, y se encaminó hacia el parque, procediendo muy tranquilamente, como si volviese de un paseo.

Pasó delante del centinela y se puso a pasear por el parque, ya que era aún muy temprano para presentarse ante el lord.

A la vuelta de un sendero encontró a *lady* Mariana, que parecía que lo estaba buscando.

—¡Ah, *milady,* qué suerte! —exclamó el portugués, haciendo una reverencia.

—Os estaba buscando —contestó la joven, tendiéndole la mano.

—¿Tenéis que decirme algo importante?

—Sí, que dentro de cinco horas nos marcharemos hacia Victoria.

—¿Os lo ha dicho el lord?

—Sí.

—Sandokán está listo, *milady;* y los piratas están preparados y esperan a que pase la escolta.

—¡Dios mío! —murmuró, cubriéndose la cara con ambas manos.

—*Milady,* es necesario ser fuerte en estos momentos, y decididos.

—Y mi tío... me maldecirá y me aborrecerá.

—Pero Sandokán os hará feliz, la más feliz de las mujeres.

Dos lágrimas cayeron lentamente por las sonrosadas mejillas de la joven.

—¿Lloráis? —dijo Yáñez—. ¡Ah, no tenéis que llorar, *lady* Mariana!

—Tengo miedo, Yáñez.

—¿De Sandokán?

—No, del futuro.

—Os sonreirá, porque Sandokán hará todo lo que le pidáis. Está dispuesto a incendiar sus *praos,* a dispersar sus bandas, a olvidar sus venganzas, y decir adiós para siempre a su isla.

—¿Quién es este hombre? ¿Por qué tanta sangre y tantas venganzas? ¿De dónde proviene?

—Escuchadme, *milady* —dijo Yáñez, cogiéndola por el brazo y llevándola por el resguardado sendero—. Los más creen que Sandokán es un vulgar pirata, que proviene de la selva de Borneo, sediento de sangre y de presas, pero se engañan: él es de ascendencia real y no es un pirata, sino un vengador. Tenía veinte años cuando subió al trono de Muluder, un reino que se encuentra cerca de las costas septentrionales de Borneo. Fuerte como un león, fiero como un héroe de la antigücdad, audaz como un tigre, con un coraje que llega hasta la locura, en poco tiempo ganó a todas las poblaciones cercanas, extendiendo sus fronteras hasta el reino de Varauni y el río Koti. Aquellas conquistas le trajeron mala suerte. Ingleses y holandeses, celosos de aquella nueva potencia que parecía querer conquistar la isla entera, se aliaron con el sultán de Borneo para exterminar al audaz guerrero. El oro, en un primer momento, y las armas luego, acabaron por destruir el nuevo reino. Bandas muy potentes invadieron el reino por varios

sitios, sobornando a los jefes, comprando a las tropas, saqueando, matando, y cometiendo atrocidades. Entretanto Sandokán luchaba con un furor desesperado, ganando y aplastando a los enemigos, pero las traiciones llegaron hasta su misma residencia, y todos sus parientes cayeron bajo el hierro de los asesinos pagados por los blancos, y él, en una noche de fuego y de matanzas, pudo salvarse acompañado por unos cuantos héroes. Vagó varios años por las costas septentrionales de Borneo, ora perseguido como una fiera, ora sin alimentos, en la miseria más absoluta, pero esperando volver a reconquistar el trono perdido y vengar a su familia asesinada; hasta que una noche, extenuado y desesperado, se embarcó en un *prao,* jurando guerra sin cuartel a toda la raza blanca y al sultán de Varauni. Atracó en Mompracem, tomó a sueldo a unos cuantos hombres y se puso a recorrer el mar. Era fuerte, y valiente: un héroe, y estaba sediento de venganza. Devastó las costas del sultán, asaltó a los navíos holandeses e ingleses, no dando tregua ni cuartel. Se transformó en el terror de los mares, se volvió el terrible Tigre de Malasia. Lo que viene después, ya lo sabéis.

—¡Es entonces el vengador de su familia! —exclamó Mariana.

—Sí, *milady,* un vengador que llora muchas veces por su madre, sus hermanos y hermanas, caídos bajo el hierro de los asesinos, un vengador que nunca ha cometido acciones infames, que tuvo respeto siempre de los débiles, que defendió siempre a las mujeres y a los niños, que saquea a sus enemigos no por sed de riquezas, sino para poder pagar un ejército de valientes y reconquistar su reino perdido.

—¡Ah, cuánto bien me hacen estas palabras, Yáñez! —dijo la joven.

—Entonces volvamos, *milady.* Dios nos guardará.

Yáñez llevó a la joven hasta la residencia y subieron al comedor. El lord ya se encontraba en él y paseaba con la rigidez de un verdadero inglés. Estaba preocupado como antes, y tenía la cabeza inclinada sobre el pecho.

Viendo a Yáñez se paró en seco, diciendo:

—¿Sois vos? Temía que os hubiera ocurrido alguna desgracia.

—He querido asegurarme con mis propios ojos de que no había ningún peligro en los alrededores, milord —contestó Yáñez tranquilamente.

—¿No habéis visto a ninguno de esos perros de Mompracem?

—A ninguno, milord; podemos ir a Victoria con toda seguridad.

El lord se quedó callado unos momentos; después, mirando hacia Mariana, que se había parado cerca de una ventana, dijo:

—¿Sabéis que nos vamos a Victoria?

—Sí —contestó ella secamente.

—¿Queréis venir?

—Bien sabéis que toda resistencia por mi parte es inútil.

—Creía que tendría que utilizar la fuerza.

—¡Señor!

—¡Oh! —exclamó el lord con mayor ironía—. ¿Acaso ya no queréis a aquel héroe de cuchillo, dado que no oponéis ninguna resistencia para venir a Victoria? Recibid mis felicitaciones, señora.

—¡No sigáis! —exclamó la joven con un tono de voz que hizo temblar al propio lord.

Se quedaron algunos momentos en silencio, mirándose como dos fieras que se observan antes de destrozarse mutuamente.

—¿Quieres hacerme alguna escena? Sería inútil. Sabes que soy inflexible. En lugar de hablar ve a prepararte para la marcha.

La joven se había parado. Intercambió con Yáñez una rápida mirada y después salió de la habitación cerrando violentamente la puerta.

—¿Habéis visto? —dijo el lord, mirando a Yáñez—. Cree desafiarme, pero se engaña. Si no cede, la despedazaré.

Yáñez, en lugar de contestar, se limpió algunas gotas de sudor frío que le caían por la frente y cruzó los brazos, para no caer en la tentación de coger el sable.

El lord paseó por la habitación durante algunos minutos; después indicó la mesa a Yáñez con un ademán y se sentaron.

La comida se desarrolló en silencio. El lord apenas probó bocado; por otra parte, el portugués hizo honor a los distintos platos, como todo hombre que no sabe cuándo podrá hacer una segunda comida.

Acababan de terminar cuando entró un cabo.

—¿Su excelencia me ha hecho llamar?

—Ordena a los soldados que estén preparados para la marcha.

—¿A qué hora?

—A medianoche dejaremos la villa.

—¿A caballo?

—Sí, y que todos cambien la mecha de los fusiles.

—A vuestras órdenes, excelencia.

—¿Partiremos todos, milord? —preguntó Yáñez.

—No dejaré aquí más que cuatro hombres.

—¿Es numerosa la escolta?

—La compondrán diez soldados muy fieles, y diez indígenas.

—Con estas fuerzas no tendremos nada que temer.

—Vos no conocéis a los piratas de Mompracem, joven. Si tuviéramos que enfrentarnos a ellos, no sé a quién sonreiría la victoria.

—¿Me permitís, milord, que baje al parque?

—¿Qué queréis hacer?

—Vigilar los preparativos de los soldados.

—Podéis ir.

El portugués bajó rápidamente la escalera, murmurando:

—Espero llegar a tiempo de advertir a Paranoa. Sandokán preparará una estupenda emboscada.

Pasó por delante de los soldados sin pararse y, orientándose lo mejor que pudo, se adentro por un sendero que tenía que conducir a los alrededores del invernadero. Cinco minutos después se encontraba en medio de unos bananos, en el mismo lugar en que habían hecho prisionero al soldado inglés.

Miró a su alrededor, para asegurarse de que nadie lo seguía, y se acercó a la puerta del invernadero, empujándola.

Enseguida una sombra se le puso delante, mientras que una pistola le apuntaba al pecho.

—Soy yo, Paranoa —dijo.

—¡Ah, vos, señor Yáñez!

—Márchate enseguida, sin detenerte, y advierte a Sandokán de que dentro de unas cuantas horas dejaremos la villa.

—¿Dónde tenemos que esperaros?

—En el sendero que lleva a Victoria.

—¿Seréis muchos?

—Unos veinte.

—Me marcho enseguida. Hasta luego, señor Yáñez.

El malayo se lanzó por el sendero, desapareciendo entre las sombras de los árboles.

Cuando Yáñez volvió a la villa, el lord estaba bajando por la escalera. Llevaba un sable y una carabina en bandolera.

La escolta estaba lista. Se componía de veintidós hombres, doce blancos y diez indígenas, todos armados hasta los dientes.

Un grupo de caballos esperaba delante de la verja del parque.

Lady Mariana en aquellos momentos bajaba la escalera.

Iba vestida de amazona, con una chaqueta de terciopelo azul y un largo vestido del mismo tejido; vestido y color redoblaban su palidez y la belleza de su cara. En la cabeza llevaba un delicioso sombrero adornado con plumas, inclinado sobre sus cabellos de oro.

El portugués, que la observaba atentamente, se percató de la profunda ansiedad que se traslucía en su cara.

Ya no era la enérgica joven de hacía unas cuantas horas, que había hablado con tanto fuego y tanta fiereza. La idea de un rapto en aquellas condiciones, la idea de tener que abandonar para siempre a su tío, el único pariente que aún vivía, la idea de tener que dejar para siempre aquellos lugares para lanzarse a un porvenir oscuro, poco seguro, parecía aturdirla.

Cuando subió al caballo no pudo contener las lágrimas y los sollozos.

Yáñez empujó su caballo hacia ella y le dijo:

—Valor *milady;* el porvenir sonreirá a la Perla de Labuán.

A una orden del lord, la patrulla se puso en marcha, saliendo por el parque y tomando el sendero que llevaba a la emboscada.

Seis soldados abrían la marcha con las carabinas en las manos y los ojos fijos a los dos lados del sendero, para no ser sorprendidos; seguía el lord, después Yáñez y la joven *lady,* protegidos por otros cuatro soldados, y después todos los demás en formación muy cerrada, con las armas apoyadas en las sillas.

A pesar de las noticias llevadas por Yáñez, todos vigilaban y miraban con atención los árboles que los rodeaban.

Habían recorrido en el más profundo silencio alrededor de dos millas, cuando a la derecha del sendero se oyó de pronto un ligero silbido.

Yáñez, que estaba esperando el asalto, se interpuso entre el lord y *lady* Mariana, desenfundando el sable.

—¿Qué hacéis? —preguntó el lord, que se había vuelto rápidamente.

—¿No habéis oído? —preguntó Yáñez.

—¿Un silbido?

—Sí.

—¿Y entonces?

—Esto quiere decir, milord, que mis amigos os rodean —dijo Yáñez fríamente.

—¡Ah, traidor! —gritó el lord, desenvainando el sable y empujando furiosamente el caballo hacia el portugués, intentando matarlo.

—¡Demasiado tarde, señor! —gritó éste, poniéndose delante de Mariana.

En el mismo instante dos descargas mortales partieron desde ambos lados del sendero, derribando a cuatro hombres y siete caballos; después, treinta hombres, treinta tigres de Mompracem, se precipitaron fuera de la selva, gritando y cargando furiosamente contra la patrulla. Sandokán que los guiaba, se adelantó entre los caballos, detrás de los cuales se habían reunido los hombres de la escolta, y de un solo golpe de cimitarra derribó al primer hombre que se le puso delante.

El lord emitió un verdadero rugido. Con la pistola en la izquierda y el sable en la derecha, se lanzó contra Mariana, que se había agarrado a la crin de su cabalgadura, pero Yáñez ya se encontraba en el suelo. Agarró a la joven, la desmontó, y llevándola entre sus robustos brazos procuró, pasar entre los soldados y los indígenas, que se defendían con furor, atrincherados detrás de los caballos.

—¡Paso! ¡Paso! —gritó, procurando dominar con la voz el sonido de los disparos y el ruido de las armas.

Pero nadie se ocupaba de él, sólo el lord, que se preparaba para atacarlo. Por suerte o por desgracia, la joven se desmayó en-

tre sus brazos. La tendió detrás de un caballo muerto, mientras que el lord, pálido de furor, hacía fuego contra él. Con un salto evitó el disparo; después, empuñando el sable, gritó:

—Espera, viejo lobo de mar, que te haré probar la punta de mi hierro.

—Traidor, te mataré —contestó el lord.

Se abalanzaron uno contra el otro; Yáñez exponiendo su vida por salvar a la joven, el lord decidido a todo por arrebatársela al Tigre de Malasia. Mientras intercambiaban terribles palabras, ingleses y piratas luchaban con igual furor.

Los primeros, reducidos a un puñado de hombres, pero fuertemente atrincherados detrás de los caballos que habían muerto, se defendían desesperadamente, ayudados por los indígenas, que se movían sin rumbo, confundiéndose sus gritos salvajes con los de los piratas. Utilizaban los fusiles como si fueran mazas, retrocediendo y avanzando pero manteniéndose siempre en primera línea.

Sandokán, con la cimitarra en la mano, intentaba derrumbar aquella pared humana, para ayudar al portugués, que luchaba desesperadamente contra los furiosos ataques de aquel lobo de mar. Rugía como una fiera y se lanzaba alocadamente entre las puntas de las bayonetas, arrastrando a su terrible banda.

La resistencia de los ingleses no tenía que durar mucho. El Tigre, arrastrando una vez más a sus hombres al asalto, consiguió al fin derrotar a los defensores, que se replegaron desordenadamente unos contra otros.

—¡Resiste, Yáñez! —tronó Sandokán golpeando con la cimitarra al enemigo que se interponía en su paso—. ¡Resiste, que estoy llegando!

Pero en aquel mismo instante el sable del portugués se rompió por la mitad. Se encontró desarmado, con la joven aún desmayada y el lord delante.

—¡Ayuda, Sandokán! —gritó.

El lord se precipitó hacia adelante, emitiendo un grito de triunfo, pero Yáñez no se asustó. Se hizo rápidamente a un lado, evitando el sable, después golpeó con la cabeza al lord, derribándolo.

Cayeron los dos, luchando desesperadamente e intentando estrangularse.

—¡John! —dijo el lord, viendo a un soldado caer a pocos pasos—. ¡Mata a *lady* Mariana! ¡Es una orden!

El soldado, haciendo un esfuerzo desesperado, se puso de rodillas con la espada en la mano, listo para obedecer, pero no tuvo tiempo.

Los ingleses caían uno a uno bajo los golpes de los piratas y el Tigre estaba allí, a dos pasos. De un tremendo empujón derribó a dos hombres que aún quedaban en pie, saltó sobre el soldado que ya tenía el arma levantada y lo mató de un golpe de cimitarra.

—¡Mía, mía, mía! —exclamó el pirata, cogiendo a la joven y estrechándola entre sus brazos.

Dejó la contienda y huyó hacia la cercana selva, mientras que sus hombres luchaban contra los últimos ingleses.

El lord, caído al lado del tronco de un árbol sólo quedó herido, entre los cadáveres que cubrían el sendero.

LA MUJER DEL TIGRE

La noche era magnífica. La luna, aquel astro de las noches serenas, resplandecía en un cielo sin nubes, proyectando su pálida luz, de un azul transparente, sobre las oscuras y misteriosas selvas y sobre las murmurantes aguas del río hasta reflejarse con un vago temblor en las aguas del gran mar de Malasia.

Todo era silencio, todo era misterio y paz.

Sólo de vez en cuando se oía el romper de las olas, con un monótono murmullo, sobre sus desiertas playas; el soplo de la brisa recorría el puente del *prao* corsario.

El veloz velero había dejado la desembocadura del río y huía rápidamente hacia occidente, dejando detrás Labuán, que ya se confundía con las estrellas.

Tres personas vigilaban sobre el puente, Yáñez, taciturno y triste, sentado a popa con una mano sobre la barra del timón; Sandokán y Mariana, sentados a proa, a la sombra de las grandes velas, acariciados por la brisa nocturna.

El pirata apretaba a la joven contra su pecho y le secaba las lágrimas.

—Escucha, amor mío —le decía—, no llores, yo te haré feliz, inmensamente feliz. Nos iremos lejos de estas islas, enterraremos mi sangriento pasado y no oiremos nunca más hablar ni de piratas, ni de mi salvaje isla. Mi gloria, mi poder, mis sangrientas venganzas, mi temido nombre, todo lo olvidaré por ti, porque quiero volverme otro hombre. No llores, Mariana, el porvenir que nos espera no será oscuro, sino sonriente y feliz.

La joven repetía, entre sollozos:

—¡Te quiero, Sandokán, como ninguna mujer ha amado sobre esta tierra!

Sandokán la apretó contra su pecho, besó sus cabellos de oro y su blanca frente.

—Ahora que eres mía, ¡que se guarde nadie de tocarte! —contestó el pirata—. Ahora estamos sobre este mar, pero mañana estaremos seguros en mi inalcanzable isla, donde nadie tendrá el coraje de venir a atacarnos; después, cuando el peligro haya pasado, nos iremos y tú me seguirás, mi amada niña.

—Sí —murmuró Mariana—, iremos lejos, tan lejos que nunca más oiremos hablar de nuestras islas.

En aquel mismo instante una voz dijo:

—¡Hermano, el enemigo nos persigue!

El pirata se volvió y se encontró frente a Yáñez, que indicaba un punto luminoso en el mar.

—¿El enemigo? —preguntó Sandokán con las facciones alteradas.

—He visto aquella luz: proviene de oriente y a lo mejor alguna nave está siguiendo nuestro rastro, deseosa de reconquistar la presa raptada al lord.

—Pero nosotros la defenderemos, Yáñez —exclamó Sandokán—. ¡Está perdido quien intente interponerse en nuestro camino! Yo sería capaz de luchar, ante los ojos de Mariana, contra el mundo entero.

Miró la luz indicada y se arrancó del costado la cimitarra.

El crucero ya no era una simple sombra. Sus palos se recortaban sobre la lona del cielo, y se veía una gruesa columna de humo negro en el cual se veían volar miles y miles de pequeñas estrellas.

Su proa cortaba rápidamente las aguas, que brillaban a la luz de la luna y el viento llevaba hasta el *prao* el ruido de las ruedas que hacían hervir el agua.

—¡Ven, ven, maldito! —exclamó Sandokán, desafiándolo con la cimitarra, mientras que con el otro brazo cogía a la joven—. ¡Ven a medirte con el Tigre! Haz hablar a tus cañones, lanza a tus hombres al abordaje: ¡yo te desafío!

Después miró a Mariana, que observaba ansiosamente el barco que se acercaba cada vez más.

—Amor mío —le dijo—, te llevaré a tu camarote, donde te encontrarás al amparo de la lucha y de los hombres que hasta ayer eran tus compañeros y compatriotas y que hoy son tus enemigos.

Se quedó unos momentos mirando el barco, que iba a toda máquina, con la mirada ensombrecida; después llevó a Mariana a su camarote.

Era una habitación decorada con elegancia: las paredes desaparecían bajo tejidos orientales y el suelo estaba recubierto por suaves alfombras indias. Los muebles, ricos y bellísimos, de caoba y ébano con incrustaciones de nácar, ocupaban las esquinas, mientras que desde lo alto bajaba una gran lámpara dorada.

—Aquí estarás a salvo, Mariana —dijo Sandokán—. Las chapas de hierro recubren la popa de mi velero y te protegerán.

—¿Y tú, Sandokán?

—Yo vuelvo al puente. Mi presencia es necesaria para dirigir la batalla, por si el crucero nos asalta.

—Temo por ti.

—La muerte tiene miedo del Tigre de Malasia —contestó el pirata con gran fiereza.

—¿Y si aquellos hombres se lanzaran al abordaje?

—Yo no los temo, querida mía. Mis hombres son todos valientes, son verdaderos tigres, preparados para morir por su jefe y por ti. Aguardaremos a que vengan al abordaje... Los exterminaremos y los lanzaremos al mar.

—Te creo, mi valiente, pero a pesar de todo tengo miedo. Ellos te odian, Sandokán, y para cogerte serían capaces de intentar cualquier locura. Ten cuidado de ellos, querido mío, porque han jurado matarte.

—¡Matarme...! —exclamó Sandokán con desprecio—. ¡Ellos matar al Tigre de Malasia...! Que lo intenten. Me siento ahora capaz de parar con mis manos las balas de la artillería enemiga. No, no temas por mí, mi amada. Vaya castigar al insolente que viene a desafiarme, y después volveré por ti.

—Yo entretanto rezaré, mi valiente Sandokán.

El pirata la miró algunos instantes con profunda admiración, después le cogió la cabeza entre las manos y posó los labios sobre sus cabellos.

—Y ahora —dijo después, levantándose fieramente—. Vayamos a recibir; al maldito barco que viene a estorbar mi felicidad.

—Dios mío, protégelo —murmuró la joven, cayendo de rodillas.

La tripulación del *prao*, despertada por el grito de alarma de Yáñez y por la primera bala, había subido precipitadamente a cubierta, lista para la lucha.

Viendo el crucero a muy poca distancia, los piratas se lanzaron rápidamente a los cañones y a las espingardas, para contestar a la provocación.

Los artilleros habían ya encendido las mechas y estaban por apuntar, cuando Sandokán apareció. Viéndolo en el puente, los tigres lanzaron un solo grito:

—¡Viva el Tigre!

—¡Dejadme a mí! —gritó Sandokán apartando a los artilleros—. ¡Yo sólo castigaré al insolente! ¡El maldito no volverá a Labuán a contar que ha disparado contra la bandera de Mompracem!

Se colocó a popa, apoyando un pie sobre la cureña de uno de los dos cañones.

Sus ojos brillaban como dos carbones encendidos y sus facciones se habían transformado, con una expresión feroz. Se adivinaba que estaba poseído por una ira terrible.

Miró hacia popa, donde estaba Paranoa, que sostenía la barra del timón, y dijo:

—Envía diez hombres a la bodega y haz subir a cubierta el mortero que he hecho embarcar.

Unos instantes después, diez piratas subían trabajosamente hasta el puente un grueso mortero, ayudados por algunas cuerdas que pendían del palo mayor.

Un artillero lo cargó con una bala de ocho pulgadas, de veintiún kilogramos de peso, y que al estallar lanzaba veintiocho cascotes de hierro.

—Y ahora, esperaremos el alba —dijo Sandokán—. Quiero que veas, crucero maldito, mi bandera y mi mujer.

Subió al costado de popa y se sentó con los brazos cruzados sobre el pecho y mirando fijamente el crucero.

—¿Qué quieres hacer? —preguntó Yáñez—. El crucero podrá abrir fuego contra nosotros dentro de muy poco tiempo.

—Peor para él.

—Esperemos entonces, puesto que así lo quieres.

El portugués no se había engañado. Diez minutos después, a pesar de que el *prao* tenía todas las velas desplegadas, el crucero se encontraba sólo a dos millas. Un relámpago estalló en la proa del velero y una fuerte detonación movió los estratos del aire. Pero no se oyó el silbido agudo de la bala.

—¡Ah! —exclamó Sandokán, sonriendo—. ¿Quieres que me pare y muestre mi bandera? Yáñez, despliega la bandera de la piratería. La luna es espléndida y con los anteojos la podrán ver.

El portugués obedeció.

El crucero, que parecía esperar esta señal, enseguida redobló su carrera y, acercándose otra milla, disparó un cañonazo, pero esta vez con pólvora, ya que el proyectil pasó silbando sobre el *prao*.

Sandokán no se movió, ni se inmutó; sus hombres se dispusieron en los lugares de combate, pero no contestaron a la imitación ni a la amenaza.

El barco siguió avanzando, pero más lentamente, con prudencia. A media milla lanzó un segundo proyectil que, muy mal dirigido, cayó al mar a popa del velero.

Una tercera bala pasó silbando sobre el *prao,* agujereando las dos velas del trinquete; y una cuarta se rompió contra uno de los dos cañones de popa, lanzando por los aires el costado sobre el cual estaba sentado Sandokán.

Éste se levantó enseguida, y tendiendo el brazo hacia el barco enemigo, gritó con voz amenazadora:

—¡Dispara, barco maldito! ¡No te tengo miedo! Cuando puedas verme, te romperé las ruedas y te haré parar.

Otros dos relámpagos estallaron sobre la popa del crucero, seguidos por dos detonaciones. Una rompió la borda de popa, a sólo unos pasos de Sandokán, mientras que la otra mató a un hombre que estaba atando una cuerda sobre el pequeño castillo de proa.

—¡Tigre de Malasia! ¡Venganza!

Sandokán miró a sus hombres, lanzando sobre ellos una mirada airada.

—¡Silencio! —tronó.

—El crucero nos hundirá, Sandokán —dijo Yáñez.

—Deja que dispare.

—¿Qué estás esperando?

—El alba.

—Es una locura, Sandokán. ¿Y si una bala te alcanza?

—¡Soy invulnerable! —gritó Sandokán—. Mira: yo desafío el fuego de aquel barco.

Con un salto se había lanzado sobre el costado de popa, agarrándose al palo de la bandera.

Yáñez experimentó un escalofrío de espanto.

La luna estaba alta sobre el horizonte y desde el puente del crucero enemigo podrían ver, con unos anteojos, a aquel temerario.

—¡Baja, Sandokán! —gritó Yáñez—. ¿Quieres que te maten?

Una sonrisa de desprecio fue la contestación de aquel hombre formidable.

Yáñez, que conocía la temeridad de su compañero, renunció a un segundo intento, y se resguardó detrás de uno de los cañones.

El crucero, después de aquellos disparos infructuosos, había suspendido el fuego.

Durante un cuarto de hora más, los dos barcos siguieron su carrera; después, a menos de media milla, el cañoneo fue reemprendido con mayor ahínco.

Las balas caían alrededor del pequeño velero y no siempre se perdían. Algún proyectil pasaba silbando a través de las velas, cortando algunas cuerdas y rompiendo las extremidades de los palos, y otras más eran rechazadas por las chapas metálicas.

Una bala atravesó el puente, pasando muy cerca del palo mayor. Si hubiera pasado unos pocos centímetros más a la derecha, habría detenido al velero en su carrera.

Sandokán, a pesar de aquella lluvia de balas, no se movía.

Miraba fríamente al barco enemigo, que forzaba sus máquinas para ganar terreno, y sonreía irónicamente.

Hubo un momento en que Yáñez lo vio lanzarse hacia el mortero, pero pensándolo mejor volvió a subirse donde estaba, murmurando:

—¡Aún no! ¡Quiero que te vea mi mujer!

Durante otros diez minutos el crucero bombardeó el pequeño velero, que no hacía ninguna maniobra para escapar de aquella lluvia de hierro; después los disparos se hicieron cada vez más escasos, hasta que cesaron del todo.

Mirando atentamente al barco enemigo, Sandokán pudo ver sobre el palo mayor una bandera blanca enarbolada.

—¡Ah! —exclamó el formidable pirata—. ¡Me pides que me rinda! ¡Yáñez!

—¿Qué quieres, hermano?

—Iza mi bandera. Quiero que sepan que quien manda este *prao* es el Tigre de Malasia.

—Y te saludarán con una lluvia de balas.

—El viento empieza a hacerse más fresco, Yáñez. Dentro de diez minutos nos encontraremos fuera del alcance de sus proyectiles.

—Que así sea.

A una indicación del pirata, ató la bandera a la cuerda de popa y la subió hasta la punta del palo mayor. Un golpe de viento la desenrrolló, y a la clara luz de la luna mostró su color de sangre.

Dos cañonazos, fueron la contestación. La tripulación del crucero había visto la bandera del Tigre de Malasia, y reemprendió con mayor vigor el cañoneo.

El crucero aceleraba la marcha, para alcanzar al velero.

Su chimenea humeaba como un volcán y sus ruedas mordían ruidosamente las aguas. Cuando se desvanecía el ruido de los disparos, hasta se podían oír los sordos rugidos de las máquinas.

Pero su tripulación rápidamente se convenció de que no era fácil alcanzar a aquel velero disfrazado de *prao*. Habiendo aumentado el viento, el pequeño velero, que hasta ahora no había podido alcanzar los diez nudos, ahora se podía mover mucho más rápido. Sus velas ejercían sobre el pequeño barco un empuje extraordinario.

Ya no corría; volaba sobre aquellas tranquilas aguas del mar, apenas tocándolas.

El crucero disparaba furiosamente. Pero sus balas caían en el rastro del *prao*.

Sandokán no se había movido. Sentado al lado de su roja bandera, miraba atentamente el cielo. Parecía que ya no le preocupase el crucero que estaba persiguiéndolo furiosamente.

El portugués, que no comprendía lo que se proponía Sandokán, se le acercó, preguntándole:

—¿Qué quieres hacer, hermano mío? Dentro de una hora estaremos muy lejos de aquel crucero, si este viento no para.

—Espera un poco más, Yáñez —contestó Sandokán—. Mira hacia oriente, las estrellas empiezan a palidecer y en el cielo empiezan a surgir las primeras luces de la mañana. En cuanto el alba nos permita ver a la tripulación de aquel barco, castigaré a aquel insolente.

—Tú eres un artillero demasiado hábil para esperar la luz del sol. El mortero está listo.

—Quiero que vean quién enciende la mecha.

—A lo mejor ya lo saben.

—Es verdad, a lo mejor lo sospechan, pero no es suficiente. Quiero enseñarles también a la mujer del Tigre de Malasia.

—¿Mariana?

—Sí, Yáñez. Así sabrán en Labuán que el Tigre de Malasia se ha atrevido a violar las costas de la isla, y enfrentarse abiertamente con los soldados que vigilan a lord Guillonk.

Unos minutos más y el sol había aparecido.

El barco enemigo se encontraba entonces a casi una milla y media, forzando al máximo sus máquinas, aunque seguía perdiendo camino.

El veloz *prao* ganaba rápidamente terreno, puesto que el viento aumentaba cada vez más al levantarse el día.

—Recoge las velas del trinquete y del mesana —dijo Sandokán—; cuando se encuentren a quinientos metros dispararé el mortero.

Yáñez dio enseguida la orden.

Diez piratas subieron por las cuerdas y realizaron la maniobra en muy poco tiempo. Reducida la superficie de las velas, el *prao* empezó a frenar su carrera.

Tuvo que transcurrir media hora para que se encontrase a la distancia deseada por Sandokán.

Las balas enemigas empezaron de nuevo a caer sobre el puente del *prao,* cuando el Tigre bajó rápidamente del costado y se colocó detrás del mortero. Un rayo de sol iluminaba el mar, y también las velas del *prao.*

—¡Y ahora nos toca a nosotros! —gritó Sandokán con una extraña sonrisa—. ¡Yáñez, pon el velero cara al viento!

Unos momentos después el velero se encontraba en posición.

Sandokán se hizo entregar una mecha que Paranoa ya había encendido y se incorporó sobre el mortero, calculando la distancia con la mirada.

—¡Fuego! —gritó, dando un salto hacia atrás.

Se incorporó sobre el hierro humeante conteniendo la respiración, con los labios apretados y los ojos fijos mirando delante de él, como queriendo seguir la invisible trayectoria del proyectil.

Pocos instantes después, una segunda detonación se oyó a lo lejos.

El crucero había sido alcanzado entre los radios de la rueda de babor, haciéndole saltar, con inusitada violencia, los hierros y las palas de las ruedas.

El crucero, herido gravemente, se inclinó sobre el costado abierto; después se puso a dar vueltas sobre sí mismo a causa del impulso producido por la otra rueda.

—¡Viva el Tigre! —gritaron los piratas, lanzándose sobre los cañones.

—¡Mariana! ¡Mariana! —exclamó Sandokán, mientras el crucero, tumbado hacia un lado, se llenaba de agua.

La joven, al oír aquella llamada, subió al puente. Sandokán la cogió entre sus brazos, la subió hasta el costado y, mostrándola a la tripulación del crucero, gritó:

—¡Ésta es mi mujer!

Después, mientras los piratas descargaban sobre el crucero un huracán de metralla, el *prao* maniobró alejándose rápidamente hacia el oeste.

A MOMPRACEM

El *prao*, desplegadas sus inmensas velas, se alejaba rápidamente, con la velocidad propia de aquel tipo de barco.

Mariana, destrozada por las emociones, se había retirado de nuevo a su camarote, y también parte de la tripulación había bajado a la bodega, al no estar ya el velero amenazado por ningún peligro.

Yáñez y Sandokán no habían abandonado el puente. Hablaban sentados a popa mirando de vez en cuando hacia el este, donde aún se podía ver un pequeño hilo de humo.

—Aquel crucero tendrá mucho trabajo para llegar a Victoria —decía Yáñez—: el disparo tiene que haber reducido mucho la velocidad, haciendo posible toda tentativa de persecución. ¿Crees que no lo habrá enviado lord Guillonk en nuestra persecución?

—No, Yáñez —contestó Sandokán—. No ha tenido tiempo suficiente de llegar a Victoria y advertir al gobernador de lo sucedido. Aquel barco debía de patrullar por estas aguas. Pero ahora en la isla ya se conocerá nuestro desembarco.

—¿Crees que el lord nos dejará tranquilos?

—Lo dudo mucho, Yáñez. Conozco a aquel hombre y sé lo testarudo y vengativo que es. Tenemos que esperar muy pronto un formidable asalto.

—¿Vendrá a atacar nuestra isla?

—Estoy convencido, Yáñez. Lord Guillonk tiene muchas influencias y además posee grandes riquezas. Y no le será demasiado difícil fletar unos cuantos barcos, contratar unos marinos, obtener la ayuda del gobernador y asaltar Mompracem.

—¿Qué podemos hacer?

—Combatir nuestra última batalla. Vender muy cara nuestra piel.

—¿La última? ¿Por qué dices esto, Sandokán?

—Porque Mompracem perderá a sus jefes —dijo el Tigre de Malasia con un suspiro—. Mi carrera está por terminar, Yáñez. Este mar, marco de mis hazañas, ya no volverá a ver a mis *praos* cortando sus olas.

—¡Sandokán! ¡Qué dices!

—Qué quieres, Yáñez; así está escrito. El amor de la joven de los cabellos de oro tenía que apagar al pirata de Mompracem. Es triste, inmensamente triste, mi buen Yáñez, tener que decir adiós para siempre a estos lugares y tener que perder la fama y el poder: a pesar de todo, tengo que resignarme. ¡Se acabaron las batallas, el tronar de la artillería, los humeantes cascos de los barcos que se hunden en las profundidades del mar, los tremendos abordajes...! Escucha mi corazón que sangra, Yáñez; piensa que el Tigre morirá para siempre y que este mar y mi isla pertenecerán a otro.

—¡Pobre Mompracem! —exclamó Yáñez con un profundo suspiro—. ¡Yo que la quería como a mi propia patria, como a mi tierra natal!

—¿Y cómo crees que yo la quería...? Bueno, así tenía que ser. Tenemos que hacernos a la idea, Yáñez, y no pensemos más en el pasado.

—Que así sea; vamos a emprender la última batalla y después nos iremos lejos —dijo Yáñez con voz resignada—. Pero la lucha será tremenda.

—Encontrará el refugio del Tigre invencible. Nadie hasta ahora ha tenido la audacia de violar las costas de mi isla. Espera a que lleguemos y verás qué trabajos emprendemos para que la escuadra que nos envíen no nos pueda aplastar. Transformaremos el pueblo en una fortaleza que pueda resistir los más terribles bombardeos. El Tigre no está aún dominado y rugirá con fuerza, llenando de terror las filas enemigas.

—¿Y si nos vencieran? Tú sabes, Sandokán, que los holandeses se han aliado con los ingleses en la lucha contra la piratería. Las dos flotas podrían unirse para dar a Mompracem el golpe de muerte.

—Si me tuvieran que vencer haría explotar toda la pólvora y saltaríamos todos, junto con nuestro pueblo y nuestros *praos*. No podría resignarme a la pérdida de la joven. Antes de que me la quiten preferiría mi muerte y la suya.

—Confiemos que esto no ocurra, Sandokán.

El Tigre de Malasia inclinó la cabeza sobre el pecho; después de unos instantes de silencio, dijo:

—A pesar de todo, tengo un triste presentimiento.

—¿Cuál? —preguntó Yáñez con ansiedad.

Sandokán no contestó. Abandonó al portugués y se apoyó en la borda de proa, exponiendo su cara a la brisa nocturna.

Estaba inquieto; profundas arrugas se dibujaban en su frente y de vez en cuando unos suspiros salían de sus labios.

—¡Fatalidad...! Y todo por esta criatura celeste —murmuró—. ¡Por ella tendré que perderlo todo, perder hasta este mar que llamaba mío y que consideraba parte de mi vida! ¡Les pertenecerá a ellos, a aquellos hombres a los que desde hace dos años me enfrento sin tregua, a aquellos hombres que me han precipitado escaleras abajo de un trono, hasta el barro, que me han matado la madre, los hermanos y hermanas...!

Se llevó las manos a la frente, como queriendo librar de estos pensamientos su mente; después se irguió y con lentos pasos bajó a su camarote.

Abrió la puerta del camarote y miró. Mariana dormía. El pirata la contempló unos instantes con infinita dulzura; después se retiró sin hacer ruido y entró en su camarote.

Al día siguiente, el *prao*, que había navegado toda la noche a gran velocidad, se encontraba sólo a sesenta millas de Mompracem.

Ya todos se consideraban seguros cuando el portugués, que vigilaba con gran atención, vio una columna de humo que parecía dirigirse hacia el este.

—¡Oh! —exclamó—. ¿Hemos topado con otro crucero? Que yo sepa no hay volcanes en estos mares.

Cogió unos anteojos y subió hasta la cima del palo mayor, observando con profunda atención aquel humo, que ahora se había acercado considerablemente. Cuando bajó estaba claramente preocupado.

—¿Qué tienes, Yáñez? —preguntó Sandokán, que había vuelto a cubierta.

—He descubierto una cañonera, hermano mío.

—No te preocupes.

—Sé que no se atreverá a atacarnos, pues dispone solamente de un solo cañón, pero éste no es el motivo de mi preocupación.

—¿Cuál, entonces?

—Aquel barco proviene del este; a lo mejor de Mompracem. No querría que durante nuestra ausencia la flota enemiga haya bombardeado nuestra isla.

—¿Mompracem bombardeada? —preguntó una voz detrás de ellos.

Sandokán se volvió rápidamente y se encontró ante Mariana.

—¡Ah, eres tú, amor mío! —exclamó—. Te creía aún dormida.

—Me acabo de levantar; pero, ¿de qué estabais hablando? A lo mejor un nuevo peligro nos amenaza...

—No, Mariana —contestó Sandokán—. Pero estamos inquietos, viendo aquella cañonera que viene de oriente, como si procediera de Mompracem.

—¿Temes que hayan cañoneado a tu pueblo?

—Sí, pero no es sólo esto, porque una descarga de nuestros cañones es suficiente para hundirla.

—¡Mirad! —exclamó Yáñez, dando dos pasos adelante.

—¿Qué ves?

—La cañonera nos ha visto y se dirige hacia nosotros.

—Vendrá a espiarnos —dijo Sandokán.

El pirata no se había engañado. La cañonera, de las más pequeñas, de unas cien toneladas de desplazamiento, de un solo cañón situado en la plataforma de popa, se acercó hasta una milla y después giró, pero no se acercó del todo, porque seguía viéndose el humo de su chimenea.

A los piratas no les preocupaba esto, ya que sabían por experiencia que aquel pequeño barco no podía medirse con el *prao*, cuya artillería era mucho más poderosa, suficiente para enfrentarse a cuatro de aquellos enemigos,

Hacia el mediodía, un pirata, que había subido hasta lo más alto del palo del trinquete para arreglar una cuerda, divisó Mompracem, el temido escondrijo del Tigre de Malasia.

Allí donde el cielo se confundía con el mar se veía una línea de un color indefinido, que se hacía cada vez más grande y cada vez más verde.

—¡Rápido, rápido! —exclamó Sandokán, preso de una viva ansiedad.

—¿Qué temes? —preguntó Mariana.

—No lo sé, pero el corazón me dice que allí ha ocurrido algo. La cañonera, ¿aún nos sigue?

—Sí, sigo viendo el humo de su chimenea hacia el este —contestó Yáñez.

—Es mala señal.

—Yo también pienso igual, Sandokán.

El *prao,* empujado por un fuerte viento, en menos de una hora llegó a pocas millas de la isla y tomó el rumbo de la bahía que se abría delante del pueblo. Muy pronto llegó tan cerca como para poder distinguir completamente las fortificaciones, los almacenes y las cabañas.

En la cumbre del gran acantilado había un edificio que servía de residencia al Tigre; se veía ondear la bandera de la piratería, pero algunas fortificaciones estaban seriamente dañadas, había unas cuantas cabañas quemadas y faltaban algunos barcos.

—¡Ah! —exclamó Sandokán—. Lo que me temía ha ocurrido: el enemigo ha asaltado mi escondrijo.

—Es verdad —murmuró Yáñez, con dolor.

—¡Pobre amigo! —dijo Mariana, asustada por el dolor que se reflejaba en la cara de Sandokán—. Mis compatriotas han aprovechado tu ausencia para asaltar tu isla.

—Sí —contestó Sandokán, moviendo tristemente la cabeza—. ¡Mi isla, un día temida e inalcanzable, ha sido violada!

LA REINA DE MOMPRACEM

Mompracem, la isla defendida formidablemente de todo intento de asalto, había sido violada, pero no había caído en manos de sus enemigos.

Los ingleses, probablemente informados de la partida de Sandokán, seguros de encontrar una pobre guarnición, enseguida se habían lanzado contra la isla, bombardeando las fortificaciones, hundiendo unos veleros e incendiando una parte del pueblo. Habían conseguido también desembarcar unas cuantas tropas para intentar ocupar la isla, pero el valor de Giro-Batol y de sus tigres había al fin triunfado, y los enemigos tuvieron que retirarse por temor de ser cogidos entre dos fuegos, por los *praos* de Sandokán, que pensaban que no estarían muy lejos.

Es verdad que había sido una victoria, pero había faltado muy poco para que la isla cayera en manos enemigas.

Cuando Sandokán y sus hombres desembarcaron, los piratas de Mompracem, reducidos a la mitad, se precipitaron a su encuentro, reclamando venganza contra los invasores.

—Vamos a Labuán, Tigre de Malasia —gritaron—. ¡Devolvamos las balas que han lanzado contra nosotros!

—Dentro de muy poco tiempo tendréis ocasión de devolver a vuestros enemigos las balas que han lanzado contra estas costas —dijo Sandokán.

—¿Estamos a punto de ser asaltados? —todos preguntaron.

—El enemigo no está lejos; podéis ver su avanzadilla en aquella cañonera que recorre nuestras costas. Los ingleses tienen muy buenas razones para asaltarnos: quieren vengar a los hombres que nosotros hemos matado en las selvas de Labuán, y quitarme a esta joven. Estad preparados, que el momento no está lejos.

—Tigre de Malasia —dijo Giro-Batol adelantándose—, nadie, mientras uno de nosotros esté vivo, vendrá a llevarse a la Perla de Labuán, ahora que está protegida por la bandera de la piratería. Ordena: nosotros estamos preparados para todo.

Sandokán, profundamente conmovido, miró a aquellos valientes que aplaudían las palabras del jefe, y que después de haber perdido a todos sus compañeros, aún ofrecían la vida para salvar a la causante de todas aquellas desventuras.

—Gracias, amigos —dijo con voz alterada.

Sandokán y Mariana subieron por la estrecha escalera que llevaba a la cima del acantilado, seguidos por la mirada de todos aquellos piratas, y se pararon delante de la gran cabaña.

—Esta es tu residencia —dijo él, entrando—. Era la mía, es un feo refugio donde se desarrollaron tristes acontecimientos... Es indigno de acoger a la Perla de Labuán, pero es seguro e inalcanzable por los enemigos, que no podrán nunca llegar hasta aquí. Si tú te hubieses convertido en la reina de Mompracem, lo habría embellecido, lo habría transformado en un palacio... ¿Para qué hablar de cosas imposibles? Todo está muerto o está por morir, aquí.

—Sandokán, tú sufres, me ocultas tus pensamientos.

—No, alma mía, estoy emocionado nada más. ¿Qué quieres? Encontrar mi isla violada, mis filas destrozadas y pensar que dentro de poco tendré que perder...

—Sandokán, entonces tú añoras tu pasada potencia y sufres pensando en tener que perder tu isla. Escúchame, mi héroe. ¿Quieres que me quede en esta isla, entre tus tigres, que empuñe también yo la cimitarra y que luche a tu lado? ¿Quieres eso?

—¡Tú, tú! —exclamó—. No, no quiero que te vuelvas una mujer diferente. Sería una monstruosidad obligarte a que te quedes, ensordecerte siempre con el trueno de la artillería y con los gritos de lucha y exponerte a un continuo peligro. Dos felicidades serían demasiado y no las quiero.

—Entonces, ¡tú me quieres más que a tu isla, que a tus hombres, que a tu grandeza!

—Sí, Mariana. Esta noche reuniré a mis hombres y les comunicaré que nosotros, después de haber luchado en la última batalla,

abandonaremos para siempre nuestra bandera y dejaremos Mompracem.

—¿Y qué dirán tus tigres, al oír una proposición similar? Me odiarán, sabiendo que yo soy la causa de la ruina de Mompracem.

—Nadie se atreverá a levantar la voz contra ti, yo aún soy el Tigre de Malasia, el que los ha hecho siempre temblar con una sola mirada. Además, me quieren demasiado para no obedecerme. Dejemos que se cumpla nuestro destino.

Besó los rubios cabellos de la joven, y después llamó a sus dos servidores malayos:

—Ésta es vuestra señora —les dijo, señalando a la joven—. Le debéis obediencia como a mí mismo.

Después de haber intercambiado con Mariana una larga mirada, salió rápidamente y bajó a la playa.

La cañonera seguía echando humo, vigilando las costas de la isla, moviéndose en zigzag de norte a sur.

Entretanto los piratas, previniendo un no lejano ataque, trabajaban rápidamente, bajo la dirección de Yáñez, reforzando los bastiones, excavando trincheras y levantando empalizadas.

Sandokán se acercó al portugués.

—¿No se ve a ningún otro barco? —preguntó.

—No —dijo Yáñez—, pero la cañonera no deja nuestras aguas y esta es una mala señal. Si el viento fuera más fuerte y pudiéramos superar la velocidad de las máquinas, la abordaría con placer.

—Es necesario tomar medidas para ocultar nuestras riquezas en caso de una derrota, y prever la huida.

—¿Temes no poder hacer frente a los asaltantes?

—Tengo presentimientos siniestros, Yáñez; adivino que voy a perder esta isla.

—¡Bah! Hoy, o dentro de un mes, qué más da, si has decidido abandonarla. ¿Y nuestros piratas, lo saben?

—No; esta noche reuniré las bandas en mi cabaña y allí les comunicaré mi decisión.

—Será un rudo golpe para ellos, hermano.

—Lo sé, pero si quieren seguir, sin mí, en la piratería, yo no lo impediré.

—Ni lo pienses, Sandokán. Nadie abandonará al Tigre de Malasia y todos te seguirán adonde tú quieras.

—Lo sé, me quieren demasiado estos valientes. Trabajemos, Yáñez, hagamos que nuestra roca sea invulnerable, o al menos formidable.

Alcanzaron a los hombres que trabajaban, con un ahínco sin comparación, levantando nuevos terraplenes, excavando nuevas trincheras, plantando nuevas empalizadas para resguardar a las espingardas, amontonando inmensas pirámides de balas y granadas, protegiendo la artillería con barricadas hechas con troncos de árbol, piedras, capas de hierro arrancadas de los barcos saqueados durante las numerosas expediciones.

Por la noche, el acantilado presentaba un aspecto imponente y podía considerarse inalcanzable.

Al caer la noche, Sandokán hizo embarcar sus riquezas en un gran *prao,* y lo envió, escoltado por otros dos, a las costas occidentales de la isla, preparado para escapar en caso de que la huida fuese necesaria.

A medianoche, Yáñez, junto con los jefes de las bandas, subió a la gran cabaña, donde los esperaba Sandokán.

—Amigos, mis fieles tigres —dijo Sandokán, llamando a su alrededor a aquellos formidables hombres—. Os he convocado aquí para decidir la suerte de mi Mompracem. Vosotros me habéis visto luchar muchos años sin descanso y sin piedad contra aquella raza despiadada que asesinó a mi familia, que me privó de una patria, y que desde un trono me precipitó a traición hasta el polvo y que intenta ahora la destrucción de la raza malaya; vosotros me habéis visto luchar como un tigre, echar siempre a los invasores que amenazaban nuestra isla. Pero ahora todo ha terminado: el destino quiere que me pare, y así será. Ya presiento que mi misión de venganza ha terminado; presiento que ya no podré luchar como antes, necesito descanso. Lucharé aún por última vez contra el enemigo que posiblemente mañana nos atacará; después diré adiós a Mompracem y me iré lejos, a vivir con esta mujer que amo y que será mi esposa. ¿Seguiréis vosotros las hazañas del Tigre? Os dejo mis barcos y mis cañones. Pero si preferís seguirme hasta mi nueva patria, os consideraré como a mis hijos.

Los piratas, que se habían quedado petrificados al oír aquella inesperada revelación, no contestaron, pero en aquellas caras ennegrecidas por el humo de los cañones y por el viento del sur, aparecieron las lágrimas.

—¡Capitán, mi capitán! —exclamó Giro-Batol, que lloraba como un niño—. Quedaos entre nosotros, no abandonéis esta isla. Nosotros la defenderemos contra todos, nosotros reuniremos a otros hombres; nosotros, si lo queréis, destruiremos Labuán, Varauni y Sarawak, así nadie se atreverá a amenazar la felicidad de la Perla de Labuán.

—¡*Milady*! —exclamó Juioko—. Quedaos entre nosotros, nosotros os defenderemos contra todos, haremos que nuestros cuerpos sirvan de escudo contra los disparos de los enemigos; y si queréis conquistaremos un reino para ofreceros un trono.

Entre todos los piratas hubo una explosión de verdadera locura. Los más jóvenes lloraban, los más viejos suplicaban.

—¡Quedaos, *milady,* quedaos en Mompracem! —gritaban todos, reuniéndose delante de la joven. Ésta, avanzó hacia aquellos hombres, imponiendo con un gesto silencio.

—Sandokán —dijo con voz temblorosa—, si te dijera que renunciaras a tus venganzas y a la piratería, y si rompiera para siempre este débil lazo que me une a mis compatriotas y adoptara por patria esta isla, ¿tú aceptarías?

—Tú, Mariana, ¿quedarte en mi isla?

—¿Lo quieres?

—Sí, y te juro que tomaré las armas sólo en defensa de mi tierra.

—Mompracem, entonces, es mi nueva patria. ¡Sandokán, me quedo!

Como un solo hombre, los piratas levantaron las armas, vitoreando a la joven, que se encontraba en los brazos del Tigre, y la aclamaron unánimemente:

—¡Viva la reina de Mompracem! ¡Y que nadie se atreva...!

EL BOMBARDEO DE MOMPRACEM

Al día siguiente parecía que los piratas de Mompracem estuvieran poseídos. Se movían alrededor de las baterías, construían nuevas trincheras, trabajaban en el acantilado para conseguir piedras que utilizar para reforzar las fortificaciones, llenaban los gaviones, colocándolos delante de los cañones, cortaban árboles para levantar empalizadas, construían nuevos bastiones para colocar la artillería sacada de los *praos,* excavaban trampas, preparaban minas, llenaban los reductos de espinas donde previamente se habían colocado puntas de hierro envenenadas con el jugo del *upas,* fundían balas, aumentaban la potencia de la pólvora, afilaban las armas.

Sandokán estaba al frente de todos aquellos trabajos, con una energía extraordinaria. Corría donde era necesaria su presencia, ayudaba a sus hombres a colocar las baterías, dirigía las obras en todos los lugares ayudado por Yáñez, que parecía haber perdido su habitual tranquilidad.

La cañonera, que navegaba frente a la isla, espiando los trabajos, era un incentivo para que los piratas trabajasen endemoniadamente.

Alrededor del mediodía llegaron al poblado varios piratas que la noche anterior se habían marchado llevándose los tres *praos,* y las noticias que traían no eran inquietantes. Una cañonera que parecía española se había avistado por la mañana, directamente al este, desde las costas occidentales ningún enemigo se había visto.

—Tengo miedo de que nos ataquen con gran fuerza —dijo Sandokán a Yáñez—. Verás que los ingleses no vendrán solos a atacarnos.

—¿Se habrán aliado a los españoles y a los holandeses?

—Sí, Yáñez, hermano mío, y el corazón me dice que no me engaña.

—Encontrarán pan para sus dientes. Nuestro poblado se ha transformado en una fortaleza.

—Puede ser, Yáñez; de todas formas, en caso de derrota, nuestros *praos* están listos para emprender la huida.

Reanudaron el trabajo, mientras que unos cuantos piratas invadían los cercanos poblados indígenas que se encontraban en el interior de la isla para reclutar a los hombres más valientes.

Por la noche, el poblado estaba listo para aguantar cualquier ataque y presentaba una línea de fortificaciones verdaderamente imponente.

Tres líneas de bastiones, unos más robustos que los otros, cubrían enteramente la villa, extendiéndose en forma de semicírculo.

Empalizadas y amplios fosos impedían la escalada de aquellas fortificaciones. Cuarenta y seis cañones calibre doce, dieciocho y veinticuatro, colocados en el gran bastión central, una media docena de morteros y sesenta espingardas defendían la plaza, listos para despedir un torrente de balas, granadas y metralla sobre los barcos enemigos.

En la mañana del día siguiente, Sandokán, Mariana y Yáñez, que desde hacía unas cuantas horas estaban durmiendo en la gran cabaña, fueron bruscamente despertados por unos gritos.

—¡El enemigo! ¡El enemigo! —gritaban en el poblado.

Se precipitaron fuera de la cabaña y alcanzaron la orilla del gigantesco acantilado.

El enemigo estaba allí, a seis o siete millas de la isla, y avanzaba lentamente en formación de batalla. Al verlo, unas profundas arrugas se dibujaron en la frente de Sandokán, mientras que la cara de Yáñez se oscurecía.

—Es una verdadera flota —murmuró.

—Es una alianza que aquéllos de Labuán envían contra nosotros —dijo Sandokán—. Mira, hay barcos ingleses, holandeses, españoles y hasta unos cuantos *praos* del sultán de Varauni, pirata cuando quiere y que ahora está celoso de mi potencia.

Era verdad. La escuadra se componía de tres cruceros de gran tonelaje, que llevaban bandera inglesa, de dos corbetas holandesas

poderosamente armadas, de cuatro cañoneras y un *cutter* españoles, y de ocho *praos* del sultán de Varauni. Podrían disponer todos juntos de ciento cincuenta o ciento sesenta cañones y de mil quinientos hombres.

—Tengo miedo, Sandokán —dijo Mariana.

—Mi genio bueno, que desde hace muchos años me protege, no me abandonará hoy, que lucho por ti. Ven, Mariana, los minutos son muy valiosos.

Bajaron la escalera y se encontraron en la villa, donde los piratas ya se habían colocado detrás de los cañones, listos para emprender con gran coraje la titánica lucha. Doscientos indígenas, hombres que no sabían resistir el empuje enemigo, pero sí ayudar en los cañones, habían llegado ya y se habían colocado en los lugares indicados por los jefes.

—Bien —dijo Yáñez—. Somos trescientos cincuenta para aguantar el combate.

Sandokán llamó a seis de sus más valientes hombres y les confió a Mariana para que la protegiesen y la llevasen a los bosques para no exponerla a ningún peligro.

—Vete, amor mío —dijo él estrechándola contra su pecho—. Si yo gano, tú serás la reina de Mompracem, y si la fatalidad me hace perder, dejaremos esta isla y nos iremos a buscar la felicidad a otras tierras.

—¡Ah! Sandokán, ¡tengo miedo! —exclamó la joven llorando.

—Volveré a ti, no temas. Las balas no alcanzarán al Tigre de Malasia tampoco en esta batalla.

La besó en la frente, y después corrió hacia los bastiones gritando:

—¡Tigres, el Tigre está con vosotros! El enemigo es fuerte, pero nosotros somos aún los tigres de la salvaje Mompracem.

Un grito unánime contestó:

—¡Viva Sandokán! ¡Viva nuestra reina!

La flota enemiga se había parado a seis millas de la isla. A las diez, los barcos y los *praos,* siempre en orden de batalla, se movieron hacia la bahía.

—¡Tigres de Mompracem —gritó Sandokán, que se encontraba de pie en la fortificación central, detrás de un cañón del veinti-

cuatro—, no olvidéis que estáis defendiendo a la Perla de Labuán y que aquellos hombres que vienen a asaltarnos son los mismos que asesinaron en las costas de Labuán a nuestros compañeros!

—¡Venganza! —gritaron los piratas.

Un disparo de cañón partió en aquel momento de la cañonera que desde hacía dos días espiaba la isla, y por pura casualidad derribó la bandera de la piratería que ondeaba en el bastión central.

Sandokán se estremeció y en su cara se dibujó el dolor.

—¡Vencerás, flota enemiga! —exclamó con voz triste—. El corazón me lo dice.

La flota seguía acercándose, manteniéndose en una posición cuyo centro estaba ocupado por los cruceros y los lados de los *praos* del sultán de Varauni.

Sandokán dejó que se acercaran hasta mil pasos; después, levantando la cimitarra, gritó:

—¡A los cañones, tigres! ¡Ya no os retengo! ¡Limpiad el mar de esta gente! ¡Fuego!

A la orden del tigre, los bastiones, las trincheras, los terraplenes se llenaron de fuego, formando un solo estruendo que se habría podido oír desde las Romades. Pareció que el poblado entero saltase por los aires, y la tierra tembló hasta el mar. Densas nubes de humo se levantaron de las baterías, aumentando cada vez más por efecto de los nuevos disparos, que se sucedían furiosamente a derecha y a izquierda, desde donde disparaban las numerosas espingardas.

La escuadra, a pesar de haber sido recibida con aquella descarga, no tardó en contestar.

Los cruceros, las corbetas, las cañoneras y los *praos* se recubrieron de humo, granizando las defensas con balas y granadas, mientras un gran número de tiradores disparaban un intensísimo fuego de mosquetería que, si bien era totalmente ineficaz contra los bastiones, molestaba a los artilleros de Mompracem.

No se perdía ocasión de disparar por ningún bando, y se competía en rapidez y en precisión, decididos a exterminarse mutuamente.

Era hermoso ver aquel poblado, defendido por un puñado de héroes, que se iluminaba por todos lados, contestando disparo con disparo.

Sandokán, en medio de aquellos valientes, con los ojos encendidos, erguido detrás de un grueso cañón del calibre veinticuatro que lanzaba enormes proyectiles, seguía gritando:

—¡Fuego! ¡Limpiad el mar, destrozad aquellos barcos que vienen a raptar a nuestra reina!

Sus palabras no se perdían en el viento. Los piratas, conservando una admirable sangre fría entre aquella lluvia de balas que alcanzaba la defensa, agujereaba los terraplenes y destrozaba los bastiones, seguían apuntando la artillería, animados por aquellas palabras.

Un *prao* del sultán fue incendiado y saltó por los aires mientras intentaba, con una osadía inadmisible, alcanzar la playa.

Una cañonera española, que estaba acercándose para desembarcar a sus hombres, fue completamente desarbolada y vino a embarrancar delante del poblado, luego de haber explotado sus máquinas. Ni uno solo de sus hombres se salvó.

Estaba claro que hasta que los bastiones no cayeran y la pólvora no faltara, ningún barco podría acercarse a las terribles costas de la isla.

Desgraciadamente para los piratas, hacia las seis de la tarde, cuando ya la flota semidestruida iba a retirarse, les llegaron inesperadamente unos socorros: eran dos cruceros ingleses y una gran corbeta holandesa, seguidos a muy breve distancia por un bergantín a vela, que llevaba numerosísima artillería.

Sandokán y Yáñez, viendo a aquellos nuevos enemigos, comprendieron que la caída de la isla era sólo cuestión de horas; a pesar de todo, no se desanimaron y apuntaron parte de sus cañones contra los nuevos navíos.

La escuadra, reforzada, reemprendió la lucha, acercándose a la playa, disparando contra las defensas ya gravemente dañadas.

Una hora después la primera línea de bastiones ya no existía, era una masa de ruinas.

Dieciséis cañones estaban inutilizados y una docena de espingardas sepultadas entre los escombros.

Sandokán hizo un último intento. Dirigió el fuego de sus cañones sobre el barco insignia, dejando a las espingardas que contestasen al fuego de los otros navíos.

Durante veinte minutos el crucero aguantó aquella lluvia de proyectiles que lo atravesaron por todas partes, destrozando su infraestructura y matando a su tripulación, pero una granada de veintiún kilogramos lanzada por Giro-Batol con un mortero, abrió en su proa un enorme agujero.

El barco se inclinó de costado rápidamente; la atención de los otros barcos se centró en salvar a los náufragos y numerosas embarcaciones fueron lanzadas al mar, pero muy pocos sobrevivieron a aquel tornado de metralla de los piratas.

En pocos minutos, el crucero se hundió arrastrando a los hombres que aún quedaban en cubierta.

La escuadra por unos cuantos minutos suspendió el fuego, después lo reemprendió con mayor fuerza y se acercó hasta cuatrocientos metros de la isla.

Las baterías de derecha e izquierda, no pudiendo soportar aquel fuego intensísimo, fueron reducidas al silencio en una hora y los piratas se vieron obligados a retirarse detrás de la segunda línea de bastiones, y después detrás de la tercera, que ya estaba en ruinas. De pie y aún en condiciones no quedaba más que el reducto central, el mejor armado y el más sólido.

Media hora después un almacén de pólvora saltó por los aires con extrema violencia, derribando las trincheras y sepultando entre los escombros a doce piratas y a veinte indígenas.

Se hizo otro esfuerzo para parar el avance enemigo, concentrando el fuego contra otro crucero, pero los cañones eran pocos, puesto que la mayoría habían quedado inutilizados.

A las siete y diez minutos también la última defensa caía, sepultando a muchos hombres y las más gruesas piezas de artillería.

—¡Sandokán! —gritó Yáñez precipitándose hacia el pirata, que estaba apuntando con su cañón—. La partida está perdida.

—Es verdad —contestó el Tigre de Malasia en voz baja.

—Ordena la retirada o será demasiado tarde.

Sandokán lanzó una mirada sobre aquellas ruinas, la partida estaba irreparablemente perdida. Dentro de pocos momentos,

los asaltantes, treinta o cuarenta veces más numerosos, habrían desembarcado para atacar con la bayoneta a las últimas trincheras y aniquilarían a los últimos defensores.

El retraso de sólo unos minutos podía ser nefasto y comprometer la huida hacia las costas occidentales.

Sandokán reunió a todas sus fuerzas para pronunciar unas palabras que nunca habían salido de sus labios y mandó la retirada.

En el mismo momento en que aquellos tigres de la perdida Mompracem, con lágrimas en los ojos, el corazón destrozado, se lanzaban a los bosques y los indígenas huían en todas direcciones, el enemigo desembarcaba atacando furiosamente, con las bayonetas en posición, contra las trincheras, detrás de las cuales creían encontrar a sus defensores.

¡La estrella de Mompracem se había extinguido para siempre!

SOBRE EL MAR

Los piratas, reducidos a sólo setenta, heridos en su mayor parte, pero deseosos de venganza, estaban listos para reemprender la lucha y se retiraban guiados por sus valientes jefes, el Tigre de Malasia y Yáñez, que se habían salvado milagrosamente del hierro y del plomo enemigos.

Sandokán, a pesar de haber perdido para siempre su potencia, su isla, su mar, conservaba en aquella retirada una tranquilidad verdaderamente admirable. Aunque en su cara se podían ver las señales de la emoción que intentaba esconder.

Apresuraron la marcha y los piratas llegaron muy pronto a las orillas de un arroyo seco, donde encontraron a Mariana y a los seis hombres enviados para su vigilancia.

La joven se precipitó en sus brazos. Sandokán la estrechó tiernamente contra su pecho.

—Doy gracias a Dios —dijo ella—, porque vuelves aún vivo.

—Vivo sí, pero derrotado —contestó con voz triste.

—Así lo ha querido el destino, mi héroe.

—En marcha, Mariana, el enemigo no está lejos. ¡Adelante, tigres, no dejemos que nos alcancen! Quizá todavía tengamos que luchar.

A lo lejos se oían los gritos de los vencedores y se veía una intensa luz, señal evidente de que el poblado había sido incendiado.

Sandokán hizo subir a Mariana a un caballo, que había hecho llevar hasta allí el día anterior y los supervivientes reemprendieron la marcha, para alcanzar las costas occidentales antes de que el enemigo pudiera llegar a cortarles la retirada.

A las once de la noche llegaron a un pequeño poblado de la costa, delante del cual estaban anclados los tres *praos*.

—Embarcaos rápidamente —dijo Sandokán—, los minutos son preciosos.

Recorrió la playa mirando el mar, negro como la tinta.

—No veo ninguna luz —dijo Mariana—. A lo mejor podremos abandonar mi pobre isla sin ser molestados.

Emitió un profundo suspiro y se secó la frente bañada de sudor.

—Embarquemos —dijo después.

Los piratas se embarcaron con lágrimas en los ojos; treinta subieron al *prao* más pequeño, los otros al de Sandokán y el resto al mandado por Yáñez, que llevaba los inmensos tesoros del jefe.

En el momento de levar anclas, se vio a Sandokán llevarse las manos al corazón como si en el pecho se le hubiese roto algo.

Inclinó la cabeza, emitiendo un sollozo sofocado; después, levantándola con energía, gritó:

—¡Largad amarras...!

Los tres veleros se alejaron de la isla, llevando consigo a los últimos supervivientes de aquella formidable banda que durante dos años había sembrado el terror en los mares de Malasia.

Habían recorrido ya seis millas, cuando un grito feroz resonó a bordo de los dos veleros. Entre las tinieblas habían aparecido dos puntos luminosos, que se movían al encuentro de los *praos*. Sandokán, que estaba sentado con los ojos fijos en la isla que desaparecía lentamente entre las tinieblas, se levantó emitiendo un rugido.

—¡De nuevo el enemigo! —exclamó con terrible acento, apretando contra su pecho a la joven que se encontraba a su lado—. ¿También en el mar, malditos, me perseguís? ¡Tigres, los leopardos nos pisan los talones! ¡Levantaos con las armas en la mano!

No hacía falta nada más a aquellos hombres, que ardían en deseos de venganza y que ya confiaban en reconquistar, en un combate desesperado, la isla perdida. Todos cogieron las armas, listos para emprender el abordaje.

—Mariana —dijo Sandokán mirando a la joven, que observaba con terror a aquellos dos puntos luminosos que brillaban en las tinieblas—. Vete a tu camarote, alma mía.

—¡Dios mío, estamos perdidos! —murmuró—. No intentes ningún nuevo encuentro, mi héroe, a lo mejor aquellos dos barcos aún no nos han visto y podríamos engañarlos.

—Es verdad, *lady* Mariana —dijo uno de los jefes malayos—. Nos buscan, seguro, pero a lo mejor no nos han visto. La noche está muy oscura y no tenemos ninguna luz en los barcos; es imposible que ya se hayan percatado de nuestra presencia. Sé prudente, Tigre de Malasia. Mejor si podemos evitar un nuevo enfrentamiento.

—Que así sea —contestó Sandokán después de unos minutos de reflexión—. Intentaré evitar el abordaje, pero si se deciden a seguirnos en el nuevo rumbo... ¡Estoy decidido a todo, hasta a asaltarlos!

—No expongamos inútilmente a los últimos tigres de Mompracem —dijo el jefe malayo—; por ahora seamos prudentes.

La oscuridad favorecía la retirada.

A una orden de Sandokán el *prao* maniobró, dirigiéndose hacia las costas meridionales de la isla, donde existía una pequeña bahía suficientemente profunda para acoger a unos cuantos barcos. Los otros dos veleros se apresuraron a maniobrar, habiendo ya comprendido cuál era el plan del Tigre de Malasia.

El viento era favorable, soplaba desde el noreste, y cabía la posibilidad de que los *praos* llegaran a la bahía antes que se levantara el día.

—¿Han variado el rumbo los dos barcos? —preguntó Mariana que miraba el mar con ansiedad—. Me parece que siguen el anterior, ¿verdad, Sandokán? ¿O me engaño?

—Te engañas, Mariana —contestó el pirata, después de unos instantes—. También aquellos dos puntos luminosos han variado el rumbo.

—¿Y se mueven hacia nosotros?

—Así parece.

—¿Y no conseguiremos huir? —preguntó la joven, asustada.

—¿Cómo podremos luchar contra las máquinas? El viento es muy débil y nuestros veleros no pueden competir contra el vapor. Pero el día no está lejano, y al levantarse el sol, el viento en estos parajes siempre aumenta de intensidad.

—¡Sandokán! ¡Tengo tristes presentimientos!

—No temas, niña mía. Los tigres de Mompracem están dispuestos a morir por ti.

Una voz que provenía del segundo *prao,* interrumpió a Sandokán.

—¡Eh! ¡Hermano!

—¿Qué quieres, Yáñez? —preguntó Sandokán, que había reconocido la voz del portugués.

—Me parece que aquellos dos barcos se preparan para cortarnos el paso. Los faroles que antes proyectaban luz roja, ahora son verdes, y esto indica que han variado de nuevo el rumbo.

—Entonces los ingleses se han dado cuenta de nuestra presencia.

—Así lo presiento, Sandokán.

—¿Qué me aconsejas?

—Maniobrar audazmente hacia mar abierto e intentar pasar entre los enemigos. Mira, se alejan uno de otro para cogernos en medio.

Los dos barcos enemigos, que hacía algún tiempo que parecían hacer una maniobra misteriosa, se habían alejado rápidamente.

Mientras uno se dirigía hacia las costas septentrionales de Mompracem, el otro se movía rápidamente hacia las meridionales.

Ya no se podía dudar de sus intenciones. Querían interponerse entre los veleros y la costa para impedirles buscar refugio en alguna bahía, y obligarles a salir para asaltarles en mar abierto. Sandokán, que se percató de aquella maniobra, lanzó un grito de cólera.

—¡Ah! —gritó—. ¿Queréis darnos batalla? ¡Pues la tendréis!

—¡Aún no, hermano! —gritó Yáñez, que había subido a la proa de su velero—. Partamos hacia mar abierto e intentemos pasar entre aquellos dos contrincantes.

—Nos alcanzarán, Yáñez. ¡El viento es aún débil!

—Intentémoslo, Sandokán. ¡Ohé! ¡A las velas! ¡Los cañoneros a sus puestos!

Los tres veleros momentos después cambiaban de rumbo, dirigiéndose audazmente hacia el oeste.

Los dos barcos, como si se hubiesen enterado de aquella audaz maniobra, habían cambiado de dirección enseguida, maniobrando

hacia mar abierto. Seguramente querían coger entre ellos a los tres *praos,* antes de que pudieran llegar a alguna otra isla.

Durante veinte minutos los tres veleros siguieron avanzando, intentando la huida a pesar de aquellos dos barcos de guerra que intentaban cercarlos.

Los piratas no quitaban los ojos de los faros, intentando adivinar las maniobras de los enemigos. Pero estaban preparados para hacer tronar los cañones y los fusiles, según las órdenes de sus jefes. Con algunas bordadas se habían alejado bastante, cuando vieron los faroles virar nuevamente, en su persecución.

Momentos después se oyó a Yáñez gritar:

—¡Ohé! ¿No veis que nos están cazando?

—¡Ah! ¡Perros! —gritó Sandokán—. También en el mar venís a asaltarme... Encontraréis hierro y plomo para todos.

En aquel mismo instante un disparo de cañón se oyó a lo lejos.

Una bala pasó silbando sobre el *prao,* atravesando dos velas.

La corbeta forzaba sus máquinas, emitiendo nubes de humo rojizo y, con escorias ardientes, y se dirigía hacia el *prao* de Sandokán, mientras que la cañonera intentaba lanzarse contra el mandado por Yáñez.

—¡Vete a tu camarote! —gritó Sandokán a Mariana cuando un segundo cañonazo fue disparado por la corbeta—. Aquí reina la muerte.

Agarró entre sus fuertes brazos a la joven y la transportó hasta el camarote. En aquel mismo momento la metralla barría la cubierta del velero, incrustándose en sus costados y en los palos.

Mariana se agarró desesperadamente a Sandokán.

—No me dejes —dijo con la voz ahogada por los sollozos—. ¡No te alejes de mí! ¡Tengo miedo, Sandokán!

El pirata la alejó con dulce violencia.

—No temas por mí —dijo—. Déjame que vaya a luchar en la última batalla y oiga una vez más el trueno de la artillería.

—Tengo siniestros presentimientos, Sandokán. Deja que me quede a tu lado. ¡Te defenderé contra las armas de mis compatriotas!

—Basta conmigo para hundir en las aguas del mar a mis enemigos.

El cañón tronaba furiosamente sobre el mar. Sobre el puente se oían los gritos salvajes de los tigres de Mompracem y los gemidos de los primeros heridos.

Sandokán dejó a la joven y se precipitó a la escala, animando a sus hombres:

—¡Adelante, valientes! ¡El Tigre de Malasia está con vosotros!

La batalla se mantenía aún en su apogeo por ambos lados. La cañonera había asaltado el *prao* del portugués, intentando abordarlo, pero había quedado muy mal parada.

La artillería de Yáñez la había dañado, rompiéndole las cuerdas, destrozándole las bordas y arrancándole el palo mayor. La victoria, por aquel lado, ya era clara, pero la corbeta era un barco armado con muchos cañones y con una tripulación numerosísima.

Se había lanzado contra los dos *praos* de Sandokán, cubriéndolos de hierro y destrozando a los piratas.

La aparición del Tigre de Malasia infundió nuevo coraje a los combatientes, que empezaban a sentirse impotentes delante de aquel barco.

Pero su presencia no era suficiente para cambiar la suerte de la lucha. A pesar de que sus disparos destrozaban los costados de la corbeta con nubes de metralla, las balas y las granadas llovían sin parar sobre sus veleros, devastándolos y matando a sus hombres. Era imposible resistir tanta furia. Unos cuantos minutos más y aquellos dos pobres *praos* habrían quedado convertidos en un montón de escombros, sus bordas destrozadas y sus cañones inutilizados.

Sandokán, con una sola mirada, se percató de la gravedad de la situación. Viendo al otro *prao* devastado y a punto de hundirse, lo abordó, embarcando en su propio velero a los pocos supervivientes; después, desenfundando la cimitarra, gritó:

—¡Tigres! ¡Al abordaje!

La desesperación centuplicaba la fuerza de aquellos piratas.

Descargaron de un solo golpe los dos cañones y las espingardas para limpiar el costado de la corbeta de los fusiles que la defendían; después aquellos treinta valientes lanzaron los garfios de abordaje.

A la cabeza de sus hombres, mientras que Yáñez más afortunado que todos hacía explotar la cañonera lanzando una granada en su polvorín, subió al abordaje, lanzándose sobre el puente enemigo como un toro herido.

—¡Largo! —tronó, blandiendo su terrible cimitarra—. ¡Soy el Tigre...!

Seguido por sus hombres, se enfrentó a los marinos que acudían por todos lados con las hachas levantadas y los empujó hacia popa, pero desde proa llovió otra manada de hombres guiada por un oficial que Sandokán reconoció enseguida.

—¡Ah, eres tú, baronet! —exclamó el Tigre, precipitándose hacia él.

—¿Dónde está Mariana? —preguntó el oficial con voz ahogada por el furor.

—Allí está, cógela —contestó Sandokán.

De un golpe de cimitarra lo derribó, pero en aquel mismo instante fue alcanzado en la cabeza por el reverso de un hacha...

LOS PRISIONEROS

Cuando volvió en sí, estando aturdido por el golpe, se encontró, no en el puente de su velero, sino encadenado en la bodega de la corbeta.

Se levantó moviendo furiosamente los hierros que lo encadenaban y lanzó a su alrededor una mirada, como si no estuviese aún seguro de encontrarse en aquellas condiciones; después un grito espantoso le salió de los labios.

—¡Prisionero! —exclamó haciendo chirriar los dientes e intentando retorcer las cadenas—. ¿Qué ha ocurrido entonces? ¿Nos habrán batido una vez más los ingleses? ¡Muerte y destrucción! ¡Qué terrible despertar! ¿Y Mariana...? ¿Qué le habrá ocurrido a esa pobre joven?

Un espasmo le detuvo la respiración.

—¡Mariana! —gritó, tirando de las cadenas—. Mi niña, ¿dónde estás? ¡Yáñez! ¡Juioko! ¡Tigres! ¡Nadie contesta! ¡Entonces estáis todos muertos...! ¡No es verdad, yo sueño o estoy loco...!

Aquel hombre, que nunca había conocido el miedo, en aquel momento lo experimentó. Sintió que la razón se le iba y miró a su alrededor espantado.

Después, prendido por la desesperación o por la locura, se lanzó hacia delante, tirando furiosamente de las cadenas y gritando:

—¡Matadme! ¡El Tigre de Malasia ya no puede vivir...!

Se calmó, al oír una voz gritar:

—¡El Tigre de Malasia! ¿Está aún vivo, capitán?

Sandokán miró a su alrededor.

Una linterna, colgando de una pared, iluminaba muy escasamente la sala, pero aquella luz era suficiente para poder distinguir a una persona.

Primero Sandokán no vio más que unas botas, pero después, mirando mejor, vio una forma humana tendida en un rincón.

—¿Quién sois vos? ¿Quién habla del Tigre de Malasia? —preguntó la voz de antes.

Sandokán se sobresaltó, después un relámpago de alegría destelló en sus ojos. Aquella voz no le era del todo desconocida.

—¿Hay alguno de mis hombres aquí? —preguntó—. ¿A lo mejor Juioko?

—¡El capitán! —exclamó el otro.

Después se lanzó hacia adelante, cayendo a los pies del Tigre de Malasia, repitiendo:

—¡El capitán...! ¡Mi capitán...! ¡Y yo que lo había llorado como muerto!

Aquel nuevo prisionero era el comandante del tercer *prao,* un valiente dayako que gozaba de gran fama entre las bandas de Mompracem por su valor y habilidad marinera.

Era un hombre de alta estatura, bien proporcionado, como lo son en general todos los habitantes del interior de Borneo, con grandes ojos inteligentes y la piel amarilla.

Como todos sus compatriotas, llevaba largos cabellos y tenía los brazos y las piernas adornados con un gran número de anillos de cobre y de latón.

El pobre hombre, viéndose delante del Tigre de Malasia, lloraba y reía al mismo tiempo.

—¡Vivo! ¡Aún vivo...! —exclamaba—. ¡Oh, cuánta felicidad...! Por lo menos vos habéis podido huir de aquella matanza.

¿Qué matanza? —gritó Sandokán—. ¿Entonces han muerto todos aquellos valientes que yo arrastré al abordaje de este barco?

—Oh, sí, todos —contestó el dayako con voz triste.

—¿Y Mariana? ¿Ha desaparecido con el *prao?* Dímelo, Juioko.

—No, está aún viva.

—¡Viva! ¡Mi niña viva...! —gritó Sandokán, loco de alegría—. ¿Estás seguro de lo que me dices?

—Sí, mi capitán. Cuando vos caísteis, yo y otros cuatro compañeros aún luchábamos; luego la joven de los cabellos de oro fue llevada a la cubierta del barco.

—¿Y por quién?

—Por los ingleses, capitán. La joven, espantada por el agua que tenía que haber invadido el camarote, subió sobre el puente gritando vuestro nombre. Unos cuantos marinos, al verla, lanzaron al mar una embarcación y la recogieron.

—¿Y estaba aún viva?

—Sí. Ella os llamaba aún cuando la estaban llevando al barco.

—¡Maldición! Y no poder correr en su ayuda...

—Lo hemos intentado. No éramos más que cuatro y nos enfrentábamos con cincuenta hombres que nos ordenaban rendirnos; a pesar de todo, nos lanzamos contra los marinos que se llevaban a la reina de Mompracem. Éramos muy pocos para emprender la lucha. Yo fui derribado, pisoteado y después atado y arrastrado hasta aquí.

—¿Y los otros?

—Murieron después de haber luchado como leones contra los que los rodeaban.

—¿Y Mariana se encuentra en este barco?

—Sí, Tigre de Malasia.

—¿No ha sido llevada a la cañonera?

—La cañonera se ha hundido.

—¿Fue Yáñez?

—Sí, mi capitán.

—Entonces, Yáñez ¿está aún vivo?

—Poco antes de que me arrastraran hasta aquí, vi a lo lejos su *prao* huir con todas las velas desplegadas. Durante la lucha había alcanzado la cañonera, rompiéndole las ruedas; después le prendió fuego. He visto las llamas levantarse sobre el mar y he oído, poco después, un ruido a lo lejos. Debió de ser el polvorín que explotaba.

—Y de los nuestros, ¿no ha huido nadie?

—Nadie, capitán —dijo Juioko con un suspiro.

—¡Todos muertos! —murmuró Sandokán con dolor.

En un hombre como él, el sufrimiento no podía durar. No habían pasado aún diez minutos cuando Juioko lo vio ponerse en pie, brillándole la mirada.

—Dime —dijo mirando hacia el dayako—. ¿Crees que Yáñez nos siga?

—Estoy seguro, mi capitán. El señor Yáñez no nos abandonará en la desventura.

—Entonces, huiremos.

El dayako lo miró asombrado, preguntándose en su corazón si el Tigre de Malasia no había perdido la razón.

—¡Huiremos...! —exclamó—. Y ¿cómo? No tenemos armas y además estamos encadenados...

—Tengo el medio de hacer que nos tiren al mar.

—No os entiendo, capitán. ¿Que nos tirarán al agua...?

—Cuando un hombre muere en un barco, ¿qué se hace con él?

—Lo ponen en una funda, junto a una bala de cañón, y lo envían a hacer compañía a los peces.

—Y también con nosotros lo harán.

—¿Queréis suicidaros?

—Sí, pero de forma que pueda volver a la vida.

—Si lo decís vos, tengo que creeros.

—Todo depende de Yáñez.

—No puede estar muy lejos.

—Si sigue la corbeta, tarde o temprano nos recogerá.

—¿Y después?

—Después volveremos a Mompracem o a Labuán, para libertar a Mariana. ¿Dudas de lo que te digo?

—Un poco, lo confieso, mi capitán. Pienso que no poseemos ni siquiera un *kriss,* y estamos encadenados.

—¡Encadenados! —exclamó Sandokán—. ¡El Tigre de Malasia puede romper los grilletes que lo tienen encadenado! ¡Mira...!

Retorció con furor las anillas; después, con un golpe irresistible las abrió y lanzó lejos las cadenas.

En aquel mismo instante la escotilla de popa se levantó y la escalera chirrió bajo el peso de los hombres que estaban bajando.

—¡Ahí están...! —exclamó el dayako.

Tres hombres avanzaban hacia ellos. Uno era teniente de corbeta, probablemente su capitán; y los otros dos eran marinos.

A una indicación de su jefe, estos dos últimos pusieron en posición la bayoneta y apuntaron sus fusiles hacia los dos piratas.

Una sonrisa de desprecio se dibujó en los labios del Tigre de Malasia.

—¿Tenéis miedo? —preguntó—. ¿O habéis bajado, señor teniente, para presentarme a estos dos hombres armados? Os advierto que los fusiles no me hacen temblar; podéis, entonces, ahorrarme este grotesco espectáculo.

—Sé que el Tigre de Malasia no tiene miedo —contestó el teniente—. He tomado simplemente unas precauciones.

—A pesar de todo, no estoy armado, señor.

—Pero me parece que tampoco encadenado.

—No habléis tanto y decidme, señor, qué queréis de mí.

—Me han enviado aquí para ver si necesitáis cuidados médicos.

—No estoy herido, señor.

—A pesar de todo, habéis recibido un golpe en la cabeza.

—Mi turbante ha sido suficiente para repararme.

—¡Qué hombre! —exclamó el teniente con sincera admiración.

—Bien, ¿qué queréis?

—Me ha enviado aquí una mujer.

—¿Mariana? —gritó Sandokán.

—Sí, *lady* Guillonk —contestó el teniente.

—Está viva, ¿verdad? —preguntó Sandokán, mientras que una oleada de sangre le subía a la cara.

—Sí, Tigre de Malasia. Yo la salvé en el mismo momento que vuestro *prao* iba a hundirse.

—¡Oh! ¡Habladme de ella, os lo ruego...!

—*Lady* Guillonk ya no es para vos. ¿Qué esperanza podéis aún tener?

—Es verdad —murmuró Sandokán, con un suspiro—. Yo soy un hombre condenado a muerte, ¿no es verdad?

El teniente no contestó pero aquel silencio era más que una afirmación.

—Así estaba escrito —contestó Sandokán—. Mis victorias tenían que acabar de este modo. ¿A dónde me lleváis?

—A Labuán.

—¿Y me ahorcarán?

También esta vez el teniente quedó silencioso.

—Podéis decírmelo tranquilamente —dijo Sandokán—. El Tigre de Malasia no tiembla delante de la muerte.

—No os engañáis, seréis ahorcado.

—Habría preferido la muerte a manos de los soldados.

—El fusilamiento, ¿verdad?

—Sí —contestó Sandokán—. Pero no estamos aún en Labuán y pueden pasar muchas cosas antes de que lleguemos.

—¿Qué queréis decir? —preguntó el teniente, mirándolo asustado—. ¿Pensáis suicidaros?

—¿Qué os importaría a vos? Muera yo de esta forma o de otra, el resultado es el mismo.

—No os lo impediría —dijo el teniente—. Os confieso que me duele pensar que os van a ahorcar.

Sandokán se quedó unos momentos silencioso mirando fijamente al teniente, como si dudara de la verdad de aquellas palabras; después dijo:

—¿No os opondríais a que me suicidara?

—No —contestó el teniente—. A un valiente como vos no se le puede negar un favor como éste.

—Entonces consideradme hombre muerto.

—Pero yo no os ofreceré los medios para acabar con vuestra vida.

—Tengo conmigo lo necesario.

—¿A lo mejor algún veneno?

—Instantáneo. Pero antes de irme al otro mundo, quiero rogaros un favor.

—A un hombre que está a punto de morir no se le puede negar nada.

—Quisiera ver por última vez a Mariana.

El teniente se quedó silencioso.

—Os lo ruego —insistió Sandokán.

—He recibido órdenes de manteneros separados. Además, creo que es mejor para vos y *lady* Mariana que no os veáis. ¿Por qué hacerla llorar más?

—¿Me lo negáis, entonces? No creía que un valiente marino pudiera transformarse en carcelero.

El teniente palideció.

—Os juro que me lo ordenaron —dijo después—. Me duele que dudéis de mi palabra.

—Perdonadme —dijo Sandokán.

—No os guardo rencor, y para demostrar que nunca he sentido odio contra los valientes como vos, os traeré aquí a *lady* Guillonk. Pero creo que le ocasionaréis un gran sufrimiento.

—No le hablaré del suicidio.

—Entonces, ¿de qué le hablaréis?

—He dejado, en un lugar seguro, inmensos tesoros ignorados por todos.

—¿Y queréis ofrecérselos a ella?

—Sí, para que los utilice lo mejor que crea. Teniente, ¿cuándo podré verla?

—Antes de anochecer.

—Gracias, señor.

—Adiós, Tigre de Malasia —dijo el teniente.

—¿Me lo prometéis?

—Dentro de unas horas volveréis a ver a *lady* Mariana.

El teniente llamó a los soldados, que entretanto habían quitado las cadenas a Juioko, y subieron de nuevo a cubierta. Sandokán se quedó unos instantes mirándolos, con los brazos cruzados y una extraña sonrisa en los labios.

—¿Os ha traído buenas noticias? —preguntó Juioko acercándosele y mirándole ansiosamente.

—Esta noche estaremos libres —contestó Sandokán.

LA HUIDA

Después que se hubo marchado el teniente, Sandokán se sentó sobre el último peldaño de la escalera, con la cabeza entre las manos, sumergido en profundos pensamientos.

Juioko se había sentado a poca distancia, mirándolo ansiosamente.

Habían pasado quince o veinte minutos, cuando la escotilla volvió a levantarse. Sandokán, al ver un rayo de luz, se levantó rápidamente, mirando hacia lo alto.

Una mujer bajaba rápidamente. Era la joven de los cabellos de oro. Blanca como la cera. Lloraba.

El teniente la acompañaba, pero sujetando con la mano derecha una pistola que llevaba puesta en la cintura.

Sandokán se puso en pie, dando un grito; la joven se lanzó hacia el pirata, que la estrechó contra su pecho.

—Amor mío —exclamó, llevándola al otro lado de la bodega, mientras que el comandante, se sentaba a media escalera con los brazos cruzados.

—¡Al fin!

—Sé valiente, Mariana, no llores, seca esas lágrimas que me hacen tanto daño.

—Estoy destrozada, mi valiente amigo. No quiero que tú mueras, no quiero estar separada de ti. Yo te defenderé contra todos. Te libertaré, quiero que vuelvas a ser otra vez mío.

—¡Tuyo! —exclamó él, dando un profundo suspiro—. Sí, volveré a serlo, pero, ¿cuándo?

—¿Por qué, cuándo?

—¿No sabes, amor mío, que me llevan a Labuán para matarme?

—Pero yo te salvaré.

—Sí, a lo mejor, si tú me ayudaras...

—¿Tienes algún proyecto, entonces? —exclamó ella con alegría.

—Sí, si Dios me protege. Escúchame, amor mío.

Observó al teniente, que no se había movido de su sitio; después, llevando a la joven lo más lejos que pudo, le dijo:

—Preparo la huida y tengo esperanzas de conseguirlo, pero tú no podrás venir conmigo.

—¿Por qué, Sandokán? ¿Dudas de que pueda seguirte? ¿Temes que me falte valor para afrontar los peligros? Soy fuerte y no temo a nadie; si quieres apuñalaré a los centinelas y haré saltar este barco con todos sus hombres, si es necesario.

—Es imposible, Mariana. Me hace falta tu ayuda para huir o todo será inútil, y te juro que no te quedarás mucho tiempo entre tus compatriotas, aunque tenga que armar un ejército entero y llevarlos contra Labuán.

Mariana escondió la cara entre las manos, llorando.

—Quedarme aquí, sin ti... —murmuró.

—Es necesario, mi pobre niña. Y ahora escúchame.

Se quitó del pecho una caja pequeñísima y, abriéndola, enseñó a Mariana unas cuantas píldoras rojas que despedían un agudísimo aroma.

—¿Ves estas píldoras? —preguntó—. Contienen una potente droga, que no es mortal, pero que tiene la propiedad de suspender la vida, en un hombre fuerte, durante seis horas. Es un sueño que se asemeja a la muerte y que puede engañar al más experto médico.

—¿Y qué quieres hacer?

—Yo y Juioko nos tomaremos una cada uno; nos creerán muertos y nos tirarán al mar, y así conseguiremos la libertad.

—¿No os ahogaréis?

—No, porque confío en ti.

—¿Qué tengo que hacer? Habla, ordena, Sandokán, estoy dispuesta a todo por verte libre.

—Son las seis —dijo el pirata, sacando su reloj—. Dentro de una hora, yo y mi compañero nos tragaremos las píldoras y lanzaremos un grito. Tú observarás atentamente tu reloj; en el mismo momento que oigas el grito, contarás las seis horas y dos segundos para que no nos tiren al mar antes. Procurarás que lo hagan sin funda y sin peso en los pies, intentarás lanzar algo que flote en el mar, porque nos será útil; y si es posible esconderás algún arma bajo nuestros vestidos. ¿Me has entendido?

—Lo tengo todo grabado en mi memoria, Sandokán. Pero, ¿a dónde irás?

—Tengo la seguridad de que Yáñez nos sigue y nos recogerá. Después reuniré armas y piratas y vendré a libertarte, aunque tenga que pasar a hierro y fuego a Labuán y exterminar a sus habitantes.

—Sandokán...

—Deja que te mire por última vez —dijo, viendo al teniente levantarse y acercarse.

El Tigre de Malasia ahogó un gemido y se limpió rápidamente una lágrima.

—Márchate, Mariana, márchate —dijo bruscamente—. Si te quedaras, lloraría como un niño.

—¡Sandokán! ¡Sandokán!

El pirata escondió la cara entre las manos y dio dos pasos hacia atrás.

—¡Ah, Sandokán! —exclamó Mariana, llorando.

Quiso lanzarse hacia él, pero las fuerzas le fallaron y cayó entre los brazos del teniente, que se había acercado.

—¡Marchaos! —gritó el Tigre de Malasia, mirando hacia otro lado.

Cuando volvió a levantar la cabeza, la escotilla estaba de nuevo cerrada.

—¡Todo ha terminado! —exclamó con voz triste—. No queda más que dormirme sobre las olas del mar malayo. ¡Ojalá que un día pueda volverla a ver y hacer feliz a la mujer que tanto quiero...!

Se dejó caer a los pies de la escalera, con la cara entre las manos, y se quedó así durante una hora. Juioko lo despertó de aquella meditación.

—Capitán —dijo—, valor, aún no está todo perdido.

Sandokán levantó la cabeza enérgicamente.

—Huyamos.

—No pido nada más.

Extrajo la pequeña cajita, de la que sacó dos píldoras, entregando una al dayako.

—Trágala a una señal mía —dijo.

—Estoy preparado.

Sacó el reloj y lo miró.

—Son las siete menos dos minutos —dijo Sandokán—. Dentro de seis horas volveremos a la vida en el mar.

Cerró los ojos y tragó la píldora, mientras que Juioko lo imitaba. Enseguida aquellos dos hombres empezaron a retorcerse bajo los efectos de violentos e improvisados espasmos, y cayeron al suelo emitiendo dos agudos gritos.

Aquellos gritos, a pesar del ruido de las máquinas y el fragor de las olas levantadas por las inmensas ruedas, fueron oídos en cubierta por todos y también por Mariana, que los esperaba angustiosamente.

El teniente bajó rápidamente a la bodega, seguido por unos cuantos oficiales y el médico del barco. Al pie de la escalera encontró a aquellos dos fingidos cadáveres.

—Están muertos —dijo—. Lo que me temía, ha ocurrido. El médico los examinó, pero aquel buen hombre no pudo hacer nada más que certificar la muerte de los dos prisioneros.

Mientras los marineros se levantaban, el teniente subió a cubierta, y se acercó a Mariana, que estaba apoyada en la borda de babor, haciendo esfuerzos sobrehumanos por ahogar el dolor que la oprimía.

—*Milady* —le dijo—, una desgracia le ha ocurrido al Tigre y a su compañero.

—Lo adivino... ¡Han muerto!

—Es verdad, *milady.*

—Señores —dijo ella con voz rota pero enérgica—, vivos os pertenecían a vosotros, muertos me pertenecen a mí.

—Os dejo libre de hacer con ellos lo que os plazca, pero quiero daros un consejo.

—¿Cuál?

—Hacedlos tirar al mar antes de que el crucero llegue a Labuán. Vuestro tío podría hacer ahorcar a Sandokán después de muerto.

—Acepto vuestro consejo; haced llevar a los dos cadáveres a popa y dejadme sola con ellos.

El teniente hizo una reverencia, y dio las órdenes necesarias para que se cumpliera todo según la voluntad de la joven *lady*.

Unos momentos después los dos piratas fueron depositados sobre dos maderas y llevados a popa, listos para ser tirados al mar.

Mariana se arrodilló cerca de Sandokán y contempló aquella cara transformada por la potente acción del narcótico, pero que aún conservaba su fiereza e imponía temor y respeto.

Esperó a que nadie la vigilara y a que la noche se hiciera más oscura, después se sacó del corsé dos puñales y los escondió bajo los vestidos de los dos piratas.

—Por lo menos podréis defenderos, mis valientes —murmuró con profunda emoción.

Después se sentó a sus pies, viendo pasar en el reloj las horas, los minutos y los segundos, con impaciencia.

A la una menos dos minutos, se levantó pálida pero decidida. Se acercó al costado de babor, y sin que nadie la viera, descolgó dos salvavidas y los tiró al mar; después se dirigió a proa y se detuvo delante del teniente, que parecía que la estaba esperando.

—Señor —dijo— que se cumpla la última voluntad del Tigre de Malasia.

A una orden del teniente, cuatro marinos se acercaron a popa y levantaron las dos maderas con sus cadáveres, llevándolas hasta el costado del barco.

—Aún no —dijo Mariana, llorando.

Se acercó a Sandokán y posó sus labios sobre los de él. Notó en aquel leve contacto una especie de temblor. Unos momentos de duda y todo estaba perdido.

Retrocedió rápidamente y con voz alterada dijo:

—¡Soltadlos!

Los dos marineros levantaron las maderas y los dos piratas se deslizaron al mar, hundiéndose rápidamente entre las negras aguas, mientras que la corbeta se alejaba rápidamente, llevándose a la desventurada joven hacia las costas de la maldita isla.

YÁÑEZ

La suspensión de la vida, como había dicho Sandokán, tenía que durar seis horas, ni un segundo más ni un segundo menos, y así tenía que ser, porque en el mismo momento en que se hundieron los dos piratas volvieron en sí sin experimentar la más leve alteración.

Volvieron a la superficie con unas cuantas brazadas, mirando enseguida a su alrededor. Muy cerca se podía ver el crucero, que se alejaba a marcha moderada hacia oriente.

El Tigre, con los ojos clavados en el barco que llevaba a la desgraciada joven, exclamó rabiosamente:

—¡Huyes, horrible barco, llevándote a mi querida Mariana, pero por muy grande que sea el océano, un día te alcanzaré y te destruiré!

Nadó rabiosamente entre las olas y alcanzó a Juioko, que lo esperaba.

—Vámonos —dijo con voz ahogada—. Ya todo ha acabado.

—Valor, capitán, la salvaremos y a lo mejor antes de lo que pensáis.

—¡Calla...! No me vuelvas a abrir la herida.

—Busquemos al señor Yáñez, capitán.

—Sí, busquémoslo, porque sólo él nos puede salvar.

El vasto mar de Malasia se extendía delante de ellos, en las más profundas tinieblas, sin una isla a la cual llegar, sin una vela o una luz que señalase la presencia de un barco amigo o enemigo.

No se veían más que olas espumantes, que se juntaban entre ellas animadas por el viento nocturno.

Los dos nadadores, para no consumir enseguida las fuerzas, tan preciosas en aquel terrible momento, procedían lentamente,

dejando muy poca distancia entre ellos, tratando de ver alguna vela en la oscura superficie.

De vez en cuando, Sandokán se paraba para mirar hacia oriente, como si buscase las luces del crucero, después proseguía su marcha lanzando profundos suspiros.

Habían recorrido ya una milla y empezaban a desembarazarse de los vestidos, para estar más libres de movimientos, cuando Juioko tocó algo.

—¡Es un salvavidas lanzado por Mariana! —exclamó Sandokán—. ¡Ah, querida joven!... Tu generosidad es sólo comparable con tu belleza y tu amor.

—Confiemos en que haya otro.

—Busquemos, amigo mío.

Se pusieron a nadar en torno de ellos hasta que encontraron el otro salvavidas, que no estaba muy lejos del primero.

—Es una suerte que no esperaba —dijo Juioko alegremente—. ¿A dónde nos dirigimos ahora?

—La corbeta provenía del noroeste, creo que será en aquella dirección que podremos encontrar a Yáñez.

—Necesitaremos varias horas. El viento es débil y el *prao* del señor Yáñez no debe de moverse a demasiada velocidad.

—¿Y qué importa? Con tal de encontrarlo, me quedaría en el agua hasta veinticuatro horas —dijo Sandokán.

—¿Y no pensáis en los tiburones, capitán? Vos sabéis que en estos mares abundan ferocísimos animales.

Sandokán involuntariamente se estremeció y lanzó a su alrededor una mirada inquieta.

—No, por ahora no he visto pasar ninguna aleta de tiburón —dijo después—. Esperemos que nos dejen tranquilos. Movámonos rápidamente hacia el noroeste. Si no encontramos a Yáñez, seguiremos en aquella dirección hasta llegar a Mompracem o al acantilado que se extiende hacia el sur.

Se acercaron entre sí para estar más protegidos en caso de que se presentara algún peligro, y se pusieron a nadar en la dirección anteriormente decidida, pero procurando ahorrar fuerzas, conocedores de que la tierra estaba muy lejos.

A pesar de que los dos estuvieran decididos a todo, el miedo a ser de un momento a otro sorprendidos por un tiburón hacía presa en ellos.

Especialmente el dayako se sentía invadido por un verdadero terror. De vez en cuando se paraba para mirar hacia atrás, creyendo oír coletazos e instintivamente encogía las piernas por miedo a sentírselas apresar por los formidables dientes de los tigres del mar.

—Yo nunca he tenido miedo —decía—. He participado en más de cincuenta abordajes, he matado a muchos enemigos, me he medido hasta con los grandes monos de Borneo y con los tigres de la jungla, y ahora estoy temblando como si tuviera fiebre. El simple pensamiento de encontrarme delante de un tiburón me hiela la sangre. Capitán, ¿no veis nada?

—No —contestó Sandokán con voz tranquila.

—¡El señor Yáñez no aparece...!

—Tiene que estar aún lejos.

—¿Lo encontraremos, capitán?

—Tengo esta esperanza... Yáñez me quiere demasiado para abandonarme a mi triste destino. El corazón me dice que él seguía la corbeta.

Siguieron nadando, el uno cerca del otro, durante otra hora, mirando siempre atentamente al horizonte y a su alrededor por miedo a ver aparecer algún tiburón; después de repente se pararon.

—¿Has oído? —preguntó Sandokán.

—Sí —contestó el dayako.

—El silbido de un barco de vapor, ¿verdad?

—Sí, capitán.

—¡Párate! —mandó Sandokán con voz imperiosa.

Se apoyó en los hombros del dayako y dándole un empujón sacó todo el torso fuera del agua.

Mirando hacia el norte vio dos puntos luminosos sobre el mar, a una distancia de dos o tres millas.

—Un barco se dirige hacia nosotros.

—Entonces podemos hacernos recoger —dijo Juioko.

—No sabemos a qué nación pertenece, ni si es mercante o de guerra.

—¿De dónde proviene?

—Del norte.

—Rumbo muy peligroso, mi capitán.

—También yo pienso igual. Puede ser algún barco que haya participado en el bombardeo de Mompracem y busca el *prao* de Yáñez.

—¿Y lo dejaremos pasar sin pedirle que nos recoja?

—La libertad es demasiado valiosa para perderla de nuevo, Juioko. Si cayéramos de nuevo prisioneros, ya nadie nos salvaría, y tendría que renunciar para siempre a la esperanza de volver a ver a Mariana.

—Pero podría ser un barco mercante... —dijo Juioko.

—No estamos en las rutas de esos barcos. Trataré de distinguir algo más.

Sandokán volvió a apoyarse en los hombros de Juioko, mirando atentamente delante de él. Al no ser la noche muy oscura, pudo distinguir claramente el barco que se movía hacia ellos.

—¡Ni una palabra, Juioko! —exclamó, al caer de nuevo en el agua—. Es un barco de guerra, estoy seguro.

—¿Grande?

—Creo que es un crucero. ¡No te muevas Juioko o estamos perdidos!

—¿Será inglés?

—No tengo duda sobre su nacionalidad.

—¿Lo dejaremos pasar?

—No podemos hacer absolutamente nada. Prepárate a sumergirte, porque el barco pasará a muy poca distancia de nosotros. Rápido, abandonemos el salvavidas y estemos preparados.

El crucero avanzaba rápidamente, levantando enormes olas a causa del movimiento de las ruedas. Se dirigía hacia el sur y pasaría a muy poca distancia de los piratas.

Sandokán y Juioko, en cuanto lo tuvieron a ciento cincuenta metros, se hundieron bajo el agua.

Afortunadamente para ellos, cuando subieron de nuevo a la superficie, vieron el crucero alejarse ya rápidamente hacia el sur.

Se encontraron entonces en medio del rastro aún burbujeante de espuma. Las olas levantadas por las ruedas los llevaban de un lado para otro.

—¡Cuidado, capitán! —gritó repentinamente el dayako—. ¡Hay un pez martillo en nuestras aguas!

—Prepara el puñal —contestó Sandokán.

—¿Nos asaltará?

—Lo presiento, mi pobre Juioko. Estos monstruos ven muy mal, pero tienen un olfato increíble. El maldito seguramente seguía al barco.

—Tengo miedo, capitán —dijo el dayako, que se agitaba entre las olas.

—Tranquilo. Hasta ahora no lo veo.

—Puede alcanzarnos bajo el agua.

—Puedes oírlo llegar. Estate tranquilo, Juioko, y no pierdas el valor.

—¿Y los salvavidas?

—Están delante de nosotros; dos brazadas y los alcanzaremos.

—Tengo miedo de moverme, capitán.

El pobre hombre pasaba tanto miedo que sus miembros no le obedecían.

—Juioko, no pierdas la cabeza —dijo Sandokán—. Si quieres salvar las piernas, no tienes que quedarte ahí parado. Agárrate a tu salvavidas y saca el puñal.

El dayako, ya reanimado, obedeció, alcanzando el salvavidas que se movía en medio de la estela dejada por el barco.

—Ahora esperemos a ver si se deja ver este pez martillo —dijo Sandokán—. A lo mejor podemos esquivarlo.

Por tercera vez se apoyó en Juioko y salió del agua, lanzando alrededor una rápida mirada.

En medio de la espuma había visto una especie de gigantesco martillo moverse entre las aguas.

—En guardia —dijo a Juioko—. Está a cincuenta o sesenta metros de nosotros.

—¿Por qué no ha seguido al barco? —preguntó el dayako.

—Ha olido carne humana. No te muevas y no abandones el puñal —dijo Sandokán.

Se acercaron el uno al otro y se quedaron inmóviles, esperando con ansiedad el fin de aquella peligrosa aventura.

Los peces martillo son adversarios peligrosísimos. Pertenecen a la familia de los tiburones, pero tienen una forma muy distinta, con la cabeza en forma de martillo. Son muy audaces, y tienen una verdadera pasión por la carne humana; cuando se percatan de la presencia de un nadador no dudan en atacarle. Pero también a ellos les es difícil agarrar la presa, ya que tienen la boca casi sobre el mismo vientre, y por esta razón tienen que tumbarse de lado para poder morder.

Sandokán y el dayako se quedaron unos minutos inmóviles, escuchando atentamente, después al no oír nada, empezaron la retirada.

Habían recorrido ya cincuenta o sesenta metros, cuando de improviso vieron aparecer, a muy poca distancia, la horrible cabeza del pez martillo.

El monstruo se quedó unos momentos inmóvil, dejándose balancear por las olas; luego se precipitó hacia adelante, batiendo furiosamente las aguas.

—¡Capitán...! —gritó Juioko.

El Tigre de Malasia, que empezaba a perder la paciencia, abandonó el salvavidas y, agarrando del puñal entre los dientes, se dirigió hacia el tiburón.

—¡También tú vienes a luchar...! —gritó—. ¡Veamos si el tigre del mar es más fuerte que el Tigre de Malasia!

El pez martillo, asustado por aquellos gritos y por el valor de Sandokán, en lugar de seguir su carrera se paró, y después desapareció en las aguas.

—¡Nos ataca por debajo, capitán! —gritó el dayako.

Se engañaba. El tiburón unos momentos después reaparecía en la superficie y, contrariamente a sus instintos feroces, en lugar de intentar de nuevo el ataque, se alejó, jugando entre la espuma dejada por el barco.

Sandokán y Juioko se quedaron unos momentos inmóviles, siguiendo al tiburón con la mirada, después, viendo que ya no se ocupaba de ellos, por el momento, reemprendieron la retirada, dirigiéndose hacia el noroeste.

Pero el peligro no había pasado; el pez martillo, a pesar de seguir jugando, no los perdía de vista. Probablemente quería esperar el momento propicio para intentar de nuevo el ataque.

Pocos momentos después, Juioko, que se encontraba más atrás, vio al tiburón dirigirse hacia ellos.

Dibujó alrededor de los nadadores un gran círculo, empezando a girar alrededor de ellos y estrechando el círculo cada vez más.

—¡Cuidado, capitán! —gritó Juioko.

—Estoy listo para recibirlo —contestó Sandokán.

—Y yo para ayudaros.

—¿Ya no tienes miedo?

—Así lo espero.

—No abandones el salvavidas antes de que yo dé la señal. Intentemos forzar el asedio.

Con la mano izquierda agarrada fuertemente al salvavidas y la derecha armada con el puñal, los dos piratas se fueron acercando cada vez más al tiburón.

Éste no les perdía de vista y seguía estrechando el círculo, levantando con su poderosa cola enormes olas y mostrando sus afilados dientes, que brillaban en la oscuridad.

De pronto dio un salto gigantesco, saliendo casi por completo del agua y se precipitó contra Sandokán, que estaba más cerca.

El Tigre de Malasia, abandonando el salvavidas, rápidamente se hundió, mientras que Juioko, al que el cercano peligro había devuelto el coraje, se lanzaba hacia adelante con el puñal levantado.

El pez martillo, viendo a Sandokán desaparecer bajo el agua, de un coletazo esquivó el ataque de Juioko, y a su vez se hundió en el agua.

Sandokán lo esperaba. En cuanto lo vio más cerca, se lanzó contra él, agarrándose a su aleta vertical, y de una terrible puñalada le abrió el vientre.

El enorme pez, herido de muerte, con un rápido movimiento se libró de su adversario, que estaba intentando herirle de nuevo, y subió a la superficie. Viendo a dos pasos al dayako se dirigió hacia él para cortarlo en dos. Pero también Sandokán había emergido.

El puñal que ya había herido al pez martillo volvió a hundirse en él, esta vez en medio del cráneo, con tal fuerza que la hoja quedó clavada.

—¡Toma! —gritó el dayako, cubriéndole de puñaladas. El pez martillo al fin se hundió para siempre, dejando en la superficie una gran mancha que se alargaba rápidamente.

—Creo que ya no volverá a la superficie —dijo Sandokán—. ¿Qué crees tú, Juioko?

El dayako no contestó. Apoyado en el salvavidas, intentaba levantarse para ver mejor entre las tinieblas.

—¿Qué estás buscando? —preguntó Sandokán.

—¡Allí...! ¡Mirad...! ¡Hacia noroeste! —gritó Juioko—. ¡Por Júpiter! Veo una gran sombra... ¡Un velero!

—¡Es posible que sea Yáñez! —dijo Sandokán, emocionado.

—La oscuridad es demasiado profunda para poder distinguirlo, pero siento que el corazón me late furiosamente, capitán.

—Deja que suba sobre tus hombros.

El dayako se acercó a Sandokán que, apoyándose en él, salió del agua lo más que pudo.

—¿Qué ve, capitán?

—¡Es un velero, Juioko! ¡Si fuese él! ¡Maldición! ¡Maldición!

—¿Por qué maldecís?

—Son tres, los veleros que avanzan.

—¿Estáis seguro?

—Segurísimo.

—¿Habrá encontrado Yáñez socorros?

—¡Es imposible!

—¿Qué hacemos, entonces? Llevamos tres horas nadando, y os confieso que empiezo a estar cansado.

—Te comprendo; amigos o enemigos, hagámonos recoger. Pide ayuda.

Juioko reunió sus fuerzas, y con voz retumbante gritó:

—¡Ah de los barcos...! ¡Ayuda...!

Unos momentos después se oyó a lo lejos un disparo de fusil y una voz que gritaba:

—¿Quién llama?

—¡Náufragos!

—¡Esperad!

Enseguida se vio a los tres veleros cambiar de rumbo y acercarse rápidamente, ya que el viento era muy favorable.

—¿Dónde estáis? —preguntó la misma voz que antes.

—¡Por aquí! —contestó Sandokán.

Siguieron unos momentos de silencio; después otra voz exclamó:

—¡Por Júpiter! ¡O me engaño mucho o es él! ¿Quién vive?

Sandokán de un empujón asomó sobre las olas medio cuerpo, gritando:

—¡Yáñez! ¡Yáñez! ¡Soy yo, el Tigre de Malasia...!

Desde los tres *praos* se oyó un solo grito:

—¡El capitán! ¡El Tigre!

El primer *prao* estaba muy cerca. Los dos nadadores agarraron una cuerda que les habían lanzado y se subieron al barco con gran agilidad.

Un hombre se acercó corriendo hacia Sandokán, estrechándole fuertemente contra su pecho:

—¡Ah, mi pobre hermano! —exclamó—. ¡Pensaba no volver a verte nunca más!

Sandokán seguía abrazado al portugués, mientras que la tripulación gritaba:

—¡Viva el Tigre!

—Ven a mi camarote —dijo Yáñez—. Tienes que contarme muchas cosas y me muero de deseos de conocerlas.

Sandokán lo siguió sin hablar y bajaron al camarote, mientras que los veleros seguían su carrera con todas las velas desplegadas.

El portugués descorchó una botella de ginebra y la ofreció a Sandokán.

—Cuenta, ¿cómo es que te he recogido en el mar cuando te creía prisionero o muerto a bordo del crucero que desde hace veinte horas estoy siguiendo?

—¡Ah! ¿Tú perseguías al crucero? Es lo que había sospechado.

—¡Por Júpiter! ¿Dispongo de tres veleros y de ciento veinte hombres y creías que no lo seguía?

—¿Dónde has podido encontrar tantas fuerzas? —preguntó Sandokán con curiosidad.

—¿Sabes quiénes mandan los dos *praos* que nos siguen?

—No.

—Paranoa y Maratua.

—¡Entonces no se habían hundido durante la borrasca en las costas de Labuán!

—No, como puedes ver. Maratua fue empujado hacia las costas de la isla de Pulo Gaya y Paranoa se refugió en la bahía de Ambong. Se quedaron allí varios días, reparando las averías; después bajaron hacia Labuán donde se encontraron. No habiéndonos hallado en la pequeña bahía volvían a Mompracem; y allí, ayer por la noche, los encontré cuando iban a zarpar hacia la India, sospechando que nos hubiéramos dirigido allí.

—¿Y han desembarcado en Mompracem? ¿Quién ocupa la isla del Tigre de Malasia?

—Nadie, porque los ingleses la abandonaron después de incendiar el poblado y hacer volar los bastiones.

—Mejor así —murmuró Sandokán, suspirando.

—Y ahora, ¿qué te ha ocurrido a ti? Te vi abordar la corbeta mientras destrozaba la cañonera, después oí los gritos de los ingleses y nada más. Hui por salvar los tesoros que llevaba, después me puse sobre el rastro del crucero, con la esperanza de poderlo alcanzar y abordarlo.

—Caí sobre el puente del barco enemigo, aturdido por un golpe de hacha en la cabeza, y me hicieron prisionero junto a Juioko. Las píldoras que, como tú sabes, llevo siempre conmigo me han salvado.

—Entiendo —dijo Yáñez riendo a grandes carcajadas—. Os han tirado al mar creyéndoos muertos; pero, ¿qué ha ocurrido con Mariana?

—Está prisionera en el barco —contestó Sandokán en voz baja.

—¿Quién mandaba el barco?

—El baronet, a quien maté en la batalla.

—Eso suponía. ¡Caramba! ¡Qué mal ha acabado aquel pobre rival!

—¿Qué piensas hacer ahora?

—¿Qué harías tú?

—Seguiría al crucero y lo abordaría.

—Es lo que quería proponerte. ¿Sabes adónde se dirige el barco?

—Lo ignoro, pero me parece que se dirigía a las Tres Islas cuando lo dejé.

—¿Qué irá a hacer allí? Aquí se oculta algo, hermano mío. ¿A qué velocidad iba?

—A ocho nudos.

—¿Qué ventaja puede tener sobre nosotros?

—Quizá unas treinta millas.

—Entonces podremos alcanzarlo, si el viento se mantiene. Pero... Se paró, al oír sobre cubierta unos ruidos anormales y discusiones y gritos.

—¿Qué pasa? —preguntó.

—Nos habrá descubierto el crucero.

—Subamos, hermano mío.

Abandonaron rápidamente el camarote y subieron a cubierta.

Una vez allí, observaron que un pirata sacaba del agua una caja de metal, que el pirata, a primeras horas del día, había visto a pocos metros del *prao,* a estribor.

—¡Oh...! —exclamó Yáñez—. ¿Qué quiere decir esto? ¿Contendrá algún documento importante? No me parece una caja común.

—Estamos siguiendo el rastro del crucero, ¿verdad? —preguntó Sandokán, sin entender la razón de su excitación.

—Siempre —contestó el portugués.

Sandokán extrajo el *kriss* y de un golpe rápido abrió la caja. Enseguida, en su interior, se vio una carta un poco húmeda, sobre la cual se veían limpiamente unas líneas de caligrafía elegante.

—¡Yáñez! ¡Yáñez! —tartamudeó Sandokán.

—Lee, hermano mío, lee.

—Me parece estar ciego.

El portugués cogió la carta y leyó:

«¡Ayudadme! Me llevan a las Tres Islas donde me espera mi tío para llevarme a Sarawak.

Mariana.»

Sandokán, al oír aquellas palabras, lanzó un grito de fiera herida.

Yáñez y los piratas lo habían rodeado y lo miraban con ansiedad, profundamente conmovidos.

—¡Sandokán! —exclamó el portugués—. Nosotros la salvaremos, te lo juro, aunque tengamos que asaltar el barco del lord o Sarawak o a James Brooke que la gobierna.

El Tigre, que unos momentos antes estaba abatido por el dolor, se puso de pie, con las facciones contraídas y los ojos llameantes.

—¡Tigres de Mompracem! —tronó—. Tenemos que exterminar unos enemigos y salvar a nuestra reina. ¡Todos a las Tres Islas!

—¡Venganza...! —gritaron todos los piratas—. ¡Muerte a los ingleses y viva nuestra reina!

Unos momentos después los tres *praos* tomaban rumbo hacia las Tres Islas.

LA ÚLTIMA BATALLA DEL TIGRE

Variado el rumbo, los piratas se pusieron enseguida al trabajo, para prepararse al combate, que habría de ser sin duda terrible, y el mayor y último que emprendían contra el enemigo.

Sandokán los animaba a todos.

—¡Sí, destruiré a aquel maldito, lo incendiaré! —exclamaba—. Espero llegar a tiempo e impedir que el lord la rapte.

—Atacaremos también al lord, si es necesario —dijo Yáñez.

—¿Y si llegamos demasiado tarde y el lord ya ha marchado hacia Sarawak, en un barco veloz?

—Lo alcanzaremos en la ciudad de James Brooke. Lo que más me preocupa es la forma de atrapar al crucero, que a esta hora ya tiene que haber llegado a las Tres Islas. Necesitaríamos sorprenderlos, pero... ¡ah!

—¿Qué quieres decir?

Unos momentos después, Yáñez se golpeó la frente con violencia, exclamando:

—¡Ya lo tengo! Te explicaré mi idea. Tú sabes que en la escuadra que nos asaltó en Mompracem había unos *praos* del sultán dc Borneo.

—No lo olvido.

—Yo me visto de oficial del sultán, enarbolo la bandera de Varauni y me acerco al crucero como emisario de lord James.

—¡Muy bien!

—Al comandante le diré que tengo que entregar una carta a *lady* Mariana, y en cuanto me encuentre en su camarote me atrinchero con ella. Y a una señal mía, vosotros abordáis el barco y empezáis la lucha.

En aquel mismo momento, en el puente se oyó:

—¡Las Tres Islas...!

Sandokán y Yáñez se apresuraron a subir a cubierta. Las islas indicadas estaban a siete u ocho millas. Las miradas de los piratas convergían en aquellos perfiles, buscando ávidamente al crucero.

—Allí está —exclamó un dayako—. Veo humo por aquel lado.

—Sí —contestó Sandokán, cuyos; ojos parecían encenderse—, una línea de humo negro se levanta detrás de aquellas rocas. ¡El crucero está allí!

—Movámonos ordenadamente y preparémonos para el ataque —dijo Yáñez—. Paranoa, haz embarcar otros cuarenta hombres en nuestro *prao.*

La operación se llevó a cabo muy rápidamente, y aquellos setenta hombres se unieron alrededor de Sandokán que manifestaba su deseo de querer hablar.

—Tigres de Mompracem —dijo con aquel tono que embrujaba y llenaba a aquellos hombres de un coraje sin comparación—, la partida que vamos a jugar será terrible, puesto que tendremos que luchar contra una tripulación más numerosa que la nuestra y muy preparada, pero no olvidéis que será la última batalla que combatiréis mandados por el Tigre de Malasia, y será la última en que os enfrentaréis contra aquellos que destruyeron nuestra potencia y violaron nuestra isla, nuestra patria adoptiva.

—¡Los exterminaremos a todos! —exclamaron los piratas, agitando frenéticamente las armas.

—Gracias, amigos; a vuestros puestos de combate; ahora desplegad las banderas del sultán.

—Yáñez —dijo Sandokán—, prepárate, dentro de una hora estaremos en la bahía.

—En pocos momentos estoy listo —contestó el portugués, desapareciendo bajo el puente.

Los *proas,* entretanto, seguían su rumbo, acercándose a las costas con las velas desplegadas y la bandera del sultán de Varauni en lo más alto del palo mayor. Los cañones estaban preparados, las espingardas también y los piratas con las armas en las manos, dispuestos a lanzarse al abordaje.

El reloj del barco señalaba las doce cuando los tres *praos* llegaron a la entrada de la bahía.

El crucero estaba anclado en medio de la bahía. Sobre su trinquete ondeaba la bandera inglesa y sobre el de mesana la gran cinta de los barcos de guerra. Sobre el puente se veía pasear a muchos hombres. Los piratas, viéndolos al alcance de los cañones, se precipitaron como un solo hombre hacia la artillería, pero Sandokán los detuvo.

—Aún no —dijo—. ¡Yáñez!

El portugués subía entonces, vestido de oficial del sultán de Varauni, con una gran chaqueta verde, largos pantalones y un gran turbante en la cabeza. En la mano llevaba una carta.

—¿Qué has escrito en esa carta? —preguntó Sandokán.

—Es la carta que entregaré a *lady* Mariana.

—¿Qué has escrito?

—Que estamos preparados y que no se traicione.

—Pero será necesario que se la entregues personalmente, si quieres atrincherarte con ella en el camarote.

—No la entregaré a nadie más que a ella, puedes estar seguro, hermano mío.

—¿Y si el comandante te acompañase?

—Si veo que todo se complica, lo mataré —contestó Yáñez fríamente.

Apretó fuertemente la mano de Sandokán, se arregló el turbante y gritó:

—¡A la bahía!

El velero entró en la pequeña bahía y se acercó al crucero, seguido muy de cerca por los otros dos *praos*.

—¡Quién vive! —preguntó el centinela.

—Borneo y Varauni —contestó Yáñez—. Noticias importantes de Victoria.

—¡Eh, Paranoa, deja caer el ancla, haz que la cadena quede floja y acércate al barco!

Antes de que el centinela pudiera contestar para impedir al *prao* que se acercase al crucero, la maniobra ya se había realizado. El velero pegó contra el crucero, a estribor, y quedó como adosado.

—¿Dónde está el comandante? —preguntó Yáñez al centinela.

—Quitad el velero —dijo el soldado.

—Al diablo con los reglamentos —contestó Yáñez—. ¡Por Júpiter! ¿Tenéis miedo de que mis veleros hundan el vuestro? Rápido, llamad al comandante, que tengo unas órdenes que entregarle.

El teniente subía entonces al puente, seguido por sus oficiales. Se acercó al costado de popa, y viendo que Yáñez mostraba una carta, hizo bajar la escalera.

—Capitán —dijo, adelantándose—, tengo una carta para entregar a *lady* Mariana Guillonk.

—¿De dónde venís?

—De Labuán.

—¿Qué está haciendo el lord?

—Está armando un barco para alcanzarnos.

—¿No os ha entregado ninguna carta para mí?

—Ninguna, comandante.

—Es muy extraño. Entregadme la carta, que se la llevaré a *lady* Mariana.

—Perdonad, capitán, pero tengo que entregarla personalmente —contestó Yáñez.

—Entonces, seguidme.

Yáñez sintió que se le helaba la sangre en las venas.

«Si Mariana hace un solo movimiento, estoy perdido», pensó.

Siguió al capitán, y bajaron juntos la escalera que llevaba a popa. Al pobre portugués se le pusieron los pelos de punta cuando oyó al capitán llamar a la puerta de *lady* Mariana, y ésta contestó:

—Entrad.

—Tengo noticias de vuestro tío, James Guillonk —dijo el capitán al entrar.

Mariana estaba en medio del camarote, pálida, pero valiente.

Al ver a Yáñez no pudo evitar un sobresalto, y emitió un grito. Lo había comprendido todo. Tomó la carta, la abrió automáticamente y la leyó con una tranquilidad admirable.

Un momento después, Yáñez, que estaba pálido como un muerto, se acercó a la ventana de babor, exclamando:

—Capitán, veo un barco que se acerca.

El capitán se acercó a la ventana para asegurarse con sus propios ojos. Rápido como un rayo, Yáñez le golpeó en la cabeza con la empuñadura del *kriss*.

El capitán cayó al suelo medio muerto, sin proferir ningún suspiro. *Lady* Mariana no pudo evitar un grito de terror.

—¡Silencio, hermana mía! —dijo Yáñez, que estaba amordazando al pobre capitán.

—¿Dónde está Sandokán?

—Está listo para emprender la lucha. Ayudadme a hacer una barricada.

—¿Qué va a pasar? —preguntó Mariana.

—Lo sabréis enseguida, hermana —contestó Yáñez, sacándose cimitarras y pistolas.

Se asomó a la ventana, y lanzó un agudo silbido.

—Atención —dijo después, poniéndose detrás de la puerta con las pistolas en las manos.

En aquel mismo momento gritos terribles se oyeron en el puente.

—¡Venganza! ¡Viva el Tigre de Malasia!

Siguieron a estas palabras disparos de fusil y de pistola, unos gritos indescriptibles, gemidos, lamentaciones, un ruido sordo de hierros, correr de personas, y sordos ruidos de cuerpos que caían.

—¡Yáñez! —gritó Mariana palidísima.

—¡Valor, rayos y truenos! —gritó el portugués—. ¡Viva el Tigre de Malasia!

Se oyeron unos pasos que bajaban la escalera rápidamente y unas voces gritaron:

—¡Capitán! ¡Capitán!

Yáñez se apoyó contra la pared, mientras que Mariana lo imitaba.

Fuera se oyeron unas maldiciones y gritos de furor; después un golpe violentísimo casi derrumbó la puerta, produciendo en ella un gran tajo.

Un cañón de fusil fue introducido, pero Yáñez, rápido como un rayo, lo levantó, y descargó a través del agujero su pistola.

Se oyó a un cuerpo caer pesadamente al suelo, mientras que los otros volvían a subir rápidamente al puente, gritando:

—¡Traición! ¡Traición!

Mariana había caído de rodillas, y Yáñez, deseoso de saber cómo se desarrollaba la lucha, se apresuró a mover los muebles amontonados delante de la puerta.

De improviso se oyeron unas voces que gritaban:

—¡Fuego! ¡Sálvese quien pueda!

El portugués palideció.

—¡Rayos y truenos! —exclamó.

Con un esfuerzo desesperado movió los últimos muebles, cortó de un golpe de cimitarra las ataduras que aprisionaban al pobre capitán, agarró a Mariana entre sus brazos y salió corriendo.

Espesas nubes de humo llenaban ya el pasillo.

La batalla estaba a punto de terminar. El Tigre de Malasia estaba asaltando entonces el castillo de proa, en el cual se habían atrincherado treinta o cuarenta ingleses.

—¡Fuego! —gritó Yáñez.

Al oír aquel grito, los ingleses, que ya se veían perdidos, saltaron rápidamente al mar. Sandokán se volvió hacia Yáñez, derribando con un ímpetu irresistible a los hombres que lo rodeaban.

—¡Mariana! —exclamó, cogiendo entre sus brazos a la joven—. ¡Mía! ¡Al fin!

—¡Sí, tuya, y esta vez para siempre!

En el mismo instante se oyó un cañonazo procedente de mar abierto.

Sandokán lanzó un verdadero rugido:

—¡El lord! ¡Todos a los *praos*! —gritó.

En un abrir y cerrar de ojos, las velas fueron desplegadas, los piratas se pusieron a los remos y los tres *praos* salieron rápidamente de la bahía rumbo a alta mar.

Sandokán llevó a Mariana a proa y le enseñó el pequeño bergantín que se dirigía hacia la bahía.

A proa, apoyado en el palo mayor, se divisaba a un hombre.

—¿Lo ves, Mariana?—preguntó Sandokán.

La joven emitió un grito y se cubrió la cara con las manos en un gesto de dolor.

—¡Mi tío! —tartamudeó.

—¡Míralo por última vez!

—¡Rayos y truenos! ¡Es él! —exclamó Yáñez.

Cogió la carabina de un malayo y apuntó hacia el lord, pero Sandokán le derribó el arma.

—Es sagrado para mí —dijo en voz baja.

El bergantín se movía rápidamente, intentando cortar la retirada de los tres *praos,* pero era demasiado tarde. El viento impulsaba rápidamente a los tres veleros hacia el este.

—¡Fuego contra aquellos miserables! —se oyó gritar al lord.

Se oyó un disparo de cañón. Y la bala derribó la bandera de la piratería, que Yáñez había hecho desplegar.

Sandokán se llevó la mano derecha al corazón y su rostro se ensombreció.

—¡Adiós, piratería! ¡Adiós, Tigre de Malasia! —murmuró con dolor.

Abandonó rápidamente a Mariana y se acercó al cañón de popa, mirando detenidamente. El bergantín disparaba desesperadamente, lanzando contra los tres veleros, balas y nubes de metralla. Sandokán no se movía, seguía mirando.

De improviso se levantó, acercando la mecha. El cañón disparó y unos instantes después el trinquete del bergantín, alcanzado en su base, se precipitó al mar, rompiendo los costados del barco.

—¡Mira! ¡Mira! —exclamó Sandokán—. ¡Sígueme ahora!

El bergantín se había parado en seco, virando de babor, pero seguía disparando.

Sandokán retrocedió lentamente, con la frente fruncida, los ojos bajos y los puños cerrados, murmurando:

—¡Yáñez, proa hacia Java!

Aquel hombre que nunca había llorado, sollozando murmuró:

—¡El Tigre ha muerto para siempre!

ÍNDICE

Emilio Salgari